州故事

范小青
自选集

范小青 著

江苏凤凰文艺出版社
JIANGSU PHOENIX LITERATURE AND
ART PUBLISHING

图书在版编目（CIP）数据

苏州故事 / 范小青著. -- 南京：江苏凤凰文艺出版社，2025.7（2025.9重印）. -- ISBN 978-7-5594-7566-4

Ⅰ．I247.7

中国国家版本馆CIP数据核字第2024SS6633号

苏州故事

范小青 著

出 版 人	张在健
责 任 编 辑	蔡晓妮　唐　婧
责 任 印 制	杨　丹
出 版 发 行	江苏凤凰文艺出版社
	南京市中央路165号，邮编：210009
出版社网址	http://www.jswenyi.com
印　　　刷	苏州市越洋印刷有限公司
开　　　本	880毫米×1230毫米　1/32
印　　　张	12.25
字　　　数	220千字
版　　　次	2025年7月第1版
印　　　次	2025年9月第2次印刷
书　　　号	ISBN 978-7-5594-7566-4
定　　　价	58.00元

江苏凤凰文艺版图书凡印刷、装订错误，可向出版社调换，联系电话 025-83280257

目录

001　鹰扬巷

008　六福楼

021　朱家园

030　幽兰街

043　豆粉园

058　描金凤

073　桃花坞

085　平仄

094　南园桥

105　定慧寺

119　　石头与墓碑

136　　女儿红

146　　平安堂

158　　锄月

169　　青石井栏

188　　医生

197　　在街上行走

209　　路边故事

218　　平安夜

231　　沧浪之水

247 门堂间

265 瑞云

283 紫云

293 浦庄小学

305 苏杭班

323 旧事一大堆

344 平江后街考

367 冯荃女士

鹰扬巷

太阳暖暖地照在墙上，照在地上，老太太在院子里晒太阳，她们的脸被太阳晒得有些红润起来，有一个小孩跑过来说，汤好婆，外面有个人找你。

找我吗？汤好婆说，谁找我呢？

小孩说，我不知道，是一个老老头。

有一个老太太笑了，她没牙的嘴咧开，像孩子一样笑。

那个老人已经走进来了，他戴着一顶鸭舌帽，样子有点像小青年，他站在老太太面前有一点手足无措的，因为有太阳光，他只好眯着眼睛。

老太太有些昏花的目光都投到他的脸上，他的脸有一点红了，他说，我找黄夫人，她姓汤，她自己是姓汤的。

一个老太太笑了笑。

汤好婆也有一点点难为情，你找我吗，她说，我姓汤。

噢，老人高兴地说，我找到你了，你是黄夫人。

汤好婆没有认出他是谁，你从哪里来？她问道。

我吗，老人说，我从火车站来的。

你刚下火车吗？

是的，他从口袋里摸出一张名片，递给汤好婆，这是我的名片，我姓麦。

噢，汤好婆看了看名片，但是她看不清名片上的字，我去拿眼镜，她说，你到屋里坐一坐。

卖，有姓卖的？一个老太太说。

老人跟着汤好婆进屋去，一个老太太说，天要下雪了。

另一个老太太说，太阳这么好，会下雪吗？

会的，一个老太太说，冬天总是要下雪的。

汤好婆戴了眼镜看清了老人的名字，我仍然想不起你是谁，汤好婆有些抱歉，她说，人老了，记性会差的。

你不知道我的，老人说，我们没有见过面，你也不会知道我的名字。

噢，汤好婆说，你刚才说，你刚下火车，你从哪里来？

从南方。

你要到哪里去？

到北方。

北方，是北京吗？汤好婆说。

是北京，我在北京谋了一份差事，我现在就是坐火车去北京做事的，老人说。

北京，汤好婆说，我年轻的时候，跟着先生住过北京的，北京是个大地方，其实冬天也不太冷。我知道的，老人说，你们住北京我知道的。

汤好婆先是有些奇怪,但后来她想通了,她说,你从前和我们黄先生熟悉的。

不熟悉,老人说,其实我也没有见过黄先生,只是久仰先生的大名,却一直无缘见到。他老早就去了,汤好婆说,有四十多年了。

我知道的。

你说你坐火车到北京去,汤好婆说,那你是中途下车来的。

是的。

你专门下了火车来找我,汤好婆有些疑惑地说。

我是事先打听了你的地址,才找得到,老人说,我很早就知道你回家乡了,但是一直不知道你住在哪里的,后来才打听到。

这地方小街很多的,不太好找,汤好婆说,难找的。

倒也不难,老人说,这个鹰扬巷,很多人都晓得的,到底黄先生在这里住过,人家能够记得的。

你吃茶,汤好婆将茶杯往老人面前推一推,吃点茶。

这是碧螺春,老人说,我对茶不大讲究的,也不大懂的,吃不太出好坏。

我倒是讲究的,汤好婆说,我对茶的要求高的,我能看出茶的好坏来。

我知道的,老人说,你年轻的时候就讲究吃茶的。

汤好婆有些不好意思地笑了一下,她说,到现在还是这样的,我要吃好茶的,不好的茶我不要吃的。

院子里的声音响起来,汤好婆出去看了一下,又进来了,她说,来了一个要饭的。

噢,老人说,你这个院子,有一百年了。

差不多一百年了,汤好婆说。

我在书上看到过有人写这个院子的,老人说,那个人会写文章,写得有感染力的。

你专门下火车来找我,汤好婆说。

但是书上写的街名不叫鹰扬巷,老人说,所以,我一直搞不懂。

从前叫阴阳巷,汤好婆说。

老人和汤好婆一起笑了笑,老人说,阴阳,拿阴阳做街名,好像不大多的。后来就改名了,汤好婆说,叫鹰扬巷,念起来还是一样的,但是写到书上就不一样了。

小孩跑了进来,汤好婆,小孩说,汤好婆,收旧货的来了,他问你报纸卖不卖。

今天不卖了,汤好婆说,改日吧,今天我有客人。

小孩朝老人看看,你是客人,小孩边说边跑出去。

老人吃了一口茶,汤好婆说,茶有些凉了,我替你倒掉一点再加满,就热了。

不用的,老人说。

温茶不好吃的,吃茶就要吃滚烫的茶,才好吃,汤好婆说,你专门下了火车来找我的。

你从前在沪上的振华女校读书的,那时候我在你们墙那边的务同学校,老人说,一墙之隔的。

务同,汤好婆说,务同是很好的学校,那时候不收女生的。所以你不知道我的,老人说,我是很早就知道你,你是女校的校花,我们男生都知道,很多人老是在振华女校门口绕来绕去,是想看一看你的。

汤好婆有一点不好意思,是吗,她说,我不大晓得的。

是的,老人说,我也一直想看到你的,可是总没有机会的,每天从女校出来的女生中,也不知道哪一个是你。

是吗,汤好婆的脸有一点红的,她说,好多年了。

好多年了,老人说,好多好多年了。

后来你在哪里呢,汤好婆说。

后来我走过好多地方,老人说,后来听说你和黄先生结姻缘,我们都知道黄先生是很有才气的,是郎才女貌。

后来先生开讲习所,汤好婆说,我做他的助手。

我知道的,老人说,其实也不仅是郎才女貌的,黄夫人是女才子,才貌双全的。

汤好婆微微地笑了一下,老人也笑了一下,有一阵他们都没有再说话,院子里和巷子里的声音时隐时现地传进来,屋子显得空旷起来。

你吃茶,汤好婆说。

吃的,老人说。

好多年了,汤好婆说。

好多年了,老人说,我的心愿一直在心里的,所以我无论如何要下火车,专门来看一看你,我就这样来的。

你下了火车,要转车的,汤好婆说,转车麻烦不麻烦?

不麻烦的。

要买下一趟的车票,汤好婆说。

是的,他们已经替我买好了,老人说。

他们是谁?

和我一起去北京的两个同事。

他们也跟你一起在这里下车的?

是的。

他们再买好下一趟的车票?

是的。

噢,汤好婆说。

我很高兴,老人说。

我也高兴的,汤好婆说。

汤好婆,汤好婆,有人在外面喊着,人就进来了。

林阿姨,汤好婆说,有什么事?

你有客人,林阿姨说,要不要帮你去买一点菜来。

不用的,老人说。

难得来的,要在这里吃饭的,林阿姨说。

他们在车站等我,老人说,我要告辞了。

老人站起来,汤好婆也站起来,老人说,我要告辞了。

咦咦,林阿姨说。

不是的,老人说,我是要走了。

汤好婆陪着老人走出来,老人回头看看院子,和我想象的是一样的,他说,几乎没有差别。

是吗?

是的,老人说,我一直想象你住的地方就是这样。

是吗?

是的,老人说,我一直想象你就是这样。

一辆三轮车过来,汤好婆,三轮车夫说,这是你的客人。

是的。

要三轮车吗。

要的。

上哪里?

火车站。

哦,三轮车夫说,坐火车,到哪里去呢?

到北京。

哦,很远的。

老人上了三轮车,他回身向汤好婆挥手,我走了,他说。

汤好婆点了点头,三轮车就走远了。

汤好婆回进来,他们问她,他是谁呢?

一个老朋友,汤好婆说。

他是哪里的。

从前的朋友,汤好婆说。

他叫什么?

他叫,汤好婆想了一想,说,他姓麦。

卖?一个老太太说,有姓卖的?

六福楼

一

钱三官头一次踏进老茶坊六福楼的时候,店里新来的伙计不认得他,把他引到靠门的一个位子,这里人进人出,吵吵闹闹的,钱三官说,我是钱三官,伙计愣了一愣,他向钱三官躬一躬腰,说,是钱少爷,请,里边请。

钱三官就在里边安静的位子坐下来,这里靠窗,窗下是河,河上有船。

那一年钱三官十七岁,他是应邀来劝别人讲和的,这叫作吃讲茶,也就是在吃吃茶的过程中,把大事化小,小事化了,钱三官没有想到这一坐竟坐下去几十年的时光。

那一天钱三官坐在靠窗的位子上,天色阴沉沉的,布着乌云,对岸陆家小姐的身影出现了,她婀娜的身姿倚在窗框一侧,就像一幅忧郁而美丽的风景画一样嵌入了钱三官的心里。河里有一条农船经过,船农在船上叫卖水红菱。陆小姐说,船家,称两斤水红菱,陆小姐的声音差不多像河水那样柔,她从窗户里放下吊篮,船农看看吊篮里是空的,船农说,钱呢?

你先把菱称上来,陆小姐说。

你先把钱放下来,船农说。

我放了钱你不称菱怎么办?

我称了菱你不给钱怎么办?

钱三官在这边茶坊里笑起来,这时候吃讲茶的双方都到了,他们向钱三官致意,说,钱少爷,有劳你的大驾了。

钱三官说,坐,坐吧。

大家坐下来,他们向钱三官说自己的道理,说对方的不是,钱三官摆摆手,吃茶,他说,吃茶。

大家听他的话,都吃茶,茶是上好的龙井茶,喝到第二开,已经很有滋味,他们互相仇视地看着,然后又求助地看钱三官,他们憋了一肚子的委屈,快要爆炸了,钱三官却依然摆手,说,吃,吃茶。

吃茶。

吃茶。

终于把茶吃得淡了,钱三官向他们看看,说,怎么样?

他们想了想,可以了,他们说,觉得心头轻快,再没有什么委屈,可以了,他们说,钱少爷,可以了。

走出茶馆的时候,拨开乌云,太阳出来了,他们向钱三官致意,谢谢钱少爷。

钱三官说,不用谢。

林老板也在门口躬送,钱少爷,慢走。

等到钱三官慢慢地从钱少爷变成钱先生的时候,吃讲茶的仪式越来越少了,但是大家仍然请钱三官替他们调解矛盾,钱三官一直坐在靠窗沿河的老位子上,他总是一如既往请大家吃茶,他摆着手,说,吃,吃茶。

于是,大家吃茶。

吃茶。

吃茶。

等到茶吃得淡了,他们站起来,说,谢谢钱先生,然后心平气和地走出去,什么想法也没有。

等到钱三官慢慢地从钱先生变成钱老伯,他仍然坐在六福楼的老位子上吃茶,大家说,钱老伯,他们……我们……

钱三官说,吃,吃茶。

于是,大家吃茶。

吃茶。

吃茶。

等到茶吃得淡了,他们站起来,说,谢谢钱老伯,他们走出去,这时候外面的世界阳光灿烂。

钱三官从十七岁坐到七十七岁,始终是这个固定的位子,后来河对岸人家的陆小姐已经不在了,再后来河对岸的房子也没有了,钱三官整整坐了一辈子。终于有一天,钱三官觉得自己要离开这个世界了,他再也不能在六福楼这个靠窗沿河的位子继续坐下去,钱三官写了一份遗嘱,过了不久他就走了。

钱三官的儿子钱继承是在一个偶尔的机会发现父亲有遗嘱的,这已经是很多年以后的事情了,钱继承回想小时候奉母亲之命到茶坊叫喊父亲回家,他看到父亲坐在靠窗的位子上吃茶。

二

方志馆在整理从前茶馆史料的过程中,搜集了一些老茶坊六福楼的资料,觉得这是茶馆史上不能遗漏的一笔,他们沿着来路慢慢地往回走,看到了历史过程中发生的一些事情。

方志是这样记载的:六福巷,因六福楼茶坊得名,茶坊于某年(年代不详)大雨中倒塌。

其他的一些资料中还有一些补充,比如:林姓业主于雨中号啕大哭;河水猛涨,漫上街面,等等。

方志馆的年轻人小西决定写一篇老茶坊六福楼的文章登在《方志资料选辑》上,他从资料中认识了钱三官,钱三官在小西心里活起来,小西费了一番周折,找到了钱三官的儿子钱继承。

你父亲十七岁就开始孵茶馆,小西说,我看到史书上有你父亲的名字,钱三官。

是的,钱继承说。

钱三官在六福楼的一个位子上坐了六十年。

是的。

六十年中,他每天孵茶馆。

是的。

一直是一个固定的位子。

是的。

是茶坊里靠窗的位子。

是的。

是茶坊沿河的一角。

是的。

他喜欢吃龙井茶。

是的。

你父亲有一个遗嘱。

是的。

但是你当时并没有发现。

是的。

后来当你知道有这个遗嘱的时候,六福楼已经没有了。

是的。

在钱三官十七岁之前发生过一件事情。

是的。

河对岸的陆小姐死了。

是的。

其实钱三官坐在茶坊的位子从来没有看见过陆小姐。

是的。

因为陆小姐已经死了。

是的。

小西喝了一口茶,继续说,关于你父亲,你没有更多的话可以跟我说了。

没有。

谢谢了,再见。

再见。

晚上小西和朋友在茶酒楼吃饭喝酒聊天,倩倩穿着高跟皮鞋哒哒地走过街面,小西有一点激动起来,他红着脸向朋友说,赌不赌,我一个星期把她搞到手!

朋友异口同声说,赌,赌什么?

三

钱朝辉和江小桐谈对象,父母亲知道了,他们不大同意,他们对朝辉说,朝辉,你再考虑考虑,这么一个人,合适不合适,我们的想法,他是不合适的,你应该再好好考虑考虑的,如果你要问我们的意见,我们是不能同意的,江小桐问钱朝辉怎么办,钱朝辉说,不管,大不了脱离关系,她不在乎父母亲。

但是江小桐在乎的,他好像觉得自己比钱朝辉成熟一些,他想,女儿不可能真的和父母脱离关系,他是要和钱朝辉结婚的,以后的日子很漫长,因此江小桐决心不惜一切去融化他们的铁石心肠。

其实也谈不上不惜一切,也就是一个年轻人的面子罢了,江小桐觉得与他对钱朝辉的爱和钱朝辉对他的爱比较,面子也是可以不要的,江小桐想通了这一点,觉得一切都是美好的。

江小桐带着礼物去看钱朝辉的父母,他们有些冷淡地接待他,他们的脸上没有什么笑意,他们对江小桐说,你是来找朝辉的吧,她不在家,江小桐说,我知道她不在家,我不是来找她的,我是来看你们的,他恭恭敬敬地坐在他们面前,说:我叫江小桐。

江小桐在冷冷淡淡的气氛中坐了一会,过了几天,他又来了,他仍然带着礼物,不是很贵重的,他说,伯父,听朝辉说你肠胃功能不太好,我替你买了一盒昂立一号,你试着看看。

我从来不用补品,朝辉的父亲说。

昂立一号不是补品,是保健品,像喝饮料一样喝一点就行,江小桐说。

无论碰到什么样的钉子,江小桐不屈不挠,他的精神终于有点感动钱朝辉的父母,他们觉得对这么一个懂事的年轻人摆脸,不像做长辈的,他们反倒有点不好意思了,母亲说,小江,听朝辉说你在吴门小学工作。

江小桐再来的时候,他们的谈话内容就更多一些,以后,再更多一些,再以后,几乎是无话不谈了,江小桐终于融化了他们的心肠,江小桐想,他们其实也不是铁石心肠,他们的心肠一点也不硬。

现在父母反过来关心朝辉和江小桐的关系进展,他们问朝辉,小江怎么几天没来了。

朝辉说,我叫他不要来。

为什么,父母亲从朝辉的话里听出些什么,他们有些担心,为什么不叫他来。

朝辉说,不为什么。

你们闹矛盾了?

就算是吧。

父母亲有些生气,他们说,小江是个知书达理的年轻人,肯定是你太任性,是我们宠坏了你。

朝辉哼着歌曲走出去,她没有把父母的话放在心上,看着她快快活活的样子,一点也不像和江小桐闹了意见的,父母亲心里踏实一些,他们想,就算有问题,问题也不大的。

又过了一些日子,有一天钱朝辉说,我今天带他回来吃饭哦。

他们听了都很高兴,忙了一个下午,为江小桐做菜烧饭,他们回忆和江小桐谈话中江小桐说过他喜欢吃什么,不喜欢吃什么,根据这种回忆做出一桌丰盛的晚餐,但是最后来的并不是江小桐,而是另一个男青年。

朝辉,怎么不是江小桐呢,他们好不容易等到那个男青年走了,便着急地甚至略有些迫不及待地问钱朝辉,朝辉,你怎么这样的,小江呢?

朝辉说,小江?你们是说江小桐吗?我不和他谈了。

为什么,为什么,他们又急又难过,他们觉得与自己有关,他们觉得很对不起江小桐,他们告诉朝辉,朝辉朝辉,你误解了,你一定是弄错了,其实我们早已经不反对你和小江的事情了,甚至可以说,其实我们早已经喜欢小江了,我们觉得小江是个很好的青年。

和你很相配的。

和我们也很谈得来。

知书达理的。

善解人意的。

现在像小江这样的年轻人不多的。

现在像小江这样的年轻人打着灯笼也难找的。

朝辉说,但是我现在不爱他了。

朝辉,你怎么这样的,你怎么这样的,他们几乎说不出其他的话来,只会反反复复地说这一句,你怎么这样的,小江呢。

朝辉说,我已经回绝他了,他也没有说什么。

小江这样好的人你不跟他好,朝辉的父母亲有些难过,他们说,小江这样好的人你跟他分手,朝辉,我们是想不通的。

什么呀,朝辉笑了起来。

许多年以后钱朝辉成了新开张的旧式茶馆六福楼的女老板,江小桐进来喝茶,钱朝辉说,江小桐你好。

朝辉你好,江小桐说。

你过得好吧?

好的,你过得好吧?

好的。

江小桐坐在靠窗沿河的位子上,河对面人家的情景可以历历在目的,钱朝辉笑着,说,当年我差点和你私奔。

江小桐说,是的,我的想法和你不一样,我的工作重点在你父母身上,后来我的工作做得很好的。

也不知怎么搞的,后来就没有了,钱朝辉说。

也没有什么要死要活的,江小桐说,就像是人家的事情。

我父母亲反对我的,钱朝辉说,我一直记得他们想不通的样子。

他们都好吗?江小桐说。

前几年他们先后去了,钱朝辉说,你吃吃这茶看,是我刚从杭州进的特级龙井。

江小桐吃茶,他说,我在美国的这些年里,常常想念家乡的茶,虽然也有茶吃,但是总感觉味道不大一样的,有一天我从一本书中看到你的爷爷,也许是你爷爷的爷爷,一个叫钱三官的人,一辈子坐在一个固定的位子上吃茶。

他死的时候写了一个遗嘱,钱朝辉说,但是没有人看到过那个遗嘱。

那时候,我就特别地想回来,想回来坐一坐这个位子,江小桐说,怎么会你来开这个茶坊呢。

阴差阳错,钱朝辉说。

江小桐吃着茶,太阳渐渐西斜,从河对岸人家房子的隙缝中照射过来,旧式的茶坊里红红的。

四

乡下的亲戚阿四到城里来了,他来找工作做,他的爷爷告诉他,你到了那里,你说钱三官的名字。

阿四不知道钱三官是谁,爷爷说,你也不管他是谁,你说他的名字。

阿四来到这里,他一眼就看到了崭新的旧式茶坊,阿四有点激动,我就在这里工作了,他想。

阿四看到有人站在茶坊门口,他就说了钱三官的名字,钱三官,阿四说,那个人果然朝阿四看看。

阿四又说,钱三官。

那个人点了点头,他认出阿四来,你是乡下的阿四吧,他说。

阿四说,你是钱三官。

那个人笑了起来,他没有说他是不是钱三官,只是说,你是来找工作的,你想在这里做工作。

阿四高兴地说,你一定是钱三官,一定是我爷爷告诉你的,我爷爷知道我来找工作,他叫我说出钱三官的名字。

那个人又看了看阿四,说,你力气大不大。

大的。

那里边的大茶壶你拿得动拿不动?

拿得动。

你脚头子活不活的。

不活的。

阿四留下来,在茶坊里做伙计,事情也不多,替吃茶的客人泡茶加水,偶尔回答客人的一些问题,来茶坊的客人,也没有很多话要问,他们多半是来吃茶的,吃茶就吃茶,话不要太多,他们这么想。

很多年过去,阿四成了茶坊的主人,大家仍然叫他阿四,有一天红花来了,她对阿四说,你走了以后,我等了你一天又一天,等了你一年又一年,你一直不回来。

红花留下来,给阿四做帮手,慢慢的红花也懂得了茶和茶坊的一些事情,她到茶庄买茶叶的时候,认识了茶庄的一个人,过了一些时候,她就和那个人结婚了,大家说,阿四,原来红花不是你的老婆。

阿四说,我原来也以为是的,后来才知道不是。

茶坊的生意冷下去,又热起来,热起来,又冷下去,时间过去了一天又一天,有一天一位老人来到老茶坊,他在沿河靠窗的位子上坐下,阿四说,你要什么茶。

龙井。

阿四替他泡了龙井茶,阿四认出他来,是你。

是我。

红花呢?阿四说,我有好多年没有见到她。

她死了。

哦,阿四说,吃,吃茶。

门前的街上响起鞭炮声,但是老人的耳朵并不太好,他们听到的鞭炮不太响。

现在的鞭炮,也没有过去的响,他们说。

是的,鞭炮的声音也不脆,从前的鞭炮是震耳欲聋的,他们说。

放鞭炮是因为要过年了,小孩子在街上窜来窜去,用稚嫩的声音声嘶力竭地叫喊,他们唱道:

> 两只老虎,
> 两只老虎,
> 真奇怪。
> 真奇怪。
> 一只没有耳朵,
> 一只没有尾巴。
> 真奇怪!
> 真奇怪!

他们在说什么?

没有人回答他们,茶坊里没有别人,只有他们,他们坐在沿河靠窗的位子,听着小孩子们在门外的街上叫叫闹闹,听了一会,他们说,吃,吃茶。

朱家园

　　他是一个年轻的人,读了大学,毕业后分配到这里来工作,这个城市不大,但历史悠久的,老街老巷很多。他本来是想租一个公寓房住的,后来在街上走了走,这里的老街老巷给他一种特别的感觉,他想了想,就决定租了这里来住,这个地方的街名叫朱家园。

　　朱家园,这个地方在他心里引起一点温馨的感觉。

　　他在上班的时候,他的同事会和他聊聊天的,小张啊,他说,住定下来了?

　　住定下来了。

　　租的房子啊。

　　租的房子。

　　租在哪里呢。

　　租在朱家园。

　　噢噢,是朱家园。

　　朱家园吗?另一个同事也听到了,他走过来说,朱家园吗?

　　是朱家园。

　　他的第三个同事也来参加谈话了,朱家园吗?

是朱家园。

那不是胡先生从前住的地方吗,他们中的一个说。

那么说起来应该是胡先生故居的,他们中的另一个说。

你们说的胡先生,是那个胡先生吗,大学生说。

是的。

是的。

什么呀,他的房东后来笑起来,你们说什么呀,他说。

我们说胡先生,他说。

是那个胡先生吗?

就是那个胡先生呀。

那是你们搞错了,什么故居呢,什么从前住的地方呢,人家胡先生从从前到现在,一直是住在这里的,就在街的尽头那里,最里边的一户人家,就是胡先生。

是那个胡先生吗?

就是那个胡先生呀。

咦咦。

胡先生一直没有搬家的吗?

是的。

怎么会这样的呢。

就是这样的。

他的房东是一个医生,楼下的东厢房就是他的诊所,他是做针灸的,他的诊所里常常有病人在那里聊天,他们一边做针疗,还拔火罐,一边谈着其他的事情,在星期天的时候,大学生也会走到诊所的窗口向里边望望,然后他笑笑,就走开了。

是大学生,病人说。

是的,房东说。

喔哟哟,一个病人拨了火罐,肩膀上的肉红团团的,他爬起来的时候,舒服地哼了哼,喔哟哟,喔哟哟。

死腔,另一个病人笑笑。

大家都笑笑。

那个大学生,一个病人说,他有没有女朋友的?

你想帮他做介绍吗?

大家又笑笑,十八只蹄髈,一个人说。

朝南坐,另一个人说。

要么十八记耳光喏,再一个人说。

医生一直是闷头做事情的,他往这个人身上扎几针,又往那个人身上扎几针,每天都是这样的动作,对他来说,是有点机械化的,像机器人,也不用动很多脑筋,也不用研究新的课题,到他这里来的人,一般都不是什么疑难杂症,或者性命交关的大毛病,是慢性病多,像腰酸背痛这样的病比较多,说起来也算不了什么大事情,但是放在身上也难过的,西药又吃不好它,就到这里来扎几针,反正也没有要紧的事情赶着去做,多半是退了休的老人,或者闲在家里的人,医生也没有负担,病人也是悠悠哉哉的。

医生听到他们说大学生了,他会抬起头来看看他们,你们说什么呢?

说大学生呢,不晓得他有没有女朋友了。

医生笑了笑,他想,好像是没有的,至少是没有看见有女的来找他,也可能是有的,但是怕难为情不肯过来。

有人想做媒人伯伯了,一个人说。

现在大学生工资高的,另一个人说。

也不见得,再一个人说。

他们谈论的时候,大学生已经走出院子了,他沿着朱家园往北边走去。朱家园是一条地形简单的街巷,虽然是长长的,但比较直,所以从街头几乎可以看见街尾,胡先生的家,就是在街尾的。

大学生是要去见见胡先生的,自从他搬到朱家园来,他就一直有这样的念头,从前他看过一个人写的回忆录,这个人和另外两个人一起,从外地来,想是要寻访些古意,他们在小街上走着走着,就走到了朱家园,他们就突发奇想了。

我们去拜见胡先生如何?一个人说。

他的想法得到另外两个人的赞同,他们说,就去吧,他们就走到朱家园的巷尾,去敲胡先生的门。

听说胡先生凶的,一个人说。

也许不是凶,是严厉吧,另一个说。

门已经开了,胡先生坐在书房里,等着他们进去,你们几个小混混,是干什么的,他厉声问道,又大声地咳嗽,他是说方言的,外地的人不能全听得懂,但是知道他是在骂人了,后来就有一个佣人端了痰盂进来,放在他的脚边,他咳嗽过,吐过痰,后来稍微和气了些。

有事没事都来胡搅胡缠,胡先生批评他们。

我们不是——

我们是——

什么是不是的,胡先生说,说吧,你们以为自己初生牛犊不畏虎?

嘿嘿。

嘻嘻。

笑什么呢,胡先生说。

胡先生的衣服纽扣扣错了一个,使得衣服斜吊在身上。

嘿嘿。

嘻嘻。

你们无端端来浪费我的时间,胡先生说。

我们是诚心的呀。

我们是远道而来的呀。

我们是特为来瞻仰先生风采颜色。

嗯,胡先生说。

回去也好吹吹牛的。

嗯。

胡先生始终是把他们骂了骂,但是他们很开心的,他们后来回去了,到处去告诉别人,我们见到胡先生了,他们说。

现在大学生也来了,他敲了敲门,门就开了,是老太太来开的门,她的身后有另外一位老太太。

我说我来开的,后面的老太太对他说,她一定要抢在我的前面的,她算是想气气我的,她算是身体比我健。

开门的老太太笑了笑。

我是不气的,后面的老太太说,你想气我我也不气的。

我是想见一见——大学生说,我是想——

每次她都这样的,后面的老太太说,每次她都要抢在我的前面,从前就是这样的,一直都是这样的。

大学生便笑了笑。

咦,咦咦,一个老太太看了看他,眼睛忽然有点亮起来,她把他指给那个老太太看,咦咦,你来看。

她也看了看他。

他年纪轻的时候,也是这样子的,老太太说。

那个老太太又看了看他。

像吗?

是,有点像的。

什么叫有点像的,就是像的,很像的,再配一副眼镜就更像了,老太太说,简直是一模一样的。

大学生有点难为情,他猜测老太太是在说胡先生,拿他和胡先生比,大学生有些不好意思,但是心里还是有点沾沾自喜的。

那个人的回忆录里没有写她们,她们是谁呢,大学生想,那时候可能她们还没有来这个地方,如果她们在的话,会来开门的。

那一扇门,就是现在的这一扇门吗?

噢,对不起,大学生说,我是想……你们是……

噢噢。

你看看我们像不像姐妹两个呢,后面那个老太太说,你看看我们两个谁大呢。

大学生只好看了看,他是看不出来的,他只好笑了笑。

你不好意思说啊,老太太说,她是姐姐,我是妹妹。

噢,噢噢,大学生仍然是笑一笑。

是不是看上去她比我小呢,做妹妹的老太太说,她一直讲究穿着打扮,她用珍珠霜的,她总是要跟我比比,她是要气气我的,她想显得比我年轻,她以为我会气的,其实我不气的。

嘿嘿。

她就是这样的,老太太说,从一开始,从第一天她就要气我的,我铺新床的时候,她说,床单上的花像一滴一滴的眼泪。

嘿嘿。

她说,屋里的摆设这么讲究,以后分手拆屋能卖个好价钱。

嘿嘿。

你的头发这样梳像翘辫子。

嘿嘿。

翘辫子你懂不懂的,你恐怕不懂的。

大学生摇了摇头,他是外地人,北方的人,对南方的方言,就算听得懂,也是不太能理解的。

你是外地人啊,老太太说,你所以听不懂的。

后来大学生在这个地方待得时间长了,他就知道什么叫翘辫子,就是死的意思,当大学生知道了这个方言,重新回想当年的事情,他觉得有点好笑的。那么先生呢,大学生说,先生他在哪里呢?

在上海,做姐姐的老太太说。

不是在上海的,妹妹说,他是在杭州,她偏要说在上海,她算是气气我的,不过我是不会气的,我不气的。

你们是说从前呢还是说现在?大学生说。

从前吗?

现在吗?

先生从前是戴眼镜的吧,大学生说,我从老照片上看到的。

先生在很年轻的时候就那个什么什么了,大学生说。

先生是一代什么什么呀,大学生说。

你那时候还说我颧骨高什么什么的,妹妹说。

嘿嘿。

你那时候还叫阿三不要理我呢,妹妹又说。

嘿嘿。

胡先生他——大学生是想问些什么的,但是又不知道要问什么,所以说说停停。

你那时候——

你那时候——

你要问什么呢?姐姐看看大学生,她看出来大学生是想说点什么的。

大学生想了想,他摇了摇头。

那你坐坐,喝喝茶。

好的,大学生就坐了坐,喝了喝茶,后来他说,那我走了啊。

好的呀,老太太说,你慢走啊。

再见了。

再会了。

大学生就走出去了。

一个病人无聊的时候,他从医生的诊所的窗口往外看,看到大学生走过来了。

大学生来了,他说。

还有一个女的,另一个病人说。

他们都从窗口往外看看,大学生和一个年轻的女孩走过来,他们一边说话一边笑,经过诊所的时候,大学生停了一下,他向房东点了点头,女孩子也跟着他向房东笑了一笑。

这是我的房东,大学生说。

噢。

幽兰街

  街上人来人往,但是没有什么人光顾绸布店,早晨的太阳淡淡地照在门前的地上,他们心里有一点慌慌的感觉。
  我反正,老张说,我反正也无所谓。
  我也无所谓的,金妹说,我反正也无所谓的。
  他们一起看了看李梅,李梅向他们笑了一笑。
  有一个人走进来看看绸布,蛮好的料子,他说,现在绸布店只有一个柜台。
  从前大家都喜欢绸子,金妹说,现在不喜欢了。
  这个人向绸布店里边看看。
  他们租了我们的柜台,卖乱七八糟的东西,金妹说,其实生意也不算好,跟我们也差不多的。
  现在,这个人说,他慢慢地走开了。
  哎,金妹看着老张的脸,她说,你刚才说无所谓,什么意思?
  什么什么意思?老张说。
  是不是,金妹说,是不是有什么说法?
  有什么说法?老张说,你听到了什么?

我没有听到什么,金妹说,你说你无所谓。

李梅看着街上走来走去的人,我心里有点乱,她说。

金妹向老张看了一看,又转向李梅,你的事情,她说,你们的事情,解决了没有?

解决了,李梅说。

女儿归你?

归我的。

他要贴生活费的。

要贴的。

唉,金妹说。

其实,老张说,其实。

他贴多少钱?金妹问。

不多的,李梅说。

其实,老张说,其实,也不一定要走这一步的。

咽不下这口气的,金妹说。

但是经济上肯定吃亏的,老张说。

已经这样了,李梅说。

算了,金妹说,再找一个比他好的。

李梅笑了一下。

老张说,你以为是买青菜?

一个乡下妇女背着一个大包走过来,绣品要不要?她说。

你有什么?金妹说。

手帕,围巾,妇女说,都是手工的。

我们不要,老张说。

你们要一点吧,货色好的,乡下妇女说,她打开包,抓出一把绣品,送到金妹和老张面前,你们看,货色是好的。

卖不掉的,老张说,现在没有人要。

妇女愣了一愣,她抬头看看店招,是这里,她说,幽兰街的绸布店,你们是有名的,老字号的绸布店。

我们的店,金妹说,是百年老店。

我们那里的人都晓得,幽兰街的老店是识货的,妇女说,我这是好货。

好货也没有用的。

唉,妇女说,连你们老店也不要绣品了,我们怎么办呢?

你们就不要再做了,金妹说,反正也没有人要。

不做,妇女说,我们那里,做丝绸绣品,做了好多年,现在就不做了?

那也没有办法的,老张说。

唉,妇女说,不做怎么样呢。

现在乡下的日子也好过的,金妹说,比我们城里人好过。

田里也没有事情做,厂里也没有事情做,妇女说,从前总是鸡叫做到鬼叫,也做不完的事情。

那么你们做什么呢?金妹说。

男人打麻将,女人也打麻将,妇女说,老太婆到庙里烧香。

嘿嘿。

街对面的店门口开来一辆小卡车,卸货的人把几箱子的货卸下来,搬进店去,车子开走了,有两个男人留在那里,一个男人拿出烟来,给另一个男人一支,自己也点了一支,他们抽了抽烟,就开始拆箱。

去看看卖什么的,金妹走到对面,看了看,又过来了,卖玉雕的。

哪里的?老张说。

山东的。

你问他们的?老张说。

我没有问,听口音就像是山东的。

山东出石头吗?老张说。

山东怎么不出石头,金妹说,现在哪里都出石头。

我听说浙江的青田石好的,老张说,山东有什么好石头。

哗啦啦,对面店里打翻了什么。哎呀,玉石经不起跌的,金妹跑过去看,老张也跟过去看看,还好,金妹说,没有跌出来,跌出来要碎的。

碎,一个男人笑起来,不会碎的。

你们是绸布店的,另一个男人说。

是的,金妹说,你们卖玉雕。

这是一条老街,一个男人说。

是的,金妹说,你们的石头,从哪里来的?

山里挖出来的,男人说。

你们是山东人。

我们是山东人?一个男人笑起来。

另一个男人说,我们是浙江人,浙江青田。

我说的吧,老张说,浙江青田出石头的。

金妹怀疑地看着他们,浙江人说话这样说的?她回到自己店门口,向李梅说,李梅,你听他们说话的口音,像哪里的?

李梅说,像山东的。

就是,金妹说,浙江人不是这样说话的,现在,反正现在的事情,也搞不懂的。

一个男人跳到凳子上,举起电喇叭,喂了一声,声音在街上响起来:大拍卖,大拍卖,他说。

街上的人被男人的声音吓了一跳,停下来看。

大拍卖,男人说,他拿起一只玉雕奔马,五百,四百,三百,二百,一百八,一百六,一百五,一百四,一百二,一百,声音戛然而止。

什么意思,有人问。

低于一百不卖了,老张说。

大拍卖,男人又换了一件东西,是玉雕的果篮,玉石雕成的各种水果鲜艳欲滴的,三百,二百,一百,八十,七十,五十。

低于五十不卖,有人说。

接下来是一座玉观音,大拍卖,男人说,八百,五百,三百,二百,一百五。

大家哄笑起来,男人也笑了笑,弯腰准备去寻找另一件东西。

观音拿来我看看,有人说。

这样做生意的,另外有人说。

观音又被送回去,那个人说,不要。

街上围过来的人越来越多了,路有点堵了,有人骑车经过过不去,就下车来看,干什么,他说。

大拍卖,有人回答。

老张也回到绸布店,唉,他说,东西很便宜,一个观音,做得真好。

你想买吗?李梅说。

观音要说请的,金妹说,不要说买。

我不要,老张说。

你家螺蛳壳点地方,金妹说,放也没处放的。

大拍卖,男人一直在叫喊,大拍卖,五百,四百,三百,二百,一百,五十,四十,三十。

大家哄笑。

吵死了,金妹说。

另一个男人拿个杯子跑过来,大姐,讨点水喝,他向李梅说。

李梅给他倒了开水,谢谢大姐,男人说。

怎么不是山东人,金妹说,山东人见人就叫大姐的,他们不管你比他大还是比他小,都叫大姐,这就是山东人。

老张说,也不见得吧。

怎么不见得,金妹说,他不见得比李梅小吧,看上去老眼多了。

大拍卖,讨开水的男人站到凳子上,换下那一个人来喝水,讨开水的男人也和那个男人一样叫喊,五百,四百,三百,二百,一百,五十,四十,三十。

有人说,二十卖不卖。

不卖。

一片笑声,什么东西,有人说。

有人来光顾绸布店,她是一个上了年纪的妇女,我是你们的老顾客,她说,从前,我从来不买别人的绸布,都是买你们的。

金妹看了看她,不熟,金妹说,你可能有些日子没有来了。

有几十年了,女顾客说,我后来到外地去工作。

退休了?金妹说。

是的,女顾客说,还是想回来的。

你剪什么绸料?金妹说,现在的品种,比从前多得多。

我看看,女顾客说,她看了看老张。

像我们这个老字号的店,老张说,规矩大的,从前要求"营业员做顾客三分主"的。

那时候,我们一走进店里,女顾客说,营业员都是笑脸相迎,设座奉茶敬烟,问长问短。

那是从客套话中探明顾客需要,老张说,才可以做到心中有数。

女顾客说,这位老师傅,从前就在店里的。

你认得我?老张说。

老师傅有六十了吧,女顾客说。

六十八。

没有退休吗?

退了。老张说。

他是返聘的,金妹说,他从前是做裁缝师傅的。

噢,女顾客说,说不定你还帮我做过衣服。

也不一定的,老张说,店里有好几个裁缝师傅。我有一件绸的连衣裙,女顾客说,穿了好多年,同事都说好,后来胖了,不能穿了。

你在哪里工作的,金妹说,是不是在北方?

是在北方,女顾客说,北方人对绸子很喜欢的。

从前北方人到我们这里来,都要找到我们店买绸子,老张说。

从前我回家探亲,要帮他们带绸子回去的,女顾客说,我告诉他们,我的家乡,是丝绸之乡,从前说,日出万绸,衣被天下的。

唉,老张说。

有一年,女顾客说,我带他们到东方丝绸市场去,他们都眼花缭乱。

目迷五色,脑子就乱了,老张说,于是就乱买瞎买。

从前是有意这样的,金妹说,是不是,有意搅得你眼花缭乱,把货色翻来翻去给你看,看得你不晓得好坏。

东方丝绸市场,是全国最大的丝绸市场,李梅说,是不是的?

当然是的,金妹说。

现在关门了? 女顾客说。

关门了。

那么,女顾客说,那些做丝绸的厂和人到哪里去了呢?

不晓得。

玩玩吧。

有的还在做。

做了干什么呢?

不晓得,反正也卖不掉。

我儿子女儿在北方工作,女顾客说,他们都不想回来了,可是我还是想回来,我就一个人回来了。

叶落归根,金妹说。

是的,叶落归根,女顾客说。

你剪一点喜欢的料子?

我想给女儿剪一段绸子,请裁缝做一件连衣裙,和我当年穿的那件一样,出风头的。

做连衣裙,金妹看了看一大堆的料子,挑出一块,这块好的。

李梅指指另一块,这块也好的。

你可以请老张做,金妹说,他是老师傅了,手艺好的。

女顾客点点头,我晓得的,老师傅从前肯定帮我做过衣服。

也不一定的,老张说,我们店里,裁缝师傅有好几个。

这块料子不错,做连衣裙一定好看的,那块也好的,不过,女顾客说,我不要。

为什么?

我女儿不要的。

街对面吵吵闹闹,大拍卖,男人用电喇叭大声喊,大拍卖,五百,四百,三百,二百,一百,五十,四十,三十。

他们干什么?女顾客问。

大拍卖。

女顾客回头看了看,又转过来,我只是,她看着那些绸子,说,我只是来看一看,我不买绸子,我只是想来看一看。

一晃就好多年过去,老张说。

日子过得太快,女顾客说,我从前住的地方,已经没有了。

拆了?金妹说。

拆了,女顾客说,变成大马路了。

出来好些大路,金妹说,都是拆了小街巷变成大马路的。

我要来看看的,女顾客说,说不定老字号的绸布店,哪一天也没有了。

不会的吧,老张说,幽兰街是条老街,有很多古迹的。

难说的。

老张想了想,也是的,他说,难说的。

李梅去方便的时候,有个人来找她,他背着一个沉重的旅行包,风尘仆仆的样子,我刚刚下火车,他说。

你从哪里来的?金妹说。

深圳。

你是李梅什么人?金妹说。

嘿嘿,他笑了一下,什么人,不是什么人。

你找李梅干什么呢?

李梅过来了,这个人找你,金妹说。

你找我?

深圳的人说,你是李梅?

是。

我从深圳来,他说。

李梅的脸上红了一下,深圳,她说。

我和一平在一起的,这个人说,一平叫我来找你。

他有什么事,李梅说,他到深圳去,我也不晓得的。

你男人到深圳去了?金妹说,可能有钱了。

你们办了手续?老张说。

办了。

我说的,老张说,其实不一定要走这一步的。

我们不是为钱。

为一口气,金妹说,换了我,我也要办的。

我不晓得你们的事情,这个人说,一平叫我来我就来了。

既然走了,走就走了,又来找什么,金妹说。

送钱,这个人说,他从口袋里摸出一个信封,交给李梅,这是你女儿的生活费。

李梅愣了一愣,接过信封。

你点一点,这个人说,数字写在这里的,他指了指信封。

你们在深圳开公司吗?金妹说。

不是的,这个人笑了一下,打工,他说,很辛苦的。

李梅低着头,柜台上绸子五颜六色映在她的眼睛里。

一平叫我告诉你,这个人说,他要我告诉你,他很想女儿的。

哼哼,金妹说。

我一下火车,才想起没有问清地址,这个人说,一平也没有和我说清楚,我也没有问清楚,我们两个都是糊涂的。

那你怎么找来的,金妹说。

一平只说过绸布店,这个人说,幸好,大家都晓得你们这个店,老字号的绸布店,大家都晓得在幽兰街,不难找。

我们的店,一直没有搬过,老张说,一百多年了。

所以大家都晓得,金妹说。

我走了,这个人向李梅挥挥说,再见。

李梅说,再见。

还算有点良心的,金妹说。

李梅拿着信封,对面的男人又跑过来对李梅说,大姐,借个接线板有没有?

大姐,大姐,给你叫老了,金妹说,她比你小多了。

男人不好意思地笑起来。

卖掉多少?金妹说。

还可以的,男人说。

你们叫得厉害,金妹说。

另一个男人仍然站在凳子上高声喊道:大拍卖,五百,四百,三百,二百,一百,五十,四十。

吵死了,金妹说,头也吵涨了。

一百,五十,四十。

吵死了,金妹说,头也吵胀了。

豆粉园

一

天气并不太好,时间也是下午了,游人不多,有两个老人坐在茶室里,他们每人面前有一杯茶,但不怎么喝,茶水清绿,茶叶沉淀在杯底,他们看看茶水,茶水很平静的。

嗳,她说。

你还是叫我嗳,他说,我们两个人在一起的时候,你从来没有叫过我的名字。

我不习惯的,她的脸好像有一点红了,她说,我昨天给你打电话的。

我在三清殿晒太阳。

昨天好像没有太阳的,昨天有太阳吗?她怀疑了一下,就认定了,昨天是阴天,像今天一样的。

也不算阴天,有一点太阳的,虽然不旺,但是有一点太阳的,他说。

一点点太阳也要去晒。

服务员从茶室的柜台下探出头来,他摘下耳机,看看他们,你们的茶凉不凉,要不要替你们倒掉一点凉的,加一点热水?

不要的。

不要的。

茶室里一片安静,园中的鸟在叫,起了一点风声,有一种快要天晚的意思弥漫着。

你跟谁一起去的,她重新拾起刚才的话题。

你说晒太阳?我一个人去的,他说。

是一个人,她说。

我到面店吃了一碗面,就去了,面下得太烂,没有骨子了,他说,肉也不太好。

你老了,她说,你的牙也没有几个了,你还是要吃硬面,你从前说要做饭给我吃的,你说一定找个机会做一顿好的饭给我吃,你还说等你老了开个面店下面给我吃,我不喜欢硬面的,我喜欢烂一点。

他看着她,时间过得真快,他说。

你老是说,等到老了,等到老了,我那时候其实不想承认自己会老的,我一直担心脸上有皱纹,我又一直担心头发不好看,她说,你不会一个人到三清殿去晒太阳的。

我是一个人去的,他说。

你们家接电话的是谁,她说。

是儿媳妇。

豆粉园的领导在茶室门口看了看,快要关门了,她说,除了这里两个,其他也没有什么人了。

服务员摘下耳机,什么?

她摇了摇头,退了出去。

老人互相看看,他们说,要关门了。

我们也该走了。

站起来的时候,他搀了她一下,她说,不用的,服务员过来收拾茶杯,他将剩茶倒掉,洗干净杯子。

老人走到茶室门口,天开始飘起雨丝来,天气突然冷起来。

下雨了,他说。

下雨了,她说,我的布鞋要踩湿的。

他看了看她的鞋,说,我说今天天气不好,我想跟你说改日的。

我知道你不想出来的。

我没有不想出来。

服务员在他们身后锁门,他说,石子上有些滑的,你们小心一点。

你从前说过的话你忘记了,她说,你老是说等到老了,等到老了。

你不要这样说我,我心里难过的,他说,我是真心的。

三清殿那里晒太阳的人多不多?她说,我年轻的时候经过那里,看到许多老人,我坐下来听他们聊天的。

雨下得大了些,他看看天,又看看她,你的头发要淋湿的,他说,我把外衣脱下来你披在头上。

我不要的。

服务员骑着自行车从他们身边经过,他跟着耳机在唱歌,一只手脱开车把,向他们挥一挥。

你总是要把话题扯开去的,你不想回答我的问题,她说。

你说三清殿人多不多,多的,他说。

过几天我也去三清殿晒太阳,她说。

我和你一起去,他说,看了看她的脸,他又说,不过你大概不会去的,你只是说说的,你不会去的。

你怕我去的,是不是?她说,你不想我去的。

我没有不想你去。

三清殿又不是你的,她说。

我真的没有不想你去,最好你和我一起去的,他说,那里人很多的。

你是怕我去的,我知道你的,她说,你从前老是说,等到老了,等到老了。

你不要这样说我,我心里难过的,他说,我是真心的。

你从前就要把我打发走的,你说要把我打发到很远很远的地方,要到一个你不知道的地方,到一个你忘记了地址的地方,到一个你找不到的地方。

是书上这样写的,我从书上抄下来送给你,他说,我用余下的生命到处寻找你,我要在风烛残年,喊着你的名字,倒在异乡的小旅店里。

她笑了起来,嘿嘿,她咧开没有牙的嘴,我不到三清殿去晒太阳,我家门口也有太阳的。

他也笑了,嘿嘿。

这时候他们听到安静的豆粉园里传来一些声音。

二

游人穿过狭长的小街,来到豆粉园,他要买票进去,但是卖票的窗口关上了,游人看了看门前的告示,他向看门人说,你们不是五点关门吗?现在还不到五点。

四点半停止卖票,看门的人指着规章制度让他看。

游人愣了一愣,我是外地来的,他说。

外地,看门人说,到我们这里来玩的,大多数是外地人,本地人倒来的不多的。

我是从很远的地方来的,游人说,很远的地方。

很远的地方,看门人说,都是很远的,有的人是从外国来的,外国都很远的。

游人又愣了一愣,一时间他好像不知道说什么才好,他用祈求的眼光看着看门人。

看门人说,不行的,已经停止卖票了,我不能让你进去的,我让你进去我要犯错误的。

游人说,还没有到五点。

看门人说,四点半停止卖票,你没有门票就不能进去,这是我们的规章制度,我不好违反的。

游人叹息了一声,我迟了一点,他说,他的目光越过看门人的头顶,往豆粉园里看着,雨中黄昏的豆粉园,十分安静,我应该早一点来,游人说,唉,我迟了一点。

看门人看看他,说,你可以明天来。

我明天就要走了,游人说,明天一早就要走了。

那你以后再来,看门人说。

以后我不会来了,游人说。

为什么,看门人道,我们这个地方,人家都不止来一次两次,很有看头的,这地方叫园林城市,你知道的吧,值得再来一次,甚至再来几次的。

我知道的,游人说,我知道这是个园林城市,有很多很好的园林,但是我想看一看豆粉园的。

看门人心里有些高兴,但他没有表露出来,他说,可惜了,你今天晚了一点,你以后再来。

以后我不会来了,游人又说了一遍。

那就可惜了,看门人说,他的心有点动了,他说,你以后真的不再来了?

游人笑了一下。

看门人说,我知道你是想留一点纪念的,你有照相机吗,你可以拿出来,你就站在这里,从这个门口拍进去,可以拍出许多好照片的,你可以带回去留念。

我没有照相机,游人说,我没有的。

那就没有办法了,看门人有些不相信地看看他,你不带照相机的,现在人家出来旅游,没有不带照相机的。

游人又笑了一笑。

要不你买一些风景明信片,这是一套风景,其中有一张是豆粉园,看门人说,不贵。

我不要买明信片,游人说,你一定不能让我进去的?

不能的,看门人重新又坚定起来,不能的,你不能进去的,他说,我们要关门了,你出去吧,我要负责任的。

游人有些无可奈何了,但是很快他的目光停留在蒙蒙细雨中豆粉园的某一处,因为黄昏,他的目光变得有些朦胧了,但是他的心里有一种特别的东西,游人的脚步不知不觉往里走了。

看门人有些生气了,你怎么能这样,他说,你怎么自说自话,谁让你进去的,你不能进去的,看门人除了这么说话,他也没有别的什么办法了,他突然想到他们的领导,他说,你找我们领导说,我们领导同意你进来你就进来。

领导,游人说,你们领导在哪里,在里边吗,我进去找他好不好?

看门人说,不行的,你不能进去,你在这里等一等,她马上就会出来的,到下班时间了。

你们领导,游人说,姓什么?

刘,看门人说。

服务员骑着自行车从里边出来,游人迎上去说,你是领导,我想进去看一看,我进去一会儿就出来。

服务员摇摇头,我不是领导,他说,骑着车子走了。

你们领导呢？游人在他的背后问道。

在后面，服务员说。

看门人不屈不挠地盯在他的身边，你怎么可以这样，他反反复复地说。

一位中年妇女拎着包走出来，游人说，刘主任你好。

我不是刘主任，她看了看游人，你是哪里的？旅游的？

我想进去看一看，但是我迟了一点，你们已经停止卖票了，我只是想进去一会儿，只要一点点时间，刘主任——

我不是主任，我们这里没有主任的，她神态坚决地说。

刘科长。

我不是科长，我们这里没有科长的，她仍然神态坚决。

总之你是领导，游人说，总之我知道你是领导，只要你同意了，我就能进去看一看。

谁说的，她脸色严肃地说，我不好随便做主的，关门就关门了，不好让人进来的。

游人已经无法可想，但是他仍然坚持又说了一遍，我只是想进去看一看。

看一看，刘的脸色和缓了一些，但口气仍然是坚决的，你看一看能看出什么呢，这里的园林，走马观花是看不出味道的，要细细品味的。

我知道的,游人说,他的目光停留在某一处,他的目光牵动了刘的心思,她转过头去,随着游人的视线往豆粉园里看。

　　你看什么,她说。

　　那个屋顶,上面的瓦,游人说。

　　哪个屋顶,刘说,锄月轩?

　　那一个,游人指着。

　　是远香楼,刘说,瓦怎么了。

　　瓦,游人说。

　　刘看了看屋顶,你说瓦怎么了?

　　游人没有说。

　　那你,刘用心地看着游人的脸和他的衣着,那你,你从哪里来?

　　他从很远的地方来,他以后也不会再来了,看门人说,所以,他想进去看一看。

　　你是不是有什么事情,你是不是——刘欲言又止,停顿了一会,她说,你有没有和园林管理处联系?你如果找他们说一说,如果他们同意,我也没有意见的,她说,但是我不能做主的,关门的时候就关门,我们就是这样的,不可以破例的。

　　瓦,看门人疑疑惑惑地说,瓦怎么呢?

　　我不知道的,刘说,我不知道瓦怎么了。

　　明瓦清砖,游人说。

　　噢,看门人说,这有什么,我们这地方,很多明清建筑，都是明瓦清砖的。

刘紧紧追随在游人身后，你怎么搞的，跟你说不能进去，跟你说不能进去，你怎么搞的，她说了一遍又说一遍，后来刘就转身走开了。

看门人很想听游人说些什么，你从哪里来的，他说，你说很远的地方，是哪里呢？有多么远呢？

刘又急匆匆地跑回来，她喘着气对游人说，不行不行，我打电话到管理处请示过了，他们说不行的。

哦，游人说。

你可以走了，刘反复地催促他，你可以走了。

游人没有听到刘说话，刘生气地看着他，你这个人怎么这样，你又不是小孩子，怎么说话不听的。

三

服务员停好自行车，走进理发店。

剪头。

剪头。

理发师是个年轻的姑娘，她在豆粉园隔壁租了这间屋，开理发店，服务员经常到她这里来剪头，这里靠近，方便一点，服务员对他的同事刘和看门人说。下班了。

下班了。

理发师抬头看看墙上的钟，不知不觉，她说，天已经晚了。

是的，服务员说，日子过得很快的。

尤其是冬天,理发师给服务员围上白色的围兜,说,天一会儿就黑了。

再过几天就冬至了,冬至是一年中白天最短的一天,服务员说,冬至大如年,这是我们这地方的老风俗了。

是的,理发师说,你们这地方是这样的,在我们那里,冬至没有什么的,不会有人想起冬至的。

我们这地方冬至全家人都要在一起吃饭,饭菜比过年吃得还要丰富,这是老习惯。理发师将洗头液倒一点在服务员头顶心,开始搓揉,她说,去年我来开店的时候,正是冬至前几天,到了冬至那天。

是冬至夜那一天吧,服务员说,是冬至的前一天。

是的,冬至的前一天,冬至夜,理发师回想起来,那一天生意特别好,因为许多理发店都提早关门了,他们找不到洗头的地方,都到我这里来了。

嘿嘿,服务员说,他们关了门回去吃冬酿酒。

一个老农挑着一担苗木盆景走到理发店门口,他担着担子,向里边看着。

剪头吗?理发师问。

剪头。

老农把担子停下来,向豆粉园那边指一指,已经关门了,他说,现在关门关得这么早。

服务员说,不早的,一直都是五点钟关门。

怎么不早的,老农说,从前的时候,还开夜花园,开到晚上十点的。

从前的时候，服务员侧过头来看着老农，从前的时候？

那时候夜花园里还有唱昆曲的，老农说。

现在没有人听昆曲，服务员说，开夜花园没有人来的，白天也没有什么人的。

老农坐下来，看了看镜子里的自己，咧着嘴笑了一下，说，门倒还是那扇门，黑漆大门，有很多铜环的。

重新油漆过的，服务员说，铜环也重新配过的。

那门还是老的门，老农说，我知道的。

理发师让服务员到水龙头下冲洗，服务员听到老农对理发师说，我挑一担苗木从乡下出来，走了一天，一盆也没有卖掉。

理发师说，现在的人，是不大要盆景的。

你要不要，老农说，你要的话，我给你一盆，你自己挑一盆，这个，小黄扬，好的，这个，雪松，也是好的，我的品种都是好的。

不好意思的，理发师说，你辛辛苦苦从乡下挑出来，送给我，我怎么好意思拿。

不碍事的，老农说，要不，就算我剪头的钱，你帮我剪头，我就不给你钱了。

好的，理发师说，这样也好的。

嘿嘿，服务员说，你倒会算的，乡下人都会算的，他从水池里抬起头来，有几点水珠挂在他的脸上。

你是豆粉园的吧,老农问。

你怎么知道,服务员说,你认得我?

我猜猜的,老农说,里边的茶室还摆在小姐楼吗?

我就是茶室的服务员,服务员说,天阴下雨的时候,小姐出来看看我,跟我说话的。

老农笑起来,他向理发师看看,理发师也微微地笑了一笑,瞎三话四,服务员说,我瞎三话四。

吹风。

吹风。

吹风机响起来,老农说,要等多长时间,天要黑了。

快的,理发师说,你的苗木怎么办呢?

再挑回去,老农说。

这一担很重的。

空着身体也是走,挑一担也是走,老农说。

小姐跟一个唱戏的走了,后来又回来了,服务员说,是不是这样的?

好了,理发师往服务员头上喷了定型水,好了。

服务员走下椅子,老农坐上去,不用洗头的,他说,只要剪短一点。

有一个孩子,送给人家了,服务员说,男孩女孩?

这里再短一点,老农说,耳朵边上长了难看的。

服务员走到理发店门口,看看老农的一担苗木,他用脚点了一下装苗木的筐子,这些苗木,他说,很好的。

都是不错的品种,老农说,你们园里要不要?反正也不贵的。

我们不要的,服务员说,我们自己也多得是。

园林里又不怕苗木多的,老农说,多总比少好。

不行的,服务员说,就算要增加,也要管理处统一进货的,我们不好自作主张的。

服务员转身看看老农,他的头发已经剪短了,理发师说,吹一吹风。

不要的,老农说。

理发师说,不收你的钱。

不要的,老农说,不要的。

老农又看了看镜子,笑了一笑,他出来挑起担子,走了,老农说,下次再来。

下次再来,理发师说。

斜风细雨刮打着,服务员说,我请你吃火锅。

理发师说,万一有人来剪头呢?

不会有人来了吧?服务员说。

万一呢?

会吗?

万一有人来了,看见关了门,下次可能就不来了,理发师说,我的师傅一直跟我说,做生意最重要的就是有信用。

这倒也是的,服务员说,那,我就走了。

再见。

再见。

哎,理发师在他身后说。

服务员回头看着她。

你拿一把伞去。

不用的,服务员说,不用伞的,再说,你万一要出去怎么办?

我这里有备用伞,有好几把伞,理发师说,再说,我也不会出去。

服务员接过伞,外面的天已经完全黑了。

描金凤

冬天的时候,妇女在家闲着,爱玲到小宝家,爱玲说,小宝,我们到城里去吧。

到城里去,小宝说,去做什么呢?

爱玲说,城里可以做的事情很多的,随便做的。

小宝笑了笑。

你不相信,爱玲说,你不相信。

小宝说,我也不是不相信,有你说的那么便当吗,你也没有去过城里做事情。没有,爱玲说,但是我知道的,肯定的,我可以肯定的。

是吗?小宝说,我无所谓的。

那就去,爱玲说。

去也好的,小宝说。

我们去批一点橘子卖,爱玲说。

到哪里去卖?小宝说,大街小巷走来走去,橘子阿要?

是这样叫的,不过还要再叫响一点,爱玲说,应该这样响,橘子阿要。

小宝又笑了笑,我没有做过这种事情的,她说,我不知道怎么样的。

爱玲说,也可以批香蕉的,也可以批梨,也可以批其他的,有很多品种的。

橘子,橘子好,小宝说,橘子。

嗳,小宝和男人说,我到城里去。

男人说,你去好了。

小宝挑了一副空的箩筐,她走到村口,爱玲也来了,爱玲的箩筐比小宝的小一点,你挑这么大的箩筐,爱玲说。

你没有关照我,小宝说,我不晓得要拿小一点的。

没事的,爱玲说,大的小的一样的。

她们走过村口的场地,老乡在这里晒太阳,到城里去吗?他们向爱玲和小宝说。

到城里去,爱玲说。

要那么多钱做什么?老乡说,钱是赚不完的。

是的,爱玲说,钱是赚不完的。

爱玲和小宝走过去,爱玲说,他们不懂的。

我们怎么走?小宝说,我们拿到橘子一起走还是分头走?

当然是要一起走的,爱玲说,她回头看了看小宝,你想和我分开来吗?

没有,小宝说,我不想和你分开来,不过,两个人卖橘子会不会卖不掉?

不会的,爱玲说,不会卖不掉的。

你叫得响,小宝说,肯定是你先卖掉的。

先卖掉我也会陪你的,爱玲说,不见得把你扔掉我自己走。

小宝说,我要跟着你的,一个人走我也不认得路,我胆小的。

她们已经走出了村子,太阳出来不久,田野上还有些蒙蒙的雾气,一只老狗跟着她们走了一段,终于停下来,站在田埂上,有些依依不舍地远远地望着她们。

爱玲说,老贵家的狗喜欢你。

喜欢你,小宝说。

看什么看,女人,一个脸上有刀疤的男人看上去很凶相的,他板着脸骂爱玲和小宝,你们懂不懂规矩?

老板,爱玲说,老板,我们是第一次来的。

不懂规矩的,老板的脸仍然板着的,到我这里,有谁讨价还价的,你打听打听,女人。

我们再到别人那里看看,爱玲说,从前人家都说,要货比三家的。

比个球,老板说,就拿我这里的。

老板手下的人,往爱玲和小宝的箩筐里倒橘子。

还没有称呢,爱玲说,多少斤?

什么话,老板道,到我这里拿橘子,谁用过秤。

爱玲和小宝的箩筐里装了橘子,小宝说,这么些橘子,不知道是少还是多。

多少都不晓得,蠢货,老板说。

老板手下的人从爱玲和小宝手里收钱,他也没有数,团了团,往口袋里塞进去,他拿眼睛横了爱玲和小宝一下,说,从我们老板这里进货,老板早给你们看准的,卖一天的东西,差不多就这么多。

卖不掉怎么办?小宝说,她觉得半箩筐的橘子很多,可能有几百个橘子。

卖不掉回来还我,老板挥着手,赶她们走,走吧走吧,女人啰里吧嗦。

爱玲挑起担子,小宝也挑起担子,小宝说,卖不掉真的能还给他?

瞎说的,爱玲说,不可能的。

这个人凶的,小宝回头看了一下,她看到老板正在瞪着她,吓得赶紧回头往前走,这个人,她说。

有一个妇女站在她们面前,橘子王是你的亲戚吗?她问。

谁是橘子王?爱玲说,你说什么。

脸上有刀疤的人,妇女说。

他是橘子王?爱玲说,怪不得要骂人。

他要砍人的,妇女说,他要拿刀砍人的。

他砍人,小宝说,他自己脸上怎么会有刀疤?

砍人的人也会被别人砍,妇女说,他被别人砍了一刀,你们要了多少橘子?五十斤,爱玲说,他说不要称的,就算五十斤,也不知道有没有五十斤。

差不多,妇女说,是五十斤的样子。

你拿眼睛能够看出分量来,小宝说,你也是做这个事情的。

我比橘子王早多了,水果批发市场还没有的时候我就来了,妇女说,不过我现在做不过他。

阿要橘子,小宝叫喊了一声,声音在小街上荡悠,爱玲笑起来,她说,你蚊子叫样的,谁来买你,爱玲也叫了一声,阿要橘子。

有一个过路的人停下来看看她们的橘子,摇了摇头。

爱玲说,橘子好的。

小宝说,橘子甜的。

这个人没有说话。

爱玲说,你买一点回家吃。

小宝说,你可以先尝一尝的。

这个人仍然没有说话,自顾往前走了。

就是这样的,爱玲说,城里人阴阳怪气的。

一个小孩牵着老太太的手,橘子,小孩说,橘子。

老太太看了看橘子,这个橘子不好,老太太说,我们到大街上的水果店去买。

我要吃这个橘子,小孩说,我要橘子。

你这个小孩,老太太说,就称一点吧。

爱玲抓了橘子,称了一称。

你的秤准不准?老太太说。

准的。

现在的秤,不准的多,老太太脸上表现出不相信的样子,她说,我要到前面的公秤上去复称的,缺分量要罚的。

不会缺分量的,爱玲说,你自己可以看秤。

缺一罚十,老太太说,你反而不合算的。

我们不会骗人的,爱玲说,你看得出我们是规矩人。

老太太打量爱玲,又打量小宝,她说,看不出的,现在的人,看不出的。

小孩开始吃橘子,老太太说,甜不甜?

甜的,小孩说。

老太太从小孩手里剥了一瓤橘子,填在嘴里,品了品,她皱起眉头,甜什么,这也叫甜?

甜的,小孩说。

你不晓得什么叫甜,老太太对小孩说,我年轻时吃的橘子,那才叫甜,像蜜一样的。

蜜不好吃的,小孩说。

蜜怎么不好吃,老太太说,你真是不晓得的,他们说着话,走远去。

还是小孩好,小宝说。

阿要橘子?小宝叫了一声,巷子里很安静,小宝的声音显得十分响起来,小宝吓了一跳,脸红了些。

人家都上班了,爱玲说,没有什么人的。

小宝往前边看看,巷子又长又窄,深得望不见底的,小宝说,那我们出去好了,大街上人多的。

不用的,爱玲说,城里是路路通的,随便走到哪个弄堂,都能穿过去,到另一条街的。

我是不行的,小宝说,七绕八绕,头也昏了,回去的路也不认得。

挑了一点点东西,肩倒已经酸了,爱玲说,她把担子换到左边的肩上,从前挑河泥的时候,一两百斤也挑得起来。

嘻嘻,小宝想到什么笑起来。

你笑什么,爱玲说。

从前田里的生活做也做不完的,小宝说。

鸡叫做到鬼叫的,爱玲说,这有什么好笑。

我挑不动河泥的,小宝说,队长骂人,女人,队长说,豆腐肩胛铁肚皮。

瘟男人,爱玲说,瘟男人。

橘子,有个女人在家门口说,橘子。

橘子阿要,爱玲走近去,橘子甜的,爱玲说,便宜的。

问我们东家,女人说,他说要橘子的。

她的东家坐她身后的一把旧藤椅里,瘦瘦的身体差不多只占了藤椅的三分之一,缩成一小团的样子,女人说,喂,橘子来了。

东家生气地嘀咕了几句。

你这个人,难搞的,女人说,她也生气了,刚刚说要橘子,橘子来了又不要,你要什么?

东家又嘀咕,女人说,没有的,香蕉没有的。

我要吃香蕉,东家含糊不清的口齿突然清楚了,我要吃香蕉。

我没有时间帮你去买,女人摊着两只手向爱玲和小宝说,站也站不起来,还疙疙瘩瘩,要这个要那个,我是不高兴的。

走吧,爱玲说,她是保姆。

我宁可在乡下的,小宝说,我也不要做保姆的。

你不懂了,爱玲说,保姆也不坏的,工资很高的,服侍病人工资很高的。

我是不高兴的,小宝说。

你不懂了,爱玲说,有的人做保姆做出福气来的。

我是不要什么福气,小宝说。

你本来就福气,爱玲说。

你才福气,小宝说,我走不动了。

歇歇,爱玲说,担子放下来歇歇。

卖不掉的,小宝看着箩筐里的橘子,卖不掉怎么办呢?

卖不掉自己吃,带回去大人小孩大家吃吃,老太婆也给她吃几个,爱玲说,你看着,我去上厕所。

爱玲走过马路去,有一个人走过来,看看小宝,你们卖橘子,他说,要交管理费的,他的一只手伸出来,另一只手里捏了一个小本子,小本子是五元和十元的收据。

我们不是的,小宝说。

不是什么,不是卖橘子?

不是的,我们是,小宝说,我们是,我们是从乡下出来的。

我知道你们的,这个人说,要交费的。

爱玲走过来,干什么?她说。

他要叫我们交管理费,小宝说,我一个橘子也没有卖掉。

这个不管的,这个人说,我不管你卖掉几个橘子,卖橘子就是要交费的。

我没有卖橘子,爱玲说,我是小便的,你去问管厕所的人。

我们刚刚停下来,小宝说。

这个人摆了摆手,不用多话的,他说,交费。

你是敲竹杠的,爱玲说,现在敲竹杠的人很多。

这个人脸板起来,他说,你们不交,跟我到市场管理处去,到那里是要罚的,还要没收橘子。

一个戴眼镜的男人走过他们身边,他停下来,她们刚刚过来,他说,我看见的。

你是哪里的?这个要收费的人说,你管什么的?

你是哪里的,戴眼镜的男人说,谁派你来收人家钱的?

你管不着我的。

说不定你是假冒的呢,戴眼镜的男人认真地说,他透过眼镜片,认真地看着这个要收费的人。

说不定是骗子呢,爱玲说,现在骗子很多的,乱七八糟,什么骗法都有。

这个要收费的人涨红了脸,从口袋里摸出一只红臂章,你看看,他说,你看看,这是什么。

一个臂章有什么了不起的,戴眼镜的男人说,到处可以买到的。

我上面有字的,这个要收费的人说,我上面有字的,市场管理处。

字可以印上去的。

图章还有假的呢,爱玲说。

什么东西都有假的,戴眼镜的男人说,现在人家外面都说,所有的东西都是假的,只有骗子是真的。

嘻嘻,小宝笑起来,但是又收拢了笑脸,我不是笑你的,她对要收费的人说,我没有笑你。

这个要收费的人把红臂章放进口袋,他叹了一口气,算了,算了,他说,算了。

咦,小宝说,咦。

要谢谢你的,爱玲对戴眼镜的男人说,要谢谢你的。

不要的。

你吃橘子,爱玲抓了几个橘子塞给他。

你也吃橘子,小宝抓几个塞给这个要收费的人。

不要的。

不要的。

他们两个人互相点了点头,一个向东,一个向西走了。

爱玲和小宝向东看看,又向西看看,小宝说,城里男人好的。

嘻,爱玲说。

讲道理的,小宝说,文雅的,乡下男人五横伦敦。

嘻,爱玲说。

皮肤白的,小宝说。

那你嫁给城里男人好了,爱玲说。

你嫁给城里男人,小宝说。

你肚子饿不饿?爱玲说。

我不饿的,小宝说,我早晨吃得饱。

我也不饿的,爱玲说,我早晨也吃得饱的。

我们要到什么时候,小宝说,要到下午的吧。

起码的,爱玲说,才卖掉这么一点点,肯定要到下午的,你撑得到撑不到?要是饿,我们就去吃。

我不饿的,小宝说。

我也不饿的,爱玲说。

城里的东西不好吃的,小宝说,价钱贵得野豁豁,吃起来没有滋味的。

那也要看吃什么东西,爱玲说,有的东西是好吃的。

我是不相信的,小宝说。

馄饨汤团焖肉面,路边摊子的老板笑嘻嘻地看着她们,馄饨汤团焖肉面,他说。

馄饨多少钱?爱玲说。

你饿了?小宝说。

我不饿,我瞎问问的,爱玲说。

馄饨两块。

面呢?

面三块五。

咦,怎么面反而贵呢,小宝说,不对的。

面是有浇头的,老板说,你不见得吃阳春面,现在没有人吃阳春面的。

浇头是什么浇头?小宝说。

浇头很多品种的,老板说,有焖肉、有鸭、熏鱼、肉丝、蛋、排骨,大的小的,什么都有,你吃不吃双浇,有的人吃三浇呢。

我不吃双浇,小宝说,我不饿的。

嘿嘿,老板笑了笑。

你笑什么,爱玲说,阿要橘子。

吃吧,老板说,两块钱三块钱的事情。

我们没有钱的,小宝说。

嘿嘿,老板说,你们钱不要太多,家里几层楼房造好了。

锅盖揭开来,腾起一股香喷喷的热气,老板说,我家里还三间草房呢。

你们是山东来的,爱玲说。

是安徽。

山东和安徽也差不多,说话也差不多的,爱玲说。

到底不大一样的,小宝说,山东说我,不说我的,说安。

是俺,老板纠正说。

他们一起笑了笑。

吃吧,老板说。

爱玲看看小宝,小宝,你吃不吃?

小宝说,你吃不吃?

你吃我就吃,爱玲说。

你吃我也吃,小宝说。

他们又笑了笑,终于在老板的凳子上坐下来。

到底饿了,老板说,太阳已经到头顶了。

饿是不觉得饿的,小宝说,坐下来歇一歇。

你又不让我们白坐的,只好吃你的东西,爱玲说。

你吃什么? 小宝问。

你吃什么? 爱玲问。

我就馄饨,小宝说,菜肉馄饨,我喜欢的。

我也要馄饨,爱玲说。

一碗馄饨几个? 小宝说,是不是十个?

是十个。

你够不够? 小宝说。

我够了,你够不够,爱玲说。

我够了,我胃口不大的,小宝说,再说,这种东西,到底不是米饭,吃多少也不落胃的。

馄饨大不大,老板说,我叫张老大,他们叫老大馄饨,一个顶人家两三个。

大是大一点的,爱玲说。

两三个是顶不到的,小宝说,我要给小冬买个智多星。

什么东西?爱玲问。

是玩具。

什么玩具?

我不知道的,小宝说,小冬在电视上看到的,天天有智多星的广告,商场里有的。

电视上的广告一直骗钱的,爱玲说。

没有办法,小宝说。

在她们吃馄饨稀里呼噜的声音里,小宝侧耳听了一听,什么声音,小宝问爱玲,你听到没有,是不是弹琴?

什么琴,爱玲说,是琵琶弦子,说书的。

前面有个书场,老板说,是老太太办的。

哪个老太太?爱玲说,什么老太太?

我不晓得什么老太太,老板说,他们说是老太太办的。

说什么书,小宝说,是老书还是新书?

我不晓得的,老板说,我不去听的。

你去听也听不懂的，爱玲说。

像鸟叫一样的，老板说。

俺，小宝说，俺。

他不是山东的，爱玲说，他是安徽的。

在那儿，小宝看到路边的一间屋子门口，挂着书场的招牌。

是《描金凤》，爱玲说。

我喜欢《描金凤》的，小宝说。

桃花坞

木杏下了火车,看到罗一站在站台上等她,她的脸红了一下,罗一,她说。你来了,罗一说。

来了。

罗一想接木杏的包,但是只有一个小背包,罗一就没有接,火车准点的,罗一说。

准点的。

车上挤吗?

还好,木杏说,有座位的。

你,罗一说。

什么?

嘿嘿,罗一说,你都好的吧?

都好的。

他们走到出口处,检票员向罗一要票,你的票呢?

我是站台票,罗一说,他在口袋里找站台票。

走吧,检票员说,不要挡住后边的人。

先生,住旅馆? 有人迎上来说。

不住,罗一说。

是本地人,拉生意的人说。

要车吗？车夫过来说。

三轮车。

出租车。

不要的,木杏说。

他们穿过人群,走出来,罗一,木杏说,我们乘几路车?

二路。

还是二路车,木杏说,从前就是二路车。

好多年一直是二路车,罗一说,没有变过。

起点站还在老地方?

还在。

可是我的感觉,木杏说,好像已经换了一辈子。

嘿嘿,罗一说。

又像是从梦里醒过来,木杏看着车站前来来往往的人。

先吃饭吧,罗一说。

我吃过了。

罗一说,在车上吃的?

车上有盒饭,木杏说,我想抓紧点时间。

好的,罗一说,他们已经走到二路车的起点站,车已经来了,他们上车不久,车就开了。

车上没有空座位,他们拉着扶手站着,脸都朝向街上,街上的情景一一往后晃去,刹车的时候,木杏晃了一下。

你小心,罗一说。

马路宽得多了,木杏说。

拆了不少老的街巷,罗一说,有时候,我们走到街上看看,也认不得了,以为不是我们从小长大的地方。

我们家从前的地方也没有了,木杏说。

你肯定更认不得了,罗一说。

车慢下来,要停了,桃花坞,售票员报站名,桃花坞到了,她说。

他们下车,路边有一块指示牌,上面写着桃花坞。

还有一长段路,罗一说,很长的一段,只能走进去,车开不进去的。

我晓得的,木杏说,就算乘出租车,也开不进去,街很窄的。

你没有去过的,罗一说。

但是我一直晓得的。

他们走到细细长长的小街上,小街没有什么人,很安静,街面是石子砌的,木杏的鞋底有一颗钉子,的咯的咯地响,这么响,木杏说,她的脸红了一下。

园林的门,总是很隐蔽的,罗一说。

不方便的,木杏说。

就是要人家不方便,罗一说,从前说,远来往之通衢,所以园林都要在这样的角角落落的地方。

有两个人从园林里走出来,他们挽着手臂,一个人说,这么小。

另一个人说,是小的。

那上面写,只有多大面积?一个人说。

忘记了,反正是很小的,另一个人说。

他们穿过去,木杏向罗一看了看,罗一也看了看她,有一个园林专家,罗一说,说桃花坞是汤包。

木杏笑了一下,从前小时候,她说,我不晓得桃花坞的。

从前不开放的,罗一说,晶体管厂在这里堆垃圾。

你小时候来捉蟋蟀的。木杏说。

没有,罗一说。

你自己说的,木杏说。

他们走到售票口,买了两张门票。

园林里没有什么人,园林规则第一条写着:无论游客多少,按时开门关门,如有特殊需要,可以延长时间。有许多盆景放在园林的各个角落,亭子上有一对楹联,明月清风本无价,罗一念道,远山近水皆有情。

我在火车上,木杏说,有一个人和我说话,说到这里的园林,他们都晓得的。

不过桃花坞人家一般不晓得的,罗一说。

是的,我跟他们说桃花坞,他们不晓得,木杏说,他们晓得拙政园、网师园。

有一个男人独吊吊地站水池边,木杏向他看了看。

可能是练气功,罗一说。

有一年,木杏说,我身体很不好,也练了一年气功。

是吗,罗一说,练的什么功?

香功。

有用吗?

也不晓得有没有用,反正后来身体好些了,木杏笑了一下,也不晓得是香功的作用,还是天生它好起来了。

闻到香味吗?罗一说,听人家说,练香功会闻到香味。

没有,木杏说,我没有闻到。

你哪里不舒服?罗一说。

也没有什么大不了,木杏说。

要小心注意自己的身体,罗一说,不能再像过去那样。

你自己有没有保重自己的身体呢?木杏说,你动过大手术?

是的。

胃切除了多少?

三分之二。

我听说的,木杏说,所以你瘦,胃不好的人,胖不起来的。

千金难买老来瘦,罗一说。

有叽叽呱呱的声音传过来,渐渐近了,是一个男的和三个女的。

他们嘻嘻哈哈,说,这么一点点小地方呀。

要五块钱门票。

城市里就是这样的,他们说。

这一棵树,一个年纪稍长些的妇女说,你们看这棵树,两百年了。

他们一起看这棵两百年的树,树上挂着一块牌子,上面写着树的名字,树的年龄,还有其他一些内容。

真的有两百年吗?一个年纪轻的女孩子说,谁晓得它到底有几年呢?

两百年的树也算不了什么,男的说,前窑村那棵白果树,三百多年,也没有人稀奇它的。

你怎么晓得它三百年了,女孩子仍然问。

他们都说的,前窑村的人都说的,男的说,你没有听说过?

我没有,女孩子说。

那一棵是雄的,男的说,所以它从来不结果子的,另一棵雌的,在后窑村。

雌的会结果子的,白果树的果子就是白果,年纪稍长的妇女说。

也没有结果子,男的说。

为什么呢?

它离雄树太远了,男的说。

你瞎说。

他们嘻嘻哈哈地走过去。

木杏看了看锄月轩三个字,锄月,她说。

有两句诗的,罗一说,今日归来如昨梦,自锄明月种梅花,锄月大概有一点归隐的意思。

从前的人,都是喜欢这样的,木杏说。

那个男的,罗一说,有点像金生的。

哪个男的?

那个,和三个女的一起的,他们说树有几百年,罗一说。

噢。

是不是有点像金生。

我没有注意,木杏说。

你那时候,罗一说,那时候我们都以为你会和金生好的。

瞎说。

你那时候和金生真的很好的,罗一说,金生不管说什么,你都要笑的。

瞎说。

后来连你妈妈都晓得了,罗一说,你妈妈到乡下来,叫我们劝你的。

瞎说。

不晓得是谁告诉你妈妈的。

不是你吧?木杏说。

不是的,罗一说。

总归是知青里的人,木杏说。

你妈妈说,知青不能和乡下人结婚的。

瞎说。

嘿嘿,罗一笑,其实那时候。

现在想想,木杏说,那时候也是。

你到县纺织厂去的那一天,罗一说,我们都有点那个的。

都有点什么,木杏说,是嫉妒?

也不能说是嫉妒,罗一说,也不能说没有一点点嫉妒,总之是蛮复杂的,有点难过的。

我先走了,木杏说,不过后来我反而走不了了,倒是你们一个个回家了,我留在那里。

事情难说清楚的,罗一说,不好预料什么。

开始我也想回来的,木杏说,可是想想一个家,有老有小的,要从那么远的县里拖回这边城里,也不大容易,后来再过几年,也不再想了,就在那边,过过也一样的。

我们一批人中,就剩下你一个在那边的,罗一说,后来连张同生也回来了。

我晓得的,木杏说,男的和女的不大一样。

张同生是把老婆带出来的,罗一说,可是后来她又回去了。

我晓得的,木杏说,有时候想想,在哪里也是一样过的。

是这样的,罗一说。

他们在桃花坞的复廊上走过去,又从复廊的另一边走过来,我以为,木杏说,这里走不通,不知道仍然是通的。

山重水复疑无路,罗一说。

柳暗花明又一村,木杏说。

他们一起笑了笑。今天我开心的,木杏说,好多年我一直想到桃花坞看看的。

也算了却一个心愿,罗一说。

也说不上什么心愿,木杏说,桃花坞跟我想象中的也差不多,好像更小一点。

很多东西都比从前小,罗一说,从前走过的大马路,现在觉得又窄又短的。

是的,木杏说。

主要是人不一样了,罗一说。

是的,木杏说,转眼人都老了。

你不老的,罗一看了看木杏,你还是老样子。

瞎说。

真的,罗一说,稍微胖了点,别的没有什么。

瞎说。

嘿嘿,罗一说,木杏,你饿不饿?

有一点饿的,木杏说。

我们出去吃点东西,罗一说,外面大街上就有饭店。

不用了,木杏说,我要赶火车回去的。

你今天一定要回去的?罗一说。

要回去的,晚上有夜车,早晨就到了,木杏说,方便的。

你不如,罗一说,你不如住一天,明天再看看,其他的园林,或者。

不用了,木杏说,我就是想看看桃花坞。

其实,罗一说。

是的,木杏说。

嘿嘿,罗一说。

火车站买票的队伍很长,木杏和罗一跟着站在后面,人仍然这么多,罗一说,恐怕要排半小时。

差不多,木杏朝前面看看,差不多要半小时的。

是几点的车?罗一说,能不能赶得上?

赶得上的,木杏说,除非他的开车时间改了。

其实,罗一说,其实最好你赶不上,最好他的开车时间提前了,车已经开走了。

瞎说,木杏说。

嘿嘿,罗一说。

车站里人来人往,乱哄哄的,木杏和罗一站在队伍后面,有人来来回回地兜售退票,但是没有木杏需要的票。

木杏,罗一说,你真的,真的不想回来了?

想也是想的,这里到底是我的故乡,木杏说,不会不想的。

能不能,罗一说,有没有可能?

不大可能,木杏说,那边一大摊子的人。

可以一个一个地来,罗一说,想办法一个一个地解决。

很麻烦的,木杏说,再说了,往后都是孩子们的事情,我自己,没有什么想法了。

孩子们在那边都待惯了,罗一说,是不是?

是的,木杏说,那边是他们的故乡,他们从小在那里生那里长,在那里他们如鱼得水的。

我晓得,罗一说。

扔掉他们我自己回来,木杏说,我不放心的。

我晓得,罗一说。

他们离售票口近了,我来买票,罗一说。

不要。

让我给你买票,罗一说。

不要。

让我给你买一次票,罗一说。

木杏笑起来,好的,她说,你买。

卧铺没有了,罗一回头告诉木杏,只有硬座。

就买硬座,木杏说。

罗一拿着票从窗口离开,木杏接过罗一的票,罗一说,这怎么行,坐一个晚上。

没事的,木杏说,坐一夜,到家再休息。

罗一有些难过,你,他说,你一定要今天走。

很快就到家的,木杏说。

罗一顿了一会,几点的车?他问。

看一看,木杏让罗一看了看车票。

还有二十分钟,罗一说。

要进站了,木杏说,赶得还巧。

饭也没有吃,罗一说,我很想请你吃一顿饭的。

火车上有饭吃,木杏说,现在很方便的,有盒饭,有方便面,吃什么都可以的。

我送你进站,罗一说,我去买站台票。

不用的,木杏说,时间也来不及了。

他们走到检票口,木杏,罗一说,木杏。

木杏停下来,回头看罗一,但是后面的人拥上来,他们拥着木杏往里走,木杏不好停立在那里。

你进去吧,罗一说。

木杏进了检票口,人流仍然拥着她往前,木杏边走边回头向罗一挥手,再见,罗一,她大声说。

再见,罗一说。不用的,木杏说,时间也来不及了。

他们走到检票口,木杏,罗一说,木杏。

木杏停下来,回头看罗一,但是后面的人拥上来,他们拥着木杏往里走,木杏不好停立在那里。

你进去吧,罗一说。

木杏进了检票口,人流仍然拥着她往前,木杏边走边回头向罗一挥手,再见,罗一,她大声说。

再见,罗一说。

平仄

古建筑有三进,是三个大殿,三个殿的中间,是空的院子,有草坪,有树,现在是冬天,草干枯的。

一群乡下来的妇女,她们走进来看看,里边是这样的。

从前不要门票的。

现在要门票的。她们说。

每一个殿里都有菩萨,她们拜第一个菩萨,这是一个笑弥陀。

庙里都是这样的,她们说,总是这个菩萨放在第一个。

叫大家开开心心。

叫大家不要生气。

笑口常开,笑天下可笑之人。

大肚能容,容世间难容之事。一个妇女念道。

庙里都是这样写的,她们说。

笑弥陀的旁边有四大金刚,四大金刚下面是柜台,柜台里有一个女孩在吃瓜子。

买一块玉石挂在身上,她们趴在柜台上看,兔子,老虎,龙,她们指指点点说。

假的,一个妇女说。

石头有什么真假。

有一根红绳子牵住。

牵谁呢?

嘻嘻。

她们看了看,女孩知道她们不会买,她仍然在吃瓜子。

乡下妇女走过大殿的时候,听到女孩叫起来,老潘,她的声音很尖,把她们吓了一跳,女孩说,老潘,我口干,帮我倒杯茶。

她们穿过院子往正殿走进去,看到老潘捧着茶杯过来。

院子里有几个人围着一棵大树在看,他们仰着头,看着大树的树上。

要移这棵树,不容易的,一个人说。

也不难的,另一个人说,比这个树再大的树我也移过。

这棵树有一百多年了。

几百年的树我也移过。

他们围绕着树转了一圈,我有把握的,这个人说。

没有把握也要移的,那个人说。

为什么非要移它呢,这个人说。

要恢复从前的样子。

这个人拍了拍树干,从前的样子,他说。

这几年,那个人说,我们都在做这种工作,要把我们的城,建设得更像从前的样子。

嘻嘻。

大家都在努力的。

但是它越来越不像从前的样子。

围在树下的人都笑起来。

最后不晓得变成怎么样的,这个人说。

也可能,那个人说,最后连什么都没有了。

这个地方也没有了。

这棵树也没有了。

他们仰着头看树,树上其实没有什么。

正殿的平台上有人在打牌,我无所谓的,一个男人说,上班不上班,随便的。

不上班哪里来的工钱?

做一个钟头两块五,他说,不做就不做了。

吊主。

小王。

你在哪里做?

商场。

现在,他们说,现在。

领导说的,做就做,不做就不做,男人说,今年轮到

82届的下岗,三十五岁,都走了。

没有王分了。

黑桃AK。

我高兴就去做,不高兴就不做,反正也这样了,男人说。

不做干什么呢?

打麻将。

你打麻将经常赢?

也没有,男人说,但是总比上班好。

起了一点风,吹走一张牌,男人去捡回来,一张二,他说。

不上班,一个老人捡起发给他的牌,说,一直不上班。

现在不上班的人很多的,另一个人说。

街上都是人,另一个人说。

有些麻雀从头顶上飞过,落在正殿的屋顶上,老人看不清它们,但是他听到麻雀叫了几声。

麻雀,老人说。

菩萨的眼睛一直看你的,一个妇女对自己的孩子说,他们站在正殿高大的菩萨面前,有一种威严的压力从上面压下来。

孩子抬头看看菩萨,哪里?孩子说。

妇女说,你走到东,菩萨的眼睛会跟你到东,你走到西,菩萨的眼睛会跟你到西。

是吗?孩子往东边走,菩萨的眼睛斜过去跟着,咦,他说,咦。

他又往西边走,菩萨的眼睛又斜过来注视着他,咦,他说,咦。

是的吧,妇女说,菩萨一直会看着你的。

噢,孩子说。

一个老太太坐在正殿的门槛上折锡箔,她的面前已经堆起一堆折好的锡箔,她还在继续折锡箔。

妇女告诉她的孩子,在菩萨面前折锡箔,好的,她说。

孩子看了看那堆锡箔。

有用的,妇女说。

有什么用?孩子说。

反正是好的,妇女说,反正是有用的。

一个男人拿出一百块钱给和尚,和尚将他的名字写在功德簿上。

工作人员站在一边看了看,说,两百块可以上功德榜。

什么功德榜?男人说。

外面院子里的,有一块榜,工作人员说,两百块的名字就写到那上面去。男人向院子看了看,和尚将男人的名字写好,男人走开了。

工作人员看到和尚写的这个名字叫王长河。

和尚拿着一只杯子,他在抽屉里翻了一番,拿出一袋茶,看了看,这袋茶哪里的?他问工作人员。

买的,工作人员说。

多少钱一斤?

九十。

和尚泡了一杯,热气腾起来,和尚闻了一下,他没有什么表情。

工作人员手里抱着一只热水袋,靠在正殿的门框上,一只脚搁在正殿高高的木门槛上,她看了看手表,说,还有一个小时。

干什么?和尚说。

下班。

他们往玻璃上贴钱币干什么?一个人问。

不知道,另一个人说,大概是看运气好不好。

贴住了算什么?一个人问,贴不住算什么?

不知道,另一个人说,大概贴住了就是运气好,贴不住掉下来就是运气不好。

我也试试看,她拿出一个两分的分币,另一个人拉住她的手,不对,这不是管你的菩萨,他说,你属老虎的。

是老虎。

雌老虎。

去。

在这里,他拉着她的手,找到管属虎的菩萨,是这一个,他说,贴吧。

她把铅币贴到玻璃上,铅币掉下来。

再贴一次。

又掉下来。

你找个一分的,他说。

她找出一个一分的,也掉下来。

他们怎么都能贴住,她说。

他们用糨糊粘过的,那个人用唾沫的,他说,你相信这种事情吗?

她没有说。

你不要相信,他拉起她的手,走吧,他说,到后面看看观音。

观音站在海上,波浪在观音的脚边起起伏伏,颜色也是五彩缤纷的,给观音磕头的人在蒲团旁边排着队,他们神情庄重,一个人跪下去,念阿弥陀佛,跟着一个人跪下去,念阿弥陀佛。

导游带着一群人,请大家到这边来,他大声说,我们介绍观音。

观音,旅游的人说,观音有什么。

这不是一般的观音,导游说,他手里举着小旗,将小旗向观音指一指,大家看,他说,观音手指上托的是什么东西?

是手绢,游客说。

像真丝的。

错了,导游笑起来,是泥土,是泥土做的手帕。

噢,游客抬头仔细看,但是观音离他们比较远,他们看不太清楚。

做得这么薄这么软,这是以假乱真的,导游说,还有,观音头顶上方的华盖,华盖上的牡丹花,你们看到了没有。

看到了,大家说,红的。

像真的吧?导游说。

像真的。

是以假乱真。大家说。

导游又笑了笑,他有些骄傲,这是鬼斧神工,他说,雕塑家的功夫很好的。

是清朝的吗?游客说。

是明朝的,导游说,有好几百年了。

几百年了,大家说,唉。

我们再看观音的面部表情,导游说。

观音笑眯眯的。

观音是普度众生的,游客说。

古建筑的背后,是一条老街,一个卖袜子的人站在街边在叫喊,袜子,袜子,一块钱两双。

东西不值钱,一个人走过去,说,东西不值钱。

一块钱两双,卖袜子的人仍然喊着,但是没有人看他的袜子。

你就省点力气,店里的女人说,哇啦哇啦。

好的,卖袜子的人说,不喊了。

我听他们说的,你是有文化的,店里的女人说,你读过大学。

嘿嘿,卖袜子的人笑了一笑。

这个地方,人家烧香拜佛,店里的女人说,谁到这里来买袜子。

也要烧香拜佛,卖袜子的人说,也要穿袜子。

嘻嘻,店里的女人笑了,嘻嘻,你这个人。

袜子,有人停下脚步看了看。

一块钱两双,卖袜子的人说。

他摇了摇头,继续往前走了。

方老师从街口走过来,卖袜子的人拿出一些袜子给他,方老师,他说,你要的厚棉布袜拿来了。

方老师接过去看看,好的,好的,他说,就是要这一种的。

现在穿这种袜子的人不多的,店里的女人说。

很保暖的,方老师说。

古建筑的后门开了,乡下妇女从里边出来,卖袜子的人大声地叫喊起来:袜子袜子,一块钱两双。

南园桥

一

爱宝跟男人来到城里,他们在南园桥摆了一个小吃摊,是饮食方面的,像包子和油煎的食物,还有面条,薄利多销,他们要起早摸黑,很辛苦的,男人跟爱宝说,你要是怕辛苦,你就不要来,我可以请小工的。

我不怕辛苦的,爱宝说,他们住在简易的小棚子里,白天是店,晚上把桌子拼起来,就变成床,桌子和桌子有点高低不平,但是铺上很厚的棉花胎,就平了。

黄木来吃面,我要焖肉面,他说,不过你要帮我重新烧一烧,要放点酱油,放点糖的。

爱宝笑。

男人说,放酱油,放糖,这是乡下人的吃法,城里人不喜欢的,城里人喜欢清淡,不要酱油的。

我要的,黄木说。

爱宝把火烧旺了,男人把面条下进锅里。

黄木看着店门口价目牌上的字,价目牌上写着:

焖肉面:2元5角

肉丝面:1元5角

鱼面:2元5角

……

爆鱼的爆字写错了,黄木说。

爱宝和男人看了看价目牌,男人说,也不要紧的,反正大家都晓得是爆鱼面。

这个价目表,黄木说,是你自己写的?

请人家写的,男人说。

改一改吧,黄木说。

其实人家看得懂就可以了,男人说。面起锅了,男人替黄木端过来。

我替你重新写过,黄木说。

一碗榨菜肉丝面,有人进来说。

男人和爱宝去下面,黄木说,我可以替你们重新写字。

进来的这个人说,黄老师喜欢写字的。

我想帮他们重新写过,黄木说。

男人又看看字,又看看黄木,他张了张嘴又闭上了。

黄老师是有点天才的,进来吃面的人说,字写得很好的。

黄老师是做老师的?男人说。

不是的。

但是人家都叫他黄老师,进来吃面的人说。

肯定是学问很深的,男人说。

黄老师是大学生,进来吃面的人说。

在公司里工作的,男人说。

不是的,黄木说,我修自行车。

男人想说话,又憋回去了。

以前我是在公司里做的,黄木说,后来公司也不好了,我就出来修自行车。

噢,男人说。

黄老师技术很好的,进来吃面的人说。

我回去就帮你写起来,黄木说。

好的,好的。

黄木走出去,男人向他的背影看,爱宝也看看,进来吃面的人说,黄老师喜欢写字的,他写起字来就忘记其他了。

不会忘记吃饭吧,男人说,他自己笑了笑,爱宝也笑了笑。

后来黄木把重新写过的价目表拿过来,你贴起来吧,他对男人说。

好的,好的,男人说,黄老师的字写得好。

还不算最好,黄木说,没有找到感觉,我写了好几张,仍然找不到感觉。

男人和爱宝一起把原来的字撕下来,把黄木写的字贴上去,大家走过这个小店,看到新贴上去的价目表。

是黄老师写的,他们说,黄老师喜欢写字的。

城里人,爱宝微微地皱着眉头,炉里的火光映照着她的脸庞,红通通的,爱宝说,城里人是这样的。

二

黄木看到菜农推着自行车过来,黄木知道他的车胎爆了,菜农的菜筐里还有一些剩余的青菜。

修一修车,菜农说,有一个两岁的小孩坐在车子的前杠上,菜农把小孩抱下来,修一修车,他说。

这是你的孩子吗?坐在旁边晒太阳的老太太说。

是的,菜农说,师傅,车胎啪的一声。

爆了,黄木说。

还好,菜农说,菜也卖得差不多了,要是刚出来就爆,麻烦的。

男的女的?老太太说。

女的。

老太太眯着眼睛看着小女孩,漂亮的,老太太说,小女孩漂亮的,一点也不像乡下人。

菜农笑了笑,人家都说她漂亮的,他说。

现在都是一个孩子,老太太说,乡下可以生两个的吧。

也不可以的,菜农说,不过我们还是生的。

怎么可以呢?老太太说。

要罚钱的,菜农说,他指指女孩,这个,他说,罚了五千块。

现在乡下人有钱的,老太太说,所以乡下人生好多孩子,这是你们家的老二吗?

是小三,菜农说。

生了三个,老太太说,乡下人喜欢儿子的,不生儿子不罢休的,是不是。

嘿嘿。

小女孩自己走开去,跌了一跤,哎呀,黄木说。

不要紧的,菜农说。

女孩爬起来,又往前走走。

跌跌长,菜农说,小孩跌跤不要紧的。

前面两个也是女儿吗,老太太说,又生了一个女儿,你不会还要生吧。

菜农又笑了一下,不知道,他说,我的老大老二是男的。

两个男的还要再生一个女的,老太太说,乡下人喜欢生的,不怕的。

乡下人是不管的,菜农说,乡下人生小孩不怕的。

城里人怕的,老太太说,她们生了一个就再也不肯生了。

我家老大,菜农说,今年十八,马上过了年,他就出去打工。

哟哟,老太太说。

这个胎烂了,黄木说,要换一个内胎。

好的,菜农说,筐里的青菜,你侧倒去吧。

你是苏北的,老太太说,我听口音一听就听出来,现在苏北的人到我们这里来很多的。

是的,菜农说,苏北乡下。

种点菜,卖卖,老太太说,日脚也好的,你们住在哪里?

我们住在郊区,菜农说,他指了指城市北边的方向,那一边。

现在乡下,老太太说,黄老师,你晓得不晓得,现在乡下的人,都不种田了,叫外地人来种。

黄木说,晓得的。

他们都到厂里去上班,菜农说,有的在外面跑生意。

他们的田再叫他们种,老太太向黄木说,现在的事情,什么事情都有的。

你们的菜,都是自己卖的,黄木说,不是批给菜贩子?

有时候批给菜贩子,菜农说,有时候就自己卖,都要看行情的,自己卖也方便的,自行车一架,一会儿就来了,一会儿就卖掉回家。

你们倒是把这边当作自己的家了,老太太说。

是的。

快要过年了,黄木说,你们不回老家的?

不回去的,菜农说,本来是想回去的,我二哥叫我们不要回去,过年的时候,路上有小偷抢钱的。

哟哟,老太太说,在哪里抢钱。

车子上,菜农说,去年我二哥回去的时候,车子到一个地方,就有小偷上来,把大家的钱抢走。

那是抢劫,黄木说。

是小偷,菜农说,是小偷,他身上有刀的。

哟哟,老太太说,那你们的钱怎么办?

寄回去,菜农笑起来,有办法的。

黄木替菜农换上新的内胎,换好了,他说,你以后呢,一直在这里种菜吗?

是的,菜农说。

再以后呢?

菜农笑一笑。

那你们自己在老家乡下的地呢?

再给别人种,菜农说,他回头找女儿的时候,小女孩抱着一只很大的苹果在吃,谁给的,菜农说。

小女孩不知道是谁给的。

城里人真是好的,菜农说,他把女儿抱上自行车,丫头,他对女儿说,我们走了。

矮脚青菜,老太太说,这是矮脚青菜。

菜农忽然停下来,他四处看了看,回头说,这里叫南园桥吗?

是的。

可是桥呢,桥在哪里?

没有桥的,黄木说。

没有桥怎么叫南园桥呢,菜农到处看,他说,哦,我晓得了,从前是有桥的。

从前也没有桥的,老太太说,从来就没有桥。

没有桥怎么叫南园桥呢,菜农笑起来。

三

你是黄木吗,文英站在门口,有些犹豫地看着黄木。

是的,黄木说,他看了看文英,没有认出她来。

我是文英,文英说,你那时候插队的。

噢,黄木想起来了,他笑了一笑,没有想到是你,黄木说,没有想到的,你进来坐。

文英走进来,她说,黄木,我找你找得好不容易,总算找到你的。

吃点茶,黄木说,吃点茶。

好的,文英吃了一口茶,我刚才,她说,我刚才以为不是你,我认不出你来,你从前不是这样子的。

是老了,黄木说。

也不是老,文英说,总之跟从前不一样的。

好多年没见了,黄木说,你家里人都好吧。

好是好的,我爸爸好的,文英说,她的眼睛红起来,我妈妈不在了。

她从前身体一直不大好的,黄木说。

是的。

你自己好吧,黄木说,成家了吧。

文英笑了,嘻嘻,她说,我女儿今年要考大学了。

时间过得快,黄木说,我印象中,你还是个小姑娘,扎两根小辫子的。嘻嘻,文英说,我一直扎两根小辫子,到结婚的时候才剪掉。

黄木点了一根烟抽,你现在还抽烟的,文英说,从前你就抽烟的,从前是大铁桥。

是的,黄木说。

我女儿夏天要考试了,文英说,我不懂的,黄木你晓得我的,我是文盲,我不晓得考大学是什么,他们说,文英,你要去找人的,不然肯定不行的,我想来想去,就想到你了。

我,黄木说。

你是大学生,黄木,文英说,你晓得考大学的事情,所以我找你的,要求你帮帮忙的。

她是文科理科?黄木说。

文科理科?文英想了想,我不大晓得的,文科理科?

吃茶,吃点茶,黄木说。

文英说,黄木,我只有找你了,你是大学生,他们说文英你去找黄木好了,他肯定有办法的。

现在考大学,黄木说,有分数线,如果没有达到分数线。

我晓得的,文英说,他们说黄木认得大学里的老师。

我认得蒋老师,他在大学教书的,黄木说,就住在前边,我和你到蒋老师家去看看,问问今年高考的情况。

我幸亏来找到你,文英说,黄木,我幸亏来找到你。

他们走出来,有人和黄木打招呼,黄老师。

文英说,黄木,你也是做老师的。

不是的,黄木说。

你肯定是的,文英说,你不是老师他们怎么叫你老师呢。

黄木笑了一笑。

我幸亏来找到你,文英说,她突然停下脚步,黄木也跟她停下来,怎么?他说。

老师要不要牛蛙的?文英说,如果他们要牛蛙,我从家里带出来。

牛蛙,黄木说,现在不大吃牛蛙。

是的,文英说,前几年很好的,现在不行了,去年的牛蛙价钱低,我们没有卖掉,今年长得这么大了,文英做了一个手势,很大的。

他们走到蒋老师家里,蒋老师不在家,蒋老师的爱人说,黄老师,你坐坐。

不了,黄木说,我改日来。

黄木和文英走出来,我幸亏来找到你,文英说。

他们经过南园,黄木停下来,文英,黄木说,我陪你到南园转一圈。

南园,文英看了看南园门墙上南园两个字,她不认得它们,这就是南园吗?文英说,南园是什么?南园是,黄木说,南园是。

黄木掏出钱来买门票。

多少钱?文英问。

五块钱。

每人五块？

每人五块。

黄木和文英一起走进南园,天快晚了,快要关门了,服务员说,你们抓紧时间。

南园,黄木说,南园是从前一户有钱人家住的地方。

噢,文英说,她看了看亭台楼阁,是这样的。

走出南园的时候,文英说,黄木,你家里人呢？

走了。

走了,走到哪里去了？文英脸上有些疑惑地说。

定慧寺

定慧寺巷是因定慧寺而得名的，本来大概不是叫这个名字的，后来因为建了定慧寺，这条巷子就叫定慧寺巷了。在古老的小城里，几乎每一条小街小巷的名字背后，都有很好听的故事。

因为家门口就有一个寺庙，定慧寺巷信佛的人多一些，主要是些老人，在他们年轻的时候，就已经信了佛，信了大半辈子，也没觉得有什么不好，也没有什么负担，只是在做某些事情之前，问一问菩萨，这事情该不该做，菩萨如果说该做，他们就做，菩萨如果说不该做，或者菩萨不吭声，他们或许就不做。开始的时候也许觉得有些麻烦，但日子久了，习惯成自然了，也不觉得麻烦。吴家姐妹俩从小跟奶奶念经念着玩，念着念着，念习惯了，就信了佛，菩萨一直伴随她们走过了许多年的日子，她们曾经离开了定慧寺巷，去读书，去嫁人，又跟着小辈住到远离定慧寺巷的什么地方。但是经过了很多年以后，她们又都回来了，住在与定慧寺一墙之隔的老屋。

姐姐决定搬回来住的时候，去跟妹妹说，她说，妹妹，我们回去住吧，妹妹那时候正在女儿家门口晒太阳，妹妹说,我走不开的,小红不让我走的,姐姐说,妹妹,我不是随便叫你回来的,我问过菩萨,妹妹说,菩萨怎么说的,姐姐告诉妹妹,菩萨说,你想回家就回去,回去也好的,妹妹说,我也问一问菩萨,妹妹在心里默念了阿弥陀佛,她听到菩萨对她说,你想回去就回去,回去也好的。妹妹听了菩萨的话,她对姐姐说,好的,我们回去。

沈福珍在定慧寺门口摆了一个古董摊,其实沈福珍也不懂古董的,她只是从别人的店里或摊上买一些东西来,每一件加上几块钱再卖出去,卖的什么东西,她也说不清楚的。

好在定慧寺门前也没有别人摆摊子,没有人抢她的生意,沈福珍每天上午九点钟来,下午四点钟走,比从前在厂里上班下班准时。下雨的日子,沈福珍不会来摆摊,她知道那样的日子摆了也是白摆,她到居委会办的棋牌馆去打小麻将。

吴兆云在家里烧饭,吴兆雨端个凳子到沈福珍那边坐一坐,和沈福珍说说话,她看沈福珍做生意,偶尔也帮沈福珍和顾客谈一谈价钱,等顾客一走,沈福珍说,现在的人,又不懂古董的,他们不懂。

吴兆雨说,沈福珍你懂古董?

沈福珍撇一撇嘴,我不懂的,我就是换点伙食费而已,沈福珍说,若不是想要这一点点伙食费,我可以天天去打麻将。

吴兆雨看到沈福珍说麻将的时候眼睛里有光彩的,

吴兆雨说,沈福珍,麻将很好玩吗?

沈福珍看了看吴兆雨,叹息了一声,当然好玩的,她十分遗憾地说,老太太,一个人若一世人生都不晓得麻将,这个人活着也没有什么快活的。

吴兆雨不同意沈福珍的说法,但她也没有反对什么,只是轻轻地摇一摇头。

沈福珍说,哪天下雨的时候,你到棋牌馆来看我打麻将,她伸出自己的手来向吴兆雨摆一摆,你不要看我的手粗糙,我的手蛮灵的,自摸,她一边说一边往手上吹气,说,自摸。

吴兆雨笑了,说,你这个人,你这个人。

沈福珍说,粗糙的。

有一天天阴下雨了,吴兆雨打了伞走出去,到很晚才回来,吴兆云等得有些着急,你到哪里去的,她问妹妹,你到哪里去的,这么长时间?

吴兆雨说,我打麻将。

吴兆云说,你哪里会打麻将的。

吴兆雨说,我会打的,她的眼睛里有一种和沈福珍一样的光彩。

吴兆云有些认真了,她的脸色严肃起来,妹妹,打麻将不好的,你不要去打。

我问过菩萨,吴兆雨说,菩萨说,要是没有事情,打打麻将也是可以的。不可能的,吴兆云摇头,菩萨不会说可以的。

吃晚饭的时候以及晚饭后的一段时间,吴兆云一直没有和妹妹说话,她心里有点不高兴,她觉得菩萨不会同意妹妹打麻将的,她不理睬妹妹。

沈福珍很想打麻将,吴兆雨向姐姐说,姐姐,你反正没有事情,你替沈福珍看一看。

吴兆云说,你说得出来,我怎么能够,我又不懂古董的,我从来也没有卖过东西,我不会的。

吴兆雨说,姐姐你就帮帮忙。

吴兆云走到沈福珍摊前,看着那些标价的和没有标价的东西,沈福珍说,老太太,简单的事情,如果有人来买,你就按照这个标价卖给他。

吴兆云手指了指,说,有些没有标价。

沈福珍说,没有标价的东西不会有人买的。

吴兆云说,万一有人买怎么办?

沈福珍笑起来,老太太认真的,她说,万一有人买,你就随便他给多少。

吴兆云说,话是这么说,我不会替你看生意的,我不会卖东西的,我从来也没有卖过东西。

但是吴兆云一边说一边走到沈福珍身边,沈福珍起身让出自己的凳子,吴兆云就坐下来。

沈福珍和吴兆雨一起走,吴兆雨说,我昨天晚上做了一个梦,梦见观音娘娘在打麻将,她对面坐的是如来佛,还有两个仙人,我没有认出来。

沈福珍"嘻"了一声。

吴兆雨说,观音娘娘到底是菩萨心肠,别人出冲她都不要的,她不忍心要的。

沈福珍说,那自摸更厉害。

吴兆云老太太坐了一小会,就有人来看货了,是个中年人,他认真地看了一会,问道,老太太,你的东西怎么卖?

老太太说,上面有标价的。

中年人说,有些没有标价。

老太太说,没有标价你自己给个价好了。

中年人从许多零碎东西中取出一样,又看了一会,说,像这个东西?

老太太说,你自己说好了,你看值多少钱?

中年人抽了一口气,没有说多少钱,他继续看,一直也没有说多少钱,后来他放下东西,自言自语说,再到别处看看,说着移动脚步走了。

老太太说,这附近也没有别处卖古董的。

中年人走了几步,又折回来,重新又拿那件东西看,老太太看出他特别喜欢这个东西,说,你要是真的喜欢,随便给个价你就拿去。

中年人终于下了决心,伸出一只手,竖起两根手指,说,这个数,怎么样?

老太太看不明白,两?她说,两什么?

两什么?中年人脸有些红,老太太你总不能要两万吧,我是说两千,你卖不卖?说到最后他的脸更红了。

老太太吓了一跳,她喘了口气,没有说出话来。

中年人说,老太太,你给个态度呀,价钱好商量的。

老太太有些慌张,从中年人手里拿过那个东西,捂在手心里,仍然不说话。中年人有些焦虑了,他说,老太太,我不会抢你的东西,你再让我看一看,你再让我看一看。

老太太看见小西骑自行车经过,小西,老太太大声喊道,小西,你去把沈福珍叫来。

小西朝中年人看看,说,噢,他骑着车子去了。

过一会小西回过来了,说,老太太,沈福珍不肯来,沈福珍说,叫人家自己给个价,随便的。

老太太站起来,她绕过小西的自行车,凑到小西耳边,说了说,小西复又骑车去了。

再过一会,沈福珍的声音在小巷的那一头远远地响起来,寻什么开心,她说。

小西坐在自行车的后座上,将自行车骑过来,他一路说,沈福珍不相信的,她不肯相信的。中年人眼巴巴地看着沈福珍的嘴巴,沈福珍说,这怎么可能,我进价也不止两根手指头,你总不能叫我赔钱做生意,沈福珍从吴老太太手里拿过那个东西,也捂在手心里,看着中年人,我不卖的,她严正地说。

那你要多少?中年人仍然紧盯着沈福珍的嘴巴。

我要多少?沈福珍有些茫然地看看中年人,再看看其他人,她张着嘴想了一会,又闭紧了嘴。

中年人更加焦虑了,他的眉头明显地皱起来,你说多少?你说多少?他重复了一遍,又重复一遍。

大家都跟着中年人一起看沈福珍的嘴巴,过了好一会,终于从沈福珍紧闭的嘴巴里挤出几个字来,两千五,她说,少一分也不卖的。

中年人没有说话,他掏出钱包看了看,有些难过地说,我没有带够钱,我回去拿,马上就过来,他走开的时候,又回头说,我订了货的,你不能再卖给别人。

大家看着他匆匆离去的背影,小西说,他真的去拿钱了?

寻什么开心,沈福珍有些泄气,哪里来的毛病。

吴兆云老太太说,也许是真的,我看他真的喜欢。

吴兆雨走了过来,看到沈福珍站在那里,吴兆雨有些不高兴,说,沈福珍,你怎么跑掉了?

吴兆云说,有人来买她的东西,很贵的。

两千五,小西说,他盯着沈福珍,问道,沈福珍,你老实说,你这个东西进价是多少?肯定没有两千的。

沈福珍"嘻"地一笑,两千,寻什么开心,我要有两千块钱进这个东西,我可以天天打麻将了。

那是多少?小西追着问,那到底是多少?

沈福珍说,二十。

吴兆云和吴兆雨互相看看,她们在心里念道,阿弥陀佛,阿弥陀佛。

小西说,你骗人吧,真的二十块进价。

沈福珍说,你说我有多少钱进货?

小西说,你说出来,不怕我们告诉那个人?

沈福珍说,他不会来买的。

小西说,万一他真的来呢?

沈福珍的眼睛突然亮起来,她看着小巷的那一头,那个人真的来了,他带着匆匆的脚步和焦虑的神态,走过来。

他的脸又红着,他数钱的时候,手微微有些抖动,一百,两百,三百,他嘴里念着。

小西说,你真的买这个东西?

中年人停下动作,看看小西,点点头,我买。

小西欲说话,沈福珍说,小西你想干什么。

小西在自行车上踮着脚,终于还是忍不住,说,你知不知道人家几钱进的货?

中年人不知道小西是问的他,仍然数钱,小西又说,喂,我问你,你知道不知道人家几钱进的货?

中年人这才知道小西是问他,他抬头看看沈福珍,向小西说,我不管人家多少钱进的货,我要买这个东西的。

二十!小西叫了起来,二十呀!

吴兆云说,阿弥陀佛。

吴兆雨也说,阿弥陀佛。

沈福珍的脸现在涨得和那个中年人一样红了,她想说什么,却说不出来,中年人没有等沈福珍说出什么来,他已经说话了,二十? 他说,你骗我吧。

小西急道,骗你是狗,骗你是狗!

中年人笑起来,微微地摇一摇头,说,我不管的,反正我出两千五,我一定要买的,你不要想骗我,叫我不要买。

小西又想说骗你是狗,但是中年人已经数清楚了两千五百块钱,交给沈福珍,沈福珍也已经将东西交到中年人手上,现在小西的脸也涨得和他们一样红了,小西有好多话要想叫喊出来,但是他被憋住了。

中年人小心地捧着,沈福珍说,我给你个包装盒,装起来。

中年人吓了一跳,往后退着,说,不用的,不用的,这个包装盒,和它不配的,再见,再见,他捧着东西,匆匆地远去了。

阿弥陀佛,吴兆云说,二十块的东西卖人家两千五,沈福珍,阿弥陀佛。

沈福珍说,阿弥陀佛,菩萨真的好。

小西拍着自行车的车座,说,早知道有这样的事,早知道有这样的事,早知道……沈福珍激动的心情还没有平静,她想和小西说话,但是吴兆雨要叫她去打麻将,吴兆雨说,沈福珍,走吧。

沈福珍说,走了,走了,我要收摊了。

吴兆云老太太想了半天,想不明白,她说,沈福珍,那个东西,是什么东西?

113

哪个东西?

就是那个人买的那个东西。

噢,沈福珍说,是一块玉石吧。

什么玉石,这么值钱?吴老太太反反复复地想。

晚上吴兆雨回来了,她们吃晚饭的时候,吴兆云说,妹妹,我从书上查到了,那块玉石叫蓝田玉,很珍贵的。

吴兆雨说,哪里书上有?

吴兆云说,家里的书上就有,她说着有些不高兴起来,你现在连书碰也不碰一碰了,你现在是一天到晚麻将麻将。

吴兆雨说,我今天一副豪华七对自摸,花也不够,只能自摸,真的就自摸了,我出门时念过菩萨的。

菩萨要生气的,吴兆云说,你怎么能这么说菩萨。

吴兆雨说,菩萨也打麻将的。

你乱说,吴兆云说,罪过罪过。

我没有乱说,吴兆雨说,姐姐,沈福珍叫我问问你,你肯不肯替她做做。

吴兆云说,你说得出,什么话,我替她做,她自己干什么?

吴兆雨说,她要打麻将,她赚了钱,不想摆摊了,她可以打麻将。

吴兆云说,我又不懂古董的,要么等我钻研钻研再说,这方面有很多书的,我可以看看。

吴兆雨说,其实也不用看古董的,沈福珍也不懂古董的,她就是从人家那里买来,再加上几块钱卖出去。

吴兆云说,你不能这样说的,你这样说不对,做这样的事情,总是应该懂一点的。

吴兆雨说,不管你肯不肯,反正沈福珍说了,她不来了。

阿弥陀佛,吴兆云说,她怎么这样的。

沈福珍果然一直没有再来摆摊,她每天在棋牌馆打麻将,她说,五筒碰掉了,二筒杠掉了,嘿嘿,最后一个绝底五筒给我摸到了。沈福珍把她的剩余的货寄在吴老太太家里,她说,等我的钱用光了,我还是要来的。

定慧寺门口沈福珍的那个位置上,现在空空的,巷子里的人经过,觉得少了什么,想一想,才知道是少了沈福珍。

吴兆云在家里找出一些书来,这些书上,都写着怎么识别古董,怎么识别假古董,吴兆云戴上老花眼镜,认认真真地看书,然后把沈福珍寄存的东西一件一件地与书上的照片比较,现在她心中有了数,对沈福珍的每一件东西,她都了如指掌了。但是心里仍然有什么事情搁着,吴老太太想了又想,她确定是因为那块被买走的昂贵的蓝田玉一直在她心里搁着。

吴兆云问吴兆雨,妹妹,那个人是哪里的?

哪个人?

买沈福珍东西的那个人。

买沈福珍东西的哪个人?

两千五百块的那个人。

噢,吴兆雨说,我不知道,我不认得的,从来没见过。

吴兆云想了又想,他是哪里的呢,他怎么会走到定慧寺巷来买沈福珍的货呢,沈福珍又没有什么名气的,他怎么知道定慧寺巷里有沈福珍。他是无意中走来,还是特意过来的呢,他是不是和定慧寺有什么关系呢,他会不会是个出家人呢,现在的出家人看起来都不大像出家人的……

吴兆云又想,他买的那个东西到底是什么东西呢,是真货还是假货,那个人到底是个识货的人,还是不识货的人,他有没有发现自己上当了,还是发现自己真的淘到了宝贝。他如果发现上当会不会来找沈福珍倒算账呢,他如果知道自己真的淘到宝贝会怎么样高兴呢……

吴兆云忍不住跟吴兆雨说,要是能找到那个人。

吴兆雨说,哪个人?

买沈福珍东西的那个人。

吴兆雨看看姐姐,说,你是不是觉得沈福珍骗了他?

没有,吴兆云说。

你是觉得给他捡了便宜?

没有。

那你干什么呢?

喜欢石头的人,会不会是博物馆的呢?吴兆云自言自语说,我看到晚报上介绍过奇石斋,会不会是那里的呢,还有一个地方叫石缘,也可能是那里的,还有一个地方——

吴兆雨说,我去了。

吴兆云不高兴,她没有说话。

我问过菩萨,吴兆雨说,菩萨高兴的,菩萨说,要是没有事情,打打小麻将也好的。

吴兆云说,菩萨不会这么说。

吴兆雨说,说不定我的菩萨跟你的菩萨不是一个人。

你不可以乱说,吴兆云说,你去问问沈福珍,她也许认得那个人。

那个人?

买沈福珍东西的那个人。

吴兆雨说,沈福珍这几天手气不好,说话也没有好声好气,我手气好,想什么牌来什么牌,菩萨保佑。

阿弥陀佛,吴兆云说,菩萨,他们怎么这样。

沈福珍的钱用完了,她重新又来摆摊了,仍然在那个老位置上,巷子里的人上班下班时经过,觉得多了什么东西,想一想,知道是多了沈福珍,他们跟她说,沈福珍,又来了?沈福珍说,又来了。

吴兆云和吴兆雨两位老太太常常在沈福珍这里坐坐,吴兆雨和沈福珍谈论麻将,吴兆云则将沈福珍摊上的东西一件一件拿来细细地看,细细地想。

沈福珍说,看也用不着看的,那种好运气是要等菩萨给的。

阿弥陀佛,吴兆云说,她拿起一块东西,仔细看了又

117

看,这是一块黑田石,她说,黑田石品位不高的,她拿给沈福珍看,你看这里,有一个疵点,你看,很明显的。

沈福珍随便地看了一看,她说,我不懂的。有一天小西经过,从自行车上下来,拿了一张写过字的宣纸,说,我这一阵练书法兴致蛮高的,随手给老太太写幅字,有关麻将的。

小西你也会打麻将?吴兆雨说。

寻什么开心,小西十分骄傲地说,我三岁就上桌的。

那幅字是一首打油诗,写道:

> 东风南风西北风,
> 先摸发财后红中;
> 一心杠开等自摸,
> 一不留神出了冲。

吴兆雨说,蛮好的,我回去配个框子挂在墙上。

阿弥陀佛,吴兆云说。

我问菩萨,吴兆雨说,菩萨说挂起来也蛮有意思的。

现在下班的人纷纷经过定慧寺和定慧寺巷,沈福珍该收摊了。

定慧寺巷可能会成为小城里最后的小巷,小城里的小巷早早晚晚是会没有的,定慧寺巷也会没有的,但是现在定慧寺巷还在,因为定慧寺是要保护的对象。如果哪一天觉得定慧寺保护不保护都已经无所谓,到哪一天,也许定慧寺就没有了,那么定慧寺巷也可能没有了。

石头与墓碑

一

有一年旧友来访,他们相约了去小王山。这是王君提出来的,但王君也只是听说过有小王山,他自己也未曾去过。后来他们到了小王山,就觉得是不虚此行的,跨过石涧,绕过石壁,有一些已经倒塌和快要倒塌的屋子,有一块宽的石板,有一湾清溪,等等。"穹窿山下小王山,曾见先生杖策还。今古几人真澹泊,不求闻达只求闲。"看到镌刻在石壁上的这样的诗句,他们发出了感叹,唉,小王山啊小王山,他们说。

他们走累了,尤其是王君,已经有点气喘吁吁了,不要走了吧,王君说,我走不动了。王君就随地坐到了倒在荒野中的一块石碑上去了,你们走吧,我是不走了,他说。

其他人尚有一点余力,他们再继续地走走,有一个人的心里是像王君一样的,但是别人不说累,他也不好意思说,现在既然王君坐了下来,他觉得自己也可以歇歇了。他就在靠近王君的这边,也随地坐下了。

王君坐下后，先是长长舒了几口气，然后悠悠地点上一支烟，累了以后能够歇下来，再吸烟，是那么的舒坦，那么的恣意，浑身的骨头都像是松懈开来了。

王君吸过了烟，觉得精神又倍增了，他仍然坐着，思想却是频繁活动的，我坐在这里，干些什么呢，王君想。他四处看着，后来就看到了自己坐着的那块倒地的石碑。

这块石碑的一小半，已经埋在土里，这是一块墓碑，上面刻着字，是某某人的墓，这个"墓"字十分清晰。另外两个字，是那个人的名字，有些模糊了，王君和旧友一起，拨开字迹上的泥土，先看到一个王字，后来才看清了另一个字：枋。

王枋。

王枋墓。

枋是一种树。

他们边说着，就站起来了，拍拍手上的泥，天气一直很晴朗，所以泥是干的，一拍也就没有了。也有比较洁癖的一两个人，到小溪边去洗手。

这个王枋是谁？

有一个人忽然问。

王君不知道王枋是谁，但是他笑了一笑，随口说，王枋啊，是我五百年前的老祖宗。

那个人也跟着王君笑了一笑，说，啊，你这个不肖子孙啊，把老祖宗扔在荒郊野外不管？

他们大家都笑了笑。他们沿着山路走到了山下，回家了。

旧友走了以后，王君一直觉得自己的心没有安定下来，他将这几天的一些事情想了想，一直想到王枋的时候，心里跳了一下，他才发现，原来自己是把那个王枋挂在心上了，但是王君并不知道真的因为和他同姓还是因为别的什么，王君找来一些资料，翻阅起来。资料里果然是有王枋的。

资料是这么记载的：王枋墓位于天池山珍珠坞，墓穴完整，墓碑刻"明俟斋王公之墓"。王枋，字昭法，号俟斋，明末清初长洲人，其父……等等。

其中是有一些疑点的，其一，王枋墓在天池山，而不是在小王山；其二，墓碑上刻的字不是"王枋墓"三个字；其三，小王山那里的王枋墓并没有墓穴，只有一块倒地的石碑，所以也说不上完整和不完整，至少有这么几点不相吻合。

但是王君并没有往其他方面去想，比如他没有想到是不是另有一个王枋，他认定就是这个王枋的，在这个前提下，他可以把这几点不相吻合之处圆过来，其一，迁坟也是可能的，从前在天池山，后来迁到小王山；其二，迁坟的时候，可能重新塑了墓碑，碑上的字也改过了；其三，迁坟的时候，从前的墓穴没有迁移过来，原因也可能是多方面的，后人的马虎，或者经济的窘迫，都是有可能的。

在王君查阅的资料中，像王枋这样的古冢，在资料上排成很长很长的一列，几乎翻过好几十页后面还有，王君感叹地想，我的家乡，真是人物荟萃的。王君没有很多时间和这些古代的人物一一去认识，即使姓王的也有很多，他也力不能及的，他恐怕只能为其中的一个王枋做一点事情。

王君想到要做的、他觉得可能做得到的事情，是很明白的，将王枋的墓修一修，至少不是现在这样，让一块石碑倒塌在荒野之中，埋在寂寞的泥里。

半年以后，王君给旧友写信的时候，提到这件事情，信中说："兄是否记得小王山一游，见一倒地墓碑，名王枋墓，目前弟正为这件事情奔波，想不日将有结果……"

读了王君的信，旧友不免回想起当日小王山之情之景，只是对王枋墓一事，记不大得了。

二

诸家的老宅后来破败了，年久失修的房屋，杂草丛生的后花园，后花园里有一间披屋，诸秀芬就住在这里。

花园里没有花，只有一些杂草，狗尾巴草和瘌痢头草，有数块石条石柱倒在杂草中，这些石条石柱，本来是一些坊，后来倒塌了，有些石条石柱上还刻有字句，比如有一根石柱上刻着：旧庐墨井文孙守，但是它的下联找不到了，因为另外一根石柱上的字：三更白月黄埃地，这句看起来不像是它的下联，有知识的人一看了，说，这两句都是上联,再有一根石柱上刻的是:海内三遗民,有人说,这是纪念明末清初的人。

这些两柱的石坊零乱地倒在这里,有一个横额上是四个字:功德圆满。

诸秀芬老了,眼花耳聋,思路也不太清楚,但是有一点她却是清醒的,她知道自己要死了,没有很多日子了,她说,我就要去了。别人说,你老是说这话。他们的言外之意,可能是说,你老是说这话,说了那么多遍,也没有见你去,你不是还在这里吗。不过人家也不是要咒诸秀芬死,因为诸秀芬活着和不活着,对别人并没有什么大的区别和重要的意义。

诸秀芬想,我没有子女,没有后代,我死了,谁会来给我办后事呢?人家说,你放心好了,我们会给你办的。但是诸秀芬不放心,自己的后事,自己是看不见的,看不见的事情,叫人不能放心,所以,诸秀芬想,我得自己先准备起来。诸秀芬一进入到"死亡"这样的思想,她的思路就清晰起来,变得有条有理。

她首先请来了一个石匠,石匠来的时候,看到园子里这么多石头,有些眼花缭乱,可能就像喜欢读书的人看见许多书,也像裁缝看见许多布那样,心里觉得很充实。

拿哪一块做你的墓碑呢,他问。

喏,这一块。

这块功德圆满不要了?

不要了。

把功德圆满的字凿掉？

凿掉。

不如换一块吧，石匠说，因为他觉得，第一，功德圆满四个字刻得很有劲道，要在他手里毁掉，他觉得有点可惜，这样的字，我是刻不出来的。他想，现在的人，都刻不出来的；第二，这块横额的取材，是最上好的石料，石匠是懂货的，一个无名气的妇女，拿块普通石头做就可以了。

不过石匠没有把这样的话向诸秀芬说出来，这种想法虽然比较实在，但毕竟这是不够礼貌不够恭敬的，石匠毕竟是替人做活拿人工资的人，他也不宜多说什么。

不换的。

那么我是要凿掉功德圆满？

是的。

那么凿掉了功德圆满再刻上什么字呢？

这个问题还在诸秀芬脑海里盘旋，她还没有想好，反正还有一些时间，她可以在石匠凿掉功德圆满的时间里，考虑好这个问题。

在石匠凿字的日子里，诸秀芬就到茶馆里去，她在茶馆里求教别人。

我的墓碑上写什么？

海内文章第一，山中宰相无双

寸图才出，千临万摹

至德齐光

道启东南,灵翠句吴

等等。

第一句是写明朝宰相王鏊的,第二句是文徵明,第三是仲雍,第四是言子,等等。

这地方是文人荟萃,坐在茶馆里的人,看起来一天天的烟熏茶泡,吊儿郎当,无所事事,却原来都是有学问的人啊。

他们对诸秀芬给他们的施展机会欲罢不能,继续说下去。

义风千古。

功德圆满。

咦咦,诸秀芬笑起来,功德圆满已经被我凿掉了呀。

这时候石匠跑来了,喂,他对诸秀芬说,我要走几天再来,老婆生小孩叫回去。

你走好了,诸秀芬说,生个小孩这点时间我等得及。

就算我等不及了,她又说,你回来再做也可以的。

石匠走出去后,又回进来,说,刚才我出来的时候,有人在那边看,他们说你家是无主石坊。

石匠和诸秀芬的对话,引起了茶馆里的一个人的念头。

不如送给我吧。他请求说。

不给的。诸秀芬说。其实许多石头放在她那里也没有用,但是天长日久的,她天天看着它们,看出感情来了,觉得像她的孩子,她舍不得它们走。

或者,哪怕只要几块?他又说。

不给的。

一块。

不给的。

他最后失望地走了。

在日后的某一个夜晚,推土机推倒了诸宅的后墙,没有人听见,因为那时候诸宅已经没有人住了。

过了几天,报纸上登出来:建设者们在资金严重缺乏情况下,集思广益,广开才路,旧物利用,搜寻到许多无主的石坊,现在这些石头,都已经镶嵌在古城的大街小巷、红栏朱桥和重建重修的祠坊里了。

三

相王庙,有一块刻着相王像的石碑,置在庙西楹。石碑上有相王的画像,在画像的左下方还有以下一些内容:谁谁谁绘,谁谁谁赞,谁谁谁书,谁谁谁题,谁谁谁勒石,这些谁谁谁,都是古代历代的名人。可惜的是,他们的名字已经看不很清,因为世世代代以来,前来烧香拜相王的老百姓,他们对相王有很深厚的感情,他们来到,都想要抚摸一下相王。但是相王石碑比较高大,相王的头在很高的地方,他们触摸不着,他们只能抚摸到下方落款的地方。日子长了,那些人落的款,就模糊掉了,写的赞语,也看不清楚了。

相王庙早已经不存在了,甚至它毁于什么年代,也没有人说得清楚,大家平时常挂在嘴上说的相王庙,其实只是相王庙的遗址。一座残殿和几间庙舍,后来有一家工厂占了这个地方,做起生活来。又后来残殿也倒塌了,工厂搬走了,但这个地方是好的,政府把它送给了福利院,一些孤寡老人和孤残儿童住在庙舍里。他们在院子里的大树下悠闲地过着人生。又后来,庙舍成了危房,拆了,重新建设了福利院的宿舍,现在老人和孩子都住着窗明几净的新房子。

逢初一十五,方圆周围的老百姓都要到相王庙来烧香,工厂办在这里的时候,烧香的老百姓不顾门卫的阻挡,挤进厂门。

门卫急了,你们不能进去的,他说,这不是庙,这是厂呀。

香客们很生气,是你们烧香赶走和尚。

你们还好意思不让我们进去。

你们不怕得罪相王老爷啊。

门卫拿他们没有办法,不要说他了,就算是他们的厂长,也摇了摇头,随他们去吧,他说,谁敢不让他们烧香啊。

就在工厂的隆隆的机器声中,他们当院站定了,点蜡烛,点香,跪下来磕头,嘴里念念有词。

只是,在原来的庙基上,接受他们顶礼膜拜的,只有那块刻着相王像的石碑了。

到了福利院的时候,香客就没有这么称心如意,福利院的孩子中,有一些智残的孩子,他们看到有人进来烧香点蜡烛,再跪下来磕头,嘴里咪里嘛啦,他们会受惊吓,或者会瞎兴奋,瞎胡闹,做出一些让人匪夷所思的事情,所以无论如何是不能让香客再进来了。

香客后来也想得开的,不让我们进来,我们就不进来,就在你门口烧香好了,也是一样的,反正老爷会知道的。

于是就形成了很奇怪的现场,在福利院的门口,他们摆开场子烧香拜老爷,口中念念有词,行叩大礼,有人要完成很完整的一套做法,不能少缺一样,也有人比较简单一点,但是磕头跪拜是一定要有的。

有个外地人经过这里,他正好看到壮观而且奇异的情形,他不由停住了脚步,问道,他们在干什么呀?

烧香呀。

烧香怎么在街上烧,我们那里,都是在庙里烧香的。

这也是庙呀。

外地人看了又看,怎么也看不出这是个庙。这是什么庙呢?他问,同时他心里想,这个地方蛮独特的啊,庙不像个庙嘛。

相王庙。

相王是谁呢?

相王就是相王。

外地人又看了看,仍然看不出什么名堂,他走了。

留下和外地人说话的本地人,他的心里倒有些想法了,也有些懊恼的,相王就是相王,这叫什么回答呢,人家会以为他在淘浆糊的。

但是其实他自己也说不清楚相王是谁,关于相王是谁,你可以去问问烧香的香客们。

喂,相王是谁?

相王啊,一个妇女说,相王就是相王老爷么。

喂,相王是谁?

相王啊,一个年轻的人说,相王就是相王菩萨吧。

喂,相王是谁?

一个老人生气地说,哼哼,连相王都不知道,真是聪明面孔笨肚肠,学养欠厚,他说,相王不就是伍子胥吗。

你要是觉得他们的话不可靠,你也可以去翻翻书的,书上多的是,几乎所有的关于地方名胜的书上都会有介绍相王的。

一本书上:相王:南面讨击将军黑莫郝,墓在蛇门。

另一本书上:相王:神姓桑,名湛壁,盖不可考。

再一本书认为,相王是无名无姓的一个人,古代造城时,水大造不起来,他跳下去用身体挡住水,才筑起了城墙,他就是相王。

反正无论谁是相王,相王是谁,现在的他就在那块石碑上,他看着芸芸众生,不知道他在想什么。

石碑上的画像,线条清晰,刻画有致,假如我们使用书面语,可以这样形容:人物形象十分生动,面容两颊丰满,口鼻略为集中,童颜鹤发,体态潇洒,等等。

但是有一天突然爆出来一条新闻:相王庙里的相王,根本就不是相王。相王碑上的相王像,根本就不是相王像。虽然没有再引申开去,比如说相王庙根本就不是相王庙,但是大家都会有这种怀疑和想法,既然相王也不是相王了,那么相王庙为什么不可能根本就不是相王庙呢。

事情是在"文革"的时候,用起重机将许多石碑拖到一起,集中摧毁它们。只是石头不像别的四旧,难对付的,他们用榔头夯了几下,已经腰酸肩疼,手上也起了泡,就算再夯十几下,这些庞然大物也是纹丝不动的,好像是在给它们挠痒痒,最多迸出一点点石子星星,还差点弹瞎了一个人的眼睛。"红卫兵"和"造反派"毕竟不是采石工人,他们是文弱书生,还戴着眼镜,他们终于夯不动了,就放弃了想法,站到石碑上,踩了又踩,踏了又踏,有一个人还仇恨地吐了唾沫,意思是叫它们永世不得翻身。

这是从前发生的事情,这些被拖在一起的石碑,在"文革"以后,又分别地回归原地,可能在回归的时候,张冠李戴了,把不是相王石像的石像放到了相王庙这里来了。

那么相王石像呢?

没有人知道。

那么这个人是谁呢?

是老子。

是况钟。

是范仲淹。

是一个不知名的人。

专家们和爱好者们纷纷发表自己的看法。在后来很长的时间里,这事情也曾经有过数次的反复,有一个很有学问的人经过认真考证,又证明这块石碑就是相王,根本就没有搞错,但是他的说法被更多的人反对。不过这种争论一点也不要紧,不碍事,这地方的人,有时间也有学问,他们会深入研究的,不久一定会真相大白。

福利院终于松了一口气,他们说,这下子好了,耳根清净了,眼不见为净了。

但是他们估计错了,这样的惊爆的新闻,一点也没有影响老百姓的信仰和信念,他们仍然和从前一样,到初一十五就要去拜相王了。

如果他们是隔壁相邻的,他们走的时候会互相招呼一声:张家姆妈,走啦。

李家好婆,我等你一道去啊。

有一对年轻的恋人也相约了去的,女的坐在男的摩托车后面,她一只手抓着一把香烛,另一只手紧紧搂着男朋友的腰,男朋友虽然有点肉痒,但是心里开心,就忍着。

有一天一个小孩从福利院里溜出来,他好奇地看着烧香的大人,他不是相王啊,他说。

大人朝他看看,小孩,他们说,你不懂的。

但是他确实不是相王啊。小孩坚持说。

大人说,不是相王也不要紧的。

不是相王我们也要拜的。

拜了总归有用的。

拜了总归会保佑的。

谁保佑谁啊?小孩问,他真是什么也不懂。

菩萨保佑我们罢,大人说,你连这个也不懂。

噢,小孩说。

看起来他好像是听懂了,其实你根本就不懂,大人想。

四

老钱家有一座旧门楼,是石结构的。石结构的门楼现存已经很少,砖结构、木结构的还可以找到一些。

虽然是坚硬的石头,但毕竟经历了太多的风雨侵蚀,呈现出衰败现象了。一些石头每天在自己头顶上方摇摇晃晃,这可不是一件让人放心的事情,老钱一家和这个院子的邻居,走出走进,都提心吊胆的,尤其是有小孩的人家,整天好像在等着出事情似的,一有风吹草动,就问,石头掉下来没有?石头砸着小孩没有?

大家都说,老钱啊,你一定要修理了。

房子是老钱家的,修理自然是要老钱修理,可是老钱请人算了算修理的账,他没有这么多钱,除非把房子卖了,但是,如果房子卖了,房子不是他的了,也就不用他修理了,事情就是这样的。

老钱心里一直搁着这事情,老是不踏实,左右为难。老周早就知晓老钱这样的情况和这样的心理,他一直在动这个脑筋,只是含而不露,藏在心底,现在老钱已经有些急迫了,老周觉得差不多到时间出马了。

老周和老钱坐在老钱家的院子里说话,他们谈了昆曲,谈了收藏,谈了书法,他们都是通今博古的人,还谈了谈城墙。

后来刮过来一阵风,石结构的门楼那里,发出咯噔咯噔的声响,老周吓得跳了起来,要倒下来了!要倒下来了!他夸张地大声喊着。事后老周还对别人说,我为什么专挑了那一天去呢,我听过天气预报,那一天刮风。

老钱忧心忡忡,他们将椅子搬得离门楼远一点,但是老周仍然心慌慌的,不时地抬头看看门楼,做出随时要逃走的准备。

唉,老钱说,唉。

老周说,老钱啊,不是我说你啊,这个门楼搁在这里太危险了。

这样他们终于把话题扯到了门楼上去,老钱谈了自己的难处,老周认真地听着,其实我们知道老周心里一本账早就盘算得比老钱更清晰了。老周说,老钱啊,与其让危险悬在头上,不如让危险远离你吧。

老周终于说出了他的建议:既然老钱没有实力重修

危楼,不如捐献给国家,国家把这个危楼搬走,替他们重新修一道围墙,还给老钱发一个荣誉证书,还有一点奖励的资金,等等。

老钱想了想,觉得这个主意也没有什么不好,不过,老钱觉这个门楼就要拆走了,有一点恋恋不舍的,他说,你们要把它搬到哪里去呢?

老钱你知道的,老周说,正在兴建的名人墓,缺乏大量的好石好砖啊,老钱你知道的,这些有历史气息的砖石,现在是越来越少了。

这倒是的,老钱说,像我这个门楼,你觅也觅不到的。

门楼的事情就这么简单地解决了,很快就新修了牢固的围墙,居民进进出出,不用再担惊受怕,他们说,到底是人民政府,办起事情来刮拉松脆。

多年后,旧友来访,他们坐在茶馆里喝茶说话,然后出去,在郊外的山路上走着,旧友说,从前有一次,我们去过小王山,你还记得吗?老钱说,记得的。他们说到小王山,就想起了王君,王君已经去世了,他的墓就在小王山。

老钱告诉旧友,现在的小王山,跟从前他们去的时候不一样了,从前只是一座荒山,现在一半是墓区,另一些地方,开发了旅游。

旧友又想起其他的一些往事,他想起王君给他写过一封信,信上说,他正在为重修谁的墓奔波,王君说,这是小事一桩,不久就会解决的,但是后来他再也没有提起过这件事,可能是修好了,也可能是没有修好。

有这样的事吗?老钱记不起来了。

有,旧友说,是一个姓王的,叫王什么,我也记不得了。

是不是名人呢?老钱问。

不太清楚,旧友说,按道理应该是的吧,要不然王君为什么要替他重新修墓呢。

噢,老钱说,如果是名人,可能都已经迁到名人墓园去了。

名人墓园的门票很贵,四十块,另一个老友说。

女儿红

我坐在家里写作的时候,电话响起来,我接了电话,听到一个妇女的声音,她说,我是侯美君。

因为这个名字比较好记,我就想起来了,她是妇联的一个干部。好多年前,我们参加妇联活动的时候认得她的,那时候她已经有五十多岁,现在可能已经退休了,她曾经对我说,你是作家,会写书的,几时有空,我给你讲讲我的故事。

只是后来一直没有那样的机会。

我想讲讲我姐姐的故事,现在她在电话的那一端说。

我隐隐约约地听说过侯美君的姐姐,她是当年苏州老阊门那里最有名的妓女,后来的事情我不知道。

这样我们约好了,在宾馆大厅的咖啡座,大厅里有一点冷清,没有别的客人,侯美君来了,她坐在我的对面,你还是老样子,她说,不过更瘦了一点。

我就笑了笑。

请问二位喝什么?

喝茶。

喝茶。

绿茶。

绿茶。

龙井。

龙井。

我们笑了一笑,服务员也笑了一笑。

我们喝了茶,我问她抽不抽烟,她说不抽,她又问我抽不抽烟,我说也不抽。她就笑了,说,我姐姐是抽大烟的,她就说到她的姐姐了,就是我们在电影里电视里经常看到的那样,躺在床上抽,烟斗很长的,但是她的牙齿一点也不黄,不像现在的人,抽烟的人牙齿一看就看得出来。

你姐姐叫侯美兰,我说。

是侯美兰,她说,你知道我姐姐的事情?

我不大知道的,我说,我只是听说过一点点。

噢,侯美君说,很多人都知道我姐姐的事情,其实。

侯美君说到"其实"两个字就停下来了,我猜想,她是想说,我们大家听到的有关她姐姐的事情可能是不够确切的。可能都是传来传去传出来的与事实不太相符的故事,也可能跟她姐姐的真实的故事相差很远了,也可能她的姐姐根本就是另外的一个人,是别样的一个人。

父亲开南酱店,是从他的父亲那里继承过来的,他没有儿子,女儿就等于是儿子了,女儿到了能站柜台的年纪,父亲就让她站柜台了,穿着打扮叫她尽量朴素一点的,但是她的天生丽质,越是朴素反而越是显得出来,人家走过南酱店的时候,都要回头看一看她,也有的人甚至特意绕了路过来看看,有的人家里也不需要南酱店里的货物,但是为了看看她,也会拿几个钱来买一点东西的。

苏州是个热闹的码头,来来往往的人是多的,只是这外地来的人,一般不大会到南酱店来买东西。这个南酱店也没有什么很有特点的本地土特产,苏州的酱菜是不如扬州的酱菜的,苏州的酒呢也比不过绍兴的酒,火腿又是金华的,醋是镇江的,只有一个虾子鲞鱼是苏州的特产。但是外地人也不一定喜欢的,它虽然蛮够味道,但是细细小小的刺很多,一不小心就会刺在你的舌头上或者卡在喉咙口,很不舒服的。

外乡人来到苏州如果想带点东西回去,是不用到南酱店来买的,但是如果他并不是要带东西回去,他是住附近的旅馆或者是亲戚朋友家里的。到了傍晚的时候,看到小巷里家家炊烟起了,夕阳挂在天边了,他就有点想家,乡愁就起来了。怎么办呢,喝一点酒吧,这是个很好的办法呀,他就拿了一个杯子或是一只碗,出门,沿着小巷往前走,沿着小河往前走,穿一条街,他就看到了南酱店。南酱店的门口有一块小黑板,上面写着零拷酒,有好几种的,什么酒什么价钱都写得清清楚楚,字也是一笔一画毕工毕正的,父亲是个严谨的人,他写的字也和他这个人为人差不多的。

外乡人走到南酱店的柜台前,我要三两女儿红,他说,他是从很远的地方来的,乡音很重,他说普通话的时候,好像每个字都在舌头尖上打滚,许多的字都滚在一起的。

啥个?

父亲不在店里,女儿听不懂普通话,因此她的脸红红的,后来甚至十分地红起来。

我要三两女儿红。

啥个?

外乡人笑了起来,他走到黑板的面前,伸出一个手指指了指黑板上的字,再又伸出三个手指头,三两。

女儿现在明白了,塞两,她低低地说了一声,好像是在告诉自己,她接过外乡人的碗,拷了三两酒给他。拷酒是用一种木制的容器,下端是一个圆桶,有一根细细长长的笔直的木柄,圆桶上面都有刻度的,女儿拷的三两,其实是超过一点的,这样碗里的酒就比较满了。外乡人朝她笑笑,她也笑了一下。这样是几两呢,外乡人伸两个指头。

倪两。

那么这样呢,外乡人又做一个六的意思。

落两。

外乡人又笑了,落两,落两,他说。

现在女儿脸上的红褪了一点,不是满脸的那种红了,只是两颊有两团红晕,外乡人向她看了看,啊呀呀,好漂亮的呀,外乡人想,刚才只顾着买酒,竟然没有注意到的,真是,真是的。

我明天还要来买酒,外乡人说,倪两,塞两,落两。

外乡人走了,在黄昏的街头,他的背影显得有点孤独的。

外地人拷老酒吃了,巷子里坐在路边的邻居说,他们的面前有一张小小的桌子,桌子上放着一点点小菜,也有一点黄酒的,他们喜欢把夜饭拿到外面来吃,这样就一边吃吃,一边看看外面的事情,一边说说话。

他阿是张家的亲眷?

他要住一个月呢。

他天天早晨出去的。

到哪里去呢?

去兜兜苏州的街。

还有园林。

还有老城墙。

外乡人回到张家的家里,张家没有人在家,他们都出门去了,房子给外乡人住的,所以外乡人就自己出来拷老酒吃,要是张家的人在,他们会帮他去拷酒的。

外乡人在自己的家乡也是要吃吃老酒的,他的小学生会给他拿一碗酒来的,他们把酒端到先生面前,先生,酒,他们就巴巴地看着先生吃酒,但是他吃的是白酒,土烧,都蛮凶的酒,吃得不巧会呛人的。现在他吃这个女儿红,觉得淡淡的,比他在家乡吃的酒要温和得多,他几乎几口就把女儿红吃完了,我买得太少了,他想,这等于是水呀,明天我要多拷一点的,倪两,塞两,落两。

外乡人觉得胃里面暖暖的,身上也暖和起来,后来脑门子里也暖了,再后来就有点晕了,呀呀,原来这个酒是蛮厉害的呀,看起来不厉害,其实是厉害的,他笑眯眯地想着,慢慢地就睡着了。

大厅里的人慢慢地多起来,声音也有一些嘈杂了,但是互相的影响不会太大的。

父亲对他说,你是一个穷书生呀。

是的。

我虽然不是读书的人,父亲说,但是我也晓得一点事理的。

是的。

穷书生也有穷书生的长处,富家子弟也有富家子弟的短处。

是的。

穷书生的长处我也不是不识得,父亲说,可是呢,这个不现实的,除非呢,除非。

除非什么呢。

他是生财无道的呀,除非哪里有另外一条道路的呢,他去拷女儿红的时候,父亲说,我来帮你拷,父亲拷的酒也是和女儿拷得一样满满足足的,他们不扣份量的。

那个人后来是不是当兵了呢?

你怎么会这样想的,侯美君问过以后,就笑了笑,其实,是应该这么想的,她说。

当兵是不是会有出路呢?

一个连长看上她了,是国民党青年军的连长,侯美君说,你是不是听说过的?

是的。

后来一个营长又看上她了。

是这样说的。

连长和营长就打起来。

是不是这样的呢?

连长把营长打死了,用枪打的,侯美君说,是这样说的吧。

是的,事实是不是这样的呢?

侯美君未置可否。

师长发了很大的脾气,要杀你姐姐来平息这件事情,但是有人把消息透露给你姐姐了,她逃掉了。

是不是这样的呢?

我姐姐到欧洲去了,侯美君说,她没有说当年的事情到底是怎么样的,或者就是传说中那样的,或者完全是另外一个样子,也或者侯美君她自己也是不清楚的。

我姐姐大十八岁,她说。

比你大十八岁?

是的。

法国人见到你会叫你一声笨猪,那是表示友好,等于是说你好,然后熟悉了,再说你好,就是傻驴,姐姐就是一个笨猪一个傻驴那样在巴黎住下,她的房东是一个钢琴教师,长得不知道算是好看还是难看,也不知道是老的还是年轻的。反正姐姐看不太懂欧洲人的长相,但是他却是看得懂姐姐的,他喜欢姐姐,他说,嫁给我吧。

姐姐是听不懂的。

啥个?

啥个?

笨猪,傻驴。

姐姐拿苏州话当中文教法国人,法国人学了一口流利的中文,他很开心地告诉人家,我会说中国话了。

啥个?(什么)

切飞。(吃饭)

奴乎吸奈。(我喜欢你)

听他说中国话的中国人莫名其妙起来了,你说的是中国话吗?他说,你是不是搞错了哦,会不会是一个越南人哦,或者一个日本人哦。

法国人急了就说起英语来,No,No,CHINA,他说,一个中国女孩子呀。

有一个中国人就笑起来,他说,笨猪,傻驴。

法国人很开心,他向他们点头致意,表示友好。

笨猪。

傻驴。

其他的中国人也都笑起来,他们觉得这是占了便宜的。后来侯美君就讲了讲姐姐在法国的故事,我看了一个片子《血色恋情》,它和姐姐的故事情节几乎完全一样的,一个法国男人和一个意大利男人,他们为了自己心爱的异国女人,卖掉了自己心爱的钢琴,这两个女人一个是亚洲中国人,另一个非洲人,哪一个国家的我忘记了。

在《往日时光》这本书里,有许多有关苏州的老照片,其中有一张照片是二十世纪五十年代的大饼店,有几个妇女在做大饼,她们戴着帽子和口罩,围裙上印着字的,还有号码,有一个人的号码是138,墙上贴着标语,标语写的是这样两句话:妇女今天称英雄,吓煞英美大总统。有三个顾客在排队等候,一个是年纪大的老太太,一个是年纪轻的妇女,还有一个男同志,穿的中山装,看起来像是机关干部。

照片是老的,现在大家都喜欢忆旧,许多人把老照片拿出来,看图说话,说的话是现在的话,或者是以现在的眼光去看从前发生的事情。

你看过那本书吗?侯美君说。

看过的。

你记得那张照片吗?

记得的。

照片里有一个人,一个妇女,就是我的姐姐,侯美君说。

是哪一个?

是穿深色衣服的那一个,你有印象吗?

我想了想,好像没有什么印象,穿深色衣服的,我回去会好好地看一看的。

穿着黑背心和黑色短裙的几个年轻的姑娘在我们旁边的位子坐下来,她们喝了可乐,有一个男的走过来向她们说,我买单啊,又走开了。另外几个桌上喝茶和喝咖啡的人,也有的向她们看了看,她们是有一点旁若无人的,用吸管吸可乐,有一个人拿手机打电话了,她说,妈妈哎,你帮我送一双鞋来吧。

妈妈在手机那一端不知说了什么。

我来不及回去拿了。

是那一双软底的。

是白的呀。

拜拜。

侯美君说,再过两年,我的孙女儿也有这么大了。

玻璃窗外,夕阳红红的,熙熙攘攘的人们正在下班回家。

平安堂

程老先生到平安堂坐堂问诊,程老先生说,我去坐堂,主要是解解闷气,退休在家里,没事情,闷得很,这是真话。老先生也不在乎几个挂号费,和医院四六分,医院拿四,先生们拿六,程老先生说,我主要是解解闷,平安堂是个好地方。

平安堂从前是个老爷庙,关于老爷的传说,很多,老爷是本地民间对菩萨的尊称,传说菩萨怎么有本事,怎么灵验,这很正常,不奇怪。

很多年过去,平安堂里再没有老爷,平安堂里长满了灰尘,再好多年过去,平安堂成了中医院的中药房,另辟出一角,让一些退了休的老先生坐堂问诊,各科都有,比较齐全。程先生是妇科,也算一方神仙,我来坐堂,主要是解解闷,程老先生在等待病人的时候,说:从前平安堂的香火是很兴旺的,但那是迷信,现在不迷信了,是科学,香火反倒不兴旺了,也是没办法。药房柜台上的梅保,知道程老先生有些失落和无聊,梅保在平时说话并不多,但在程老先生过来坐堂后,梅保常有话想和程先生说说,梅保说他第一次见到程先生就有一种熟悉的感觉,大家笑话梅保,梅保说,我说得熟悉并不一定是从前见过或者认识,我只感觉到我和程先生蛮投缘的,我看着程先生就是一个有本事的名医,这不会错,在空闲的时候,梅保在对面的药房柜台上看着程先生等病人,梅保说,程先生是有名的妇科医生,我们都知道的,程先生一笑,只是,现在的人怕是不知道了。梅保说,倒是的,现在的人不知道的多了,好像不怎么相信中医,程先生说,梅保你倒知道,梅保说,我知道的,中医,我是知道的。程先生说,梅保你年纪也不算大吧,四十,梅保说,整四十,程先生说,小着呢,梅保说,小是小一些,妇科的医生我都知道,大家笑梅保,梅保有些伤心的样子。梅保说,你们别笑我,我学习中医,也是从妇科起因的,程老先生说,噢,说说,怎么个起因,大家说,是,说说,你是个男的,怎么从妇科起因,梅保黯然,是我老婆,梅保说,是我前妻,我前妻产后得病,请妇科医生看,看死了。梅保说,伤心,我前妻,好人,程先生认真地看着梅保,他说,中医西医?梅保说,是中医,他不承认是他治坏的,程先生仍然盯着梅保,他很认真,梅保,程先生说,说说,怎么个情况,给怎么治的,梅保愣了一下,程先生说,多少年了,二十年,梅保说,二十年了。大家笑起来,二十年的事情,梅保到哪里记得,不的,梅保说,我记得,我记得很清楚,就像在眼前,不像二十年,就像在我眼前,梅保说。程先生说,你记性很好呀,梅保,梅保说,我其实记性不好,但是这件事我不会忘记的,我会牢记一辈子的,永远不会忘记,程先生说,对你影响很大是吧,梅保说,那是,我前妻,我第一个老婆,多好,现在,到哪里去找。大家笑,说,梅保,你说话小心,小心你现在的老婆来了,听到,梅保说,那是不能让她听到,很凶呀,我斗不过她。我的前妻,那才叫女人,女人呀,大家又笑起来,程先生说,说说呢,说说呢,怎么回事。

梅保长长地叹息一声,大家看着梅保,梅保说,一个中医替他的前妻治病,没治好,死了,他不服,告医生,却告不赢,因为医生有医案,医案证明医生开的药方不错,是治梅保前妻那种病的,没错。梅保送妻子走后,梅保就开始学中医,可是梅保的基础太差,也没有什么学医的悟性,梅保没能学成做个中医大夫,梅保到中药房,抓药。

程先生听了,摇摇头,我是想听听你前妻得病的情况,还有,那个医生是怎么开药方的,程先生说,梅保,你说我听听,产后瘀血,梅保说,说是产后瘀血,我那时也不懂。程先生呀了一声,程先生说,产后瘀血,不算什么,怎么会?梅保说,我也不懂,我当时是一点也不知道,后来我也学了中医,我也知道产后瘀血不算什么,后来呢,产后瘀血,后来怎么样?程先生问,后来是不是大出血了?梅保"哎"了一声,程先生能够猜得到,程先生猜得真准,请先生看了,服药,后来就大出血了,死了,梅保的声音低沉下去。程先生的声音突然抬高了,血崩,是血崩,庸医啊,庸医。大家说,是庸医误人,程先生激愤,误人,何止是误人,庸医杀人哪,梅保说,是,庸医杀人。

他们说话间来了一个病人,妇科,面黄肌瘦,没精打采,由男人陪着,程先生便过去把脉望诊,别人也各做各的事情去,只梅保仍然靠着药的柜台,看程先生给病人诊治。程先生并没有向病人发问,病人却忍不住自诉,说是月经经期先后不定,没有个准,行经时腹痛,程先生并不多话。程先生微微一笑,说,我知道,梅保便在对面柜台里搭话,梅保说,好的医生,不听病家一句话,病人说,那是,像程先生这样的先生现在是不多了,程先生客气,道,哪里,病人家属说,那是真话,现在的医生,不行,全是由病人自己说话,有什么病,要什么药,都由病人说了算,这样的医生,我也会,并笑话她的丈夫,道,那你就做医生去,病人家属说,我也不是不敢做,只要肯让我做,笑了一下,看看程先生,又道,不过,在程先生面前,不敢说,程先生说,我也没有什么,我也是自己长期慢慢摸索积累起来的。梅保说,你们找程先生算是找对了,程先生是我们这地有名的妇科,属于药到病除,病人和家属都露出欣慰的笑容,病人连声说,这就好,这就好,我看了好几家医院了,不见效,程先生这里是人介绍的,这下好了。程先生道,虽然不敢保证怎么样,但你吃我十帖药,会有转机的,病人说,那是,相信程先生才来看的呀,顿了顿又问,这病,怎么回事,程先生道,与你说了,怕也是未能完全明白,这妇科病,肝为先天,懂吗,病人摇头,不懂,程先生道,肝主藏血,妇科病以调经为先,病人家属笑道,你说了,她也不懂,我也不懂,程先生朝梅保看看,梅保懂,梅保是懂一些。梅保听了程先生的话,肝为先天,调经为先,梅保感觉到这几句话很熟,就在耳边似的,也记不起是谁对他说过的,或者是在哪里随带着听到过的,总之梅保觉得是有些耳熟。病人家属看着程先生,程先生,我也有病想问问你呢?梅保那边笑起来,梅保说,你是男科,怎么问程先生了,病急乱投医呀。病人家属说,急倒也不急,只是常常不舒服,也没个时间专门跑医院,乘便问问程先生,程先生说,不碍事,不碍事,医学这东西,各科本来相通的。病人家属忽然就有些不好意思,支支吾吾,说,我腰疼,常常腰疼,还酸,程先生正在给病人开方子,说,你等等,我写好这方子,也给你把一下脉看,病人家属说,谢谢了,谢谢了,省得我再跑医院挂号排队,等,怕是等到个医生还不如我自己。程先生又笑了一下,你也说得太过头,开好了方子,搁一边,替病人家属把脉,慢慢地说,肾亏呀,病人家属嘻嘻地笑,程先生说,药我是开不出的,送你一句话,服药千朝,不如独卧一宵,那边梅保笑起来,这边病人家属也笑,倒是弄得病人脸通红的,直朝男人瞪眼睛。程先生并不和他们多啰嗦,将方子交给病人,回去,先服五帖,再看情况,病人接了方子,看上面的药,念道:熟地、当归、白芍……也就这些花样呀,病人说,熟地、当归、白芍,我哪次看医生都是这些呀,病人家属说,你懂,你懂什么,你不知道,一样的药,不同的医生开出来,就是不一样，要不，怎么叫名医，你以为，名医是随便什么人都能做的吗，程先生看着他们笑。

病人到梅保处抓药，梅保看那方子，正如病人说所，也就那些平常药材，没有一味名贵珍稀，一般的定经汤。梅保想，若让我开方子，也是这方子呀，连剂量的轻重也和梅保想的差不多，为什么到程先生手里就不一样呢。当然梅保只不过这样想想，他并没有说，梅保对程先生一直是很敬重的，而程先生也确实是让人敬重，程先生治愈的妇科病，做下的医案，在医学院都是做了教材教学生的。梅保在自学中医的时候，看过程先生的书，像《中医临证》《程氏妇科备要》等，梅保都熟记在心。

到平安堂来看病的病人不多，若有病人连来开两三次药，大家便都能将他们记住了，一旦等大家记得了他们，他们的病也好得差不多，便不再来了。又换几个新的病人，再认识了，记得了，还没到熟悉时又再见了，若哪位医生那里有一张老面孔常来常往，一直不断，医生便会觉得脸上少些光彩的。像程先生这样，手里的几个病人，都是常换常新，所以在程先生脸上，总是很光彩，平安堂的职工，回到家里，和家人亲戚说起平安堂的事情，就会说到程先生，说到程先生的本事和名气。像梅保这样，更是常常把程先生挂在嘴上，弄得梅保老婆有些不以为然，老婆说，早认识了程先生，你前妻就不死了，对吧，梅保入了圈套，马上接口说，就是，一点不错，这正是梅保心里想着的事情。梅保老婆抓住把柄，道，我就知道,你心里,只有个她,根本,从来,就没有我,梅保看老婆当真,便赔笑,哪能呢,都是什么时候的事情了,老婆道,什么时候的事情,问你呀,我怎么知道,梅保说,都二十年前的事情了。老婆道,是呀,二十年前的事情还记得这么清楚,梅保说,就像在眼前呀,她躺在床上,血呀,全是血,我急得不知怎么办好,小毛头哭死了……老婆哼一声,你真是很专情呀。梅保说,哎呀,和你说不清,老婆道,那是,和她就说得清了,梅保说,哎呀,你怎么和二十年前一个死人吃起醋来,老婆道,这得问你呀,你怎么连二十年前一个人怎么死的都记这么清楚,梅保叹息,便不再作声,由老婆说话去。

在梅保老婆终于停止说话的时候,梅保自言自语道,肝为先天……调经为先……老婆说,什么,梅保道,没什么,夜里梅保躺在床上翻来覆去睡不着,听着老婆呼噜声,梅保又想起他的前妻。梅保想,老婆说得不错,若当年就知道程先生,前妻就不会死,梅保又想,前妻若不死,怎么可能和现在的老婆结婚呢,当然是不可能,若不和现在的老婆结婚,又怎么知道现在的老婆比前妻凶呢,何从对比起来呢。所以,梅保得出结论,有些事情,是很难说清楚的,梅保再想起程先生说肝为先天,调经为先的话,梅保想,我在哪里听谁说过的呢。

梅保到平安堂上班,梅保再看程先生时,梅保觉得不光是程先生的话,连程先生这个人,他都很熟悉,肝为先天,调经为先……说话的口气……梅保渐渐地觉得他开始控制不了自己的思绪,梅保的思路,老是要朝一个方向过去,梅保怎么拉也拉不住,程先生,后来梅保终于忍不住问道,程先生,你从前一直在中医院看病的吗?程先生说,没有,很早的时候我不在中医院,后来才到中医院的。梅保道,很早的时候,那是什么时候?程先生想了想,有些记不清了。程先生说,反正那时候我不在中医院,那在哪里,梅保说,你在中医院之前在哪里,程先生笑了一下,怎么梅保,查我的履历呀,没有,没有,梅保说,他有些不自在,我只是,随便问问。程先生说,到中医院之前,我在北寺街道医院,中医科,北寺,北寺,是北寺吗?程先生看着梅保,梅保,你怎么啦,梅保好像没有听到程先生的话,梅保说,果然,果然,怎么会,怎么会,梅保又说,有这样的巧事,有这样的巧事。程先生说,什么,梅保,梅保问道,程先生,当初你在北寺街道医院的时候,中医的妇科医生,还有没有姓程的?程先生道,哪里有,中医总共才几个医生,哪里还能分出细科,我那时,也是妇科为主,其他科兼带着看的呀,梅保说,就你一个姓程的,和目程,那就是你了。程先生奇怪,梅保,你说什么,什么就是我了,梅保说,我前妻就是死在你的手里呀,程先生愣了。

一个医生行医一辈子,不管他的医术多么高明,不可能没有病人死在他手里,生命到底了,医生是拉不回来的,如果梅保的前妻确实是在程先生手里死去的,这也没有什么大不了,也属正常,只是现在,程先生听到梅保的话,很吃惊,程先生半天说不出话来。梅保说,程先生,也是巧了,那天你说,肝为先天,调经为先,我就觉得很耳熟,不然也想不起问你的经历呀,你说是不是,你是不是常说那两句话,肝为先天,调经为先,程先生缓缓点头,是的,我是常常说那两句话,这是中医妇科之本呀。梅保说,那就错不了,是你,程先生道,梅保,你前妻,哪一年的事情,梅保说,告诉过你,程先生,你忘了,二十年前,整二十年,程先生犹豫着,慢慢地说,二十年,那时候我在北寺街道吗,梅保说,伤心,我前妻,叫刘素芬,一个好人,现在再也碰不到这样的女人。程先生说,梅保,会不会搞错了,二十年前,我不在北寺街道医院,梅保说,程先生,你再想想,会不会你记错了年代,我怎么一见到你,就觉得很面熟呀,梅保和程先生说话时,大家听着,听了半天,大家都笑了,说,梅保,你找人找昏了头啦,你以前说,一见到程先生就看得出他是个医术高明的先生呀,你说你和程先生有投缘的感觉呢,到哪里去了呀,梅保说,我现在没有否认我和程先生投缘呀,若我的前妻真的死在了程先生手里,这不就是投缘吗,若不投缘,能这么巧,竟碰到了,大家想,这倒也是,是挺巧合的,无巧不成书。

程先生回家,心事重重,晚上程先生借着灯光,找出许多的医案,程先生先找了二十年前的医案,他翻看到深夜,也没有发现一个叫刘素芬的女病人的病例医案。翻看着从前的医案病例,倒是把自己的兴致调动起来了,他一页一页往下翻,翻过了那一年的,又去看早些年的,这样程先生终于发现了一个叫刘素芬的妇科女病人的简单记录。

刘素芬,女,十九岁,产后瘀血,因家属延误医治,送医院时已大出血,休克,后死于血崩。

完全和梅保说的一致,程先生再仔细看,却是五十年前的病例,那时,程先生刚刚满师,刚刚进北寺联合诊所,程先生笑起来,怎么回事,梅保怎么了,程先生想,梅保说的事情一定是另外一件事,梅保的前妻一定是另一个刘素芬了。

程先生告诉梅保,梅保,程先生说,你搞错了,不是我,梅保说,什么不是你,程先生说,你说你的前妻是在我手上去的,我可以告诉你,不是我,我在二十年前,已经离开北寺联合诊所了。我查过我的几十年来所有的医案了,我的医案是很齐全的,不会遗漏,我只找到一个叫刘素芬的妇科病人,刘素芬,梅保道,是的,不错,她就叫刘素芬,程先生说,可那是五十年前的事情,怎么会,梅保说,二十年前,不是五十年前,程先生道,可我的那个病人,是五十年前的,那时候我刚刚满师,北寺联合诊所也刚刚成立,是我师傅推荐我进北寺联合诊所的,我还记得,就像在眼前,整整五十年了,真快呀。梅保说,是吗,五十年了,程先生说,五十年前,刘素芬十九岁,你算算现在该多大了,梅保愣了,大家笑,说,梅保,不是你的前妻,不定是你的妈呀,梅保挠挠头皮,天哪,不定真是我的妈呢,大家越发地笑,梅保,你不会是吹牛吧,你到底有没有前妻呀,梅保又挠头皮,我到底有没有前妻,这也是一个问题呢,我若没有前妻,我那孩子是哪里来的呢,大家笑,说,私生子吧,又说,厕所里捡来的吧,又说,偷来的吧,梅保道,随你们说。

过了些日子,程先生在家休息,一个多年前的老同行周先生上门来聊天,他们一起喝茶,说话,回忆往事,说了很多很多从前的事情,程先生最后说,你记不记得,在北寺联合诊所时,有个产后瘀血的病人,本来不算什么大事,后来居然出了大事,血崩,死了。周先生脱口道,叫刘素芬,记得,程先生奇怪,你怎么记得她叫刘素芬,周先生说,怎么会不记得,难道你忘了,你怎么会忘呢,刘素芬你怎么可能忘了呢,程先生被周先生这么一说,倒有些紧张了,程先生说,怎么了,刘素芬到底是谁呀,周先生说,刘素芬,就是那个不该死而死了的女人,后来她家里还告了,打官司,你忘了。程先生说,是谁手上的病人,告的谁?周先生看着程先生,你的记性真的不行了,程先生想了又想,道,我真的不知道,想不起来了,周先生道,虽然那时候我们都已经离开北寺联合诊所,但这件事情闹得比较大,整个中医界都知道,你怎么会不知道。程先生道,那就是说,我们都不在北寺了,不是我们手里的事情,周先生道,那当然,怎么会是我们手里的事情,若是我们手里的事情,怕是你也不能忘记吧,程先生道,那是谁的事情,到底是谁的责任,周先生说,责任么，家属和医生都有一些，说起来，也是不该，这样的病症，出那样的大事，本是不该，所以人家家里告，也是情有可原，人家一个产妇，年轻轻的，还有个孩子，怎么不伤心。不过，最后判定没有医疗责任事故，没告赢，程先生急道，医生是谁，周先生看了一眼程先生，他有些奇怪，不知道程先生急得什么事，周先生道，就是程逸风呀，出在程逸风手里，后来判定没有医疗责任事故，也多半和程逸风的名气有关，我们当时都议论过这事，单位还组织讨论，你真的都忘记了呀。

程先生说，我真的不知道。

夜里程先生睡得不怎么实，早晨起来觉得有些迷糊，这又是专家门诊的日子。程先生到了平安堂，坐下来，就有病人进来，病人说，程先生，我是慕名来找您的。程先生下意识地朝药房柜台看了一眼，他看到梅保正朝他微笑，程先生心里一急，道，你搞错了，我不是程逸风。

锄月

柳一石这辈子最大的心愿，就是在锄月园办一次自己的画展。这心愿说起来也不算太难，柳一石在锄月园工作的几十年里，替别人张罗操办画展、影展以及其他别的什么展无数次。柳一石并不是学画出身的，他在锄月园工作许多年，锄月园常常举办画展之类，柳一石身临其境，耳濡目染，无事的时候，也愿意拿个画笔，涂涂画画。小梅看见了，总是笑着说，老柳，想当画家呀，柳一石不好意思，我随便涂涂，小李说，业余爱好，柳一石说，是，是业余爱好，小梅和小李就笑，小梅道，老柳的业余爱好，有专业水平了，哪里哪里，柳一石说，涂鸦涂鸦，嘴上这么说，心里是很开心的。小李道，老柳谦虚呢，柳一石说，不谦虚，不谦虚，弄着玩玩的。说这话的时候，园领导走过来，园领导说，你们说什么呢，这么投机，小梅说，我们说，老柳的画不错。小梅的手指向画展的画，小梅说，不比这些差，小梅说，我们正和老柳说，其实老柳完全可以在我们自己园里办一次画展。园领导看着柳一石，柳一石说不出话来，小李说，是，我们到老柳家里，看过老柳的许多画，来斯，不比这些差。园领导盯着老柳看，笑了，道，老柳，倒看你不出，内秀啊，多少年也没看出来你来呀。老柳脸有些红，哪里哪里，听他们瞎说，我是随便涂涂的，小梅说，呀，随便涂涂就有这水平，老柳天才呀。园领导继续看着老柳，老柳，他说，你有这个心愿，办自己的画展？老柳摇头，没有，没有，我不是这个意思，小梅道，老柳你客气什么呀，有就是有，你不是和我们说过吗，你说你在锄月园辛苦了一辈子，临到要退休了，唯一就是这一点点心思呀。柳一石看着园领导，我，我，柳一石不知说什么好，园领导回头看小梅，小梅，老柳真说过这样的话，小梅说，说过呀，我做什么要造谣呢，造谣对我有什么好处，多办一次画展，我们不是多辛苦一些吗，有什么好处，老柳又没得回扣给我们，不信你问小李，小李，是不是，老柳是不是说过他想办个人画展？小李笑，道，是，没错，老柳是说过，领导就成全了他吧，辛辛苦苦几十年，也够不容易，换了我，我是不敢保证能在一个地方待几十年不动的。小梅接着说，就是，而且是一个没有生气的地方。园领导说，我们这地方没有生气吗？小梅说，你自己说呢，园领导嗅嗅鼻子，笑起来，是没有什么生气，一鼻子的霉湿味，地上全是青苔，小梅道，阴森森，地底下好像有什么东西冒出来，小李作惊恐状。小梅，我胆小，你别吓着我，小梅说，你胆小呀，你胆小你就别在这园里做。小李说，小梅，你这话有分裂主义的意义吧，园领导看着小青年，叹息一声，你们，你们的嘴，拿你们没办法。小梅说，当然，得靠我们工作呀,不能打击积极性吧,园领导说,不打击,不打击,老柳,你怎么说,真的想办自己的画展,柳一石再摇头,没有,没有,小梅说,得了,老柳,假客气什么,虚伪什么。柳一石不知怎么向园领导说,园领导理解地点头,办锄月园职工自己的画展,倒也是一说,这个建议挺有意味,老柳,怎么样,准备起来也行。柳一石呆呆地看着园领导,园领导说,看我有什么用,看着你自己的画吧,准备妥了,看有机会,争取,柳一石支吾着,园领导说,还有什么,有什么话,老柳你说就是,别吞吞吐吐。柳一石说,办个画展,是好,可是,很难的,不是容易的,我怕办不起来。小梅说,呀,你愁什么,有我们撑帮,包你成功,过几天,就看画坛新秀柳一石的名字传遍大街小巷了。小李说,柳一石,人家以为是个年轻小伙子,说妥了,老柳,若是收到姑娘的求爱信,一律转给我处理啊,算是回扣。自己笑了一下,又说,好心有好报,小梅,咱俩说不定由此转运了呢。小梅说,美的你,人家老柳能把姑娘的求爱信给你处理呀,死猫活食,老柳可是活得很呢,你看他那眼睛,眯成一条缝。园领导看着小梅和小李,你们这帮小子!园领导说,到时候是要帮帮忙,别光嘴上说得好听。小梅和小李一起道,冤枉,我们是那样的人吗,就这样真的把老柳的事情基本上定下来了。园领导走后,柳一石看着小梅和小李,你们,他说,你们拆我这样的烂污,我什么时候说过要办自己画展的。小梅说,我们这是钻心术,我们钻到你心里,看得到你心里想的什么。

柳一石沉默了半天,也好,他说,努力一下,也好,马上要退了,再做一次努力,也为自己办点儿事情,小梅说,这才对了。

柳一石回去整理自己的作品,原先以为自己的画作确实不比别人的差,现在一看,感觉不一样了,差远了,越看越没了信心,这一幅也不行,那一幅感觉更差,柳一石差点要打退堂鼓了,去和小梅小李他们聊。柳一石说,我看看,我的画,是不行,怕办不起来,办起来,让人笑话。小梅说,老柳你又来了,假谦虚什么,心里明明觉得好。柳一石说,天地良心,我真觉得不行,我怕。小李说,怕什么,那么臭的作品也展览,你的作品为什么不能展览。小梅说,这么好的机会,你拱手让出去呀。柳一石被他们说了,心思又回过来;再想想,机会是来之不易,自己一辈子,可说是一事无成,都是为他人作嫁衣裳,临到退休,有这么个好机会,实在是不应该放弃的。这么一想,信心又回来了。回家去,静下心来,鼓足勇气,将自己多年来画的作品一一仔细品味,然后把所有的作品一一列开,感觉不好的全部剔除在一边,就这样柳一石操起画笔,开始为他的画展作准备,一直漫无目的生活着的柳一石突然感觉到自己的生活有了明确的目标。

柳一石家的住房比较拥挤,家里摊不开一张画桌供他用,柳一石便将工作搬到锄月园去,锄月园里有的是那种敞开的和半敞开的轩、亭,本来就是从前的人吟诗作画的好地方。柳一石每日早出晚归，在开园之前和闭园之后，他都在锄月园作画，辛苦了些，柳一石瘦了。小梅和小李说，我们本来是挑你件好事的，你可别把它变成了坏事，到头来反骂我们，柳一石说，感谢你们还来不及呢，小梅说，但愿如此。

秋雨绵绵，柳一石在清晨和黄昏一个人待在冷冷清清的锄月园作画，阴郁的气氛表现在柳一石的作品里。大家上班时，柳一石急急忙忙地将作品收藏起来，藏起来做什么，大家笑着说，都盯住老柳手里的画，柳一石捏着画，扬一扬，画得不好，他说，还没有画成功。大家笑笑，也就算了，并不是真的要看柳一石的画，也没有人从柳一石手里去抢画来看。柳一石举着画，有些失落似的，小梅道，不急，早晚能看见，早看不如晚看，到时一起揭宝，效果更佳，柳一石道，效果什么的，我怕办不起来呢，办起来也怕办不好呢，我越画越觉得自己的基本功太差，还有……小梅道，那是，初学三年，天下通行，再学三年，寸步难行。柳一石听了小梅的话，愣怔了好一会，慢慢地点了点头。

一日闭园以后，柳一石仍旧一个人在听雨轩作画，后来就走过来一个人，突然地出现在柳一石面前，是一位比柳一石年长些的老人，瘦高个子，满面慈祥。老人在柳一石面前无声地看着柳一石作画，柳一石抬头时发现了他。他朝柳一石笑，说，画画，柳一石说，你怎么的，已经关门了，你怎么还没有出去，老人说，我在那边角落里打个瞌睡,醒来到门口一看,门已经反锁了。柳一石说,别急,我有钥匙,我送你出去,老人摇摇头,不急,老人走进来,走到柳一石身边,我看看你的画,他说,我不急,也没有什么事情,反正你也没走,柳一石说,我不一样,我是园里的人。老人笑了,老人说,我看看你的画再走,不行吗,柳一石说,也行,只不过,我的画,不值一看,画着玩玩。老人说,画着玩玩才好,太认真了也不一定能画出好画来。柳一石看着老人,您懂画?柳一石问,老人摇头,我不懂画,我是说的一般的道理,什么事情都一样呀,柳一石说,也是,您这边坐一会吧,等会儿我和你一起出去也好,天也快黑了,你年纪大,小心些好,谢谢,老人说,你的画,就是在锄月园画出来的,在画室或者在别的什么地方,怕是画不出这样的画来。柳一石高兴起来,他笑了一下,向老人问道,您对锄月园很了解吗?老人说,不敢,不敢,我也是第一次来锄月园。柳一石道,第一次呀,第一次来锄月园,您有什么感想呢?老人笑着说,说不准,说不准,你什么时候来园的,有许多年了吧?柳一石说,我是许多年了,几十年了。老人说,那你第一次来园时的感想,你还记得吗?柳一石想了想,柳一石说,我第一次来园时,还很年轻,什么也不懂,造园艺术啦什么的,一点不明白,好像,好像没有什么感想。只是,只是,柳一石又想了想,只是有一点感觉,就是觉得一个人若想躲避什么,到锄月园来倒是个好主意。锄月园冷清得出鬼,不光秋天的枯叶孤零零,连春花也是孤独的。老人点头,这不就是感受吗!这就是感受吗!柳一石说,也许吧,老人说,你那时候正在躲避什么吧?柳一石愣了一下,老人的话使柳一石重新想起几十年前的往事。柳一石说,是的,我是在躲避,我到了锄月园,果然躲避开了。老人慢慢地点点头,是的,老人说,锄月本来就是归隐的意思。老人眯着眼睛,看着细密的秋雨打在水面上,老人好像在体味着什么。柳一石的画没有再画下去,他手头创作的是一幅题为自锄明月种梅花的画,已经画了几稿,总是不满意,一改再改,仍然没有改好,和老人说了些话,柳一石觉得自己的思路有些乱,便收了画,和老人一起出园,在街口他们分手道别。

第二天上班后,柳一石说,喂,小梅,昨天下晚,闭园后,来了一个人,不是来的,是没有走,关门的时候,他不知在哪里睡着了,没有听到铃声。小梅说,一个姑娘,长得很漂亮?小李说,你有那么多姑娘追你还不够,我还指望你能分俩给我呢,居然和老柳争夺起来,老人的东西你也抢呀,柳一石说,去你们,一个老人,老头,很老了。小梅笑道,老头你告诉我做什么,我不爱听,姑娘的事我就听,小李道,缺少善心哪你,听说过吗,古人道,老吾老,以及人之老;幼吾幼,以及人之幼。小梅说,听到过,还有一句,女吾女,以及人之女。柳一石道,不和你们开玩笑,真的一个老人,很老了,道骨仙风,闭了园也不走,看我画画。小梅说,老柳,行了,你的画有望,说不定,是一德高望重画坛老前辈,暗访画坛新秀,一眼看中咱们老柳,不是,不是的,老柳说,他说他不懂画,不是画家,我看也不像,小李道,那像什么,一个老头,关了门还不走,什么意思?柳一石道,我也想了半天,不明白,也许喜欢咱们锄月园吧。小梅呀了一声,道,我知道了,柳一石道,什么,你知道什么,小李看着小梅笑,小梅道,是苏醉石来了,一本正经,一点没有笑意。小李道,那是,苏醉石被贬官,买下锄月园,说,今日归来如昨梦,自锄明月种梅花呀,那时候的人,想得开,乐惠,现在的人,退了休,就得退休综合征。小梅笑道,你不是说老柳吧,老柳还没退呢。柳一石说,去你们。小梅朝四处看看,这雨下得,阴魂也不安分了,要钻出来了。小李说,从哪里钻出来,小梅手往四周里一指,哪里,随便哪里,就这里,那里,都会出来,阴魂又不是固体,又不是一块。小李说,那是气体呀,是雾状吧,小梅看着柳一石,不会错,书上记载,苏醉石就是死在锄月园的,埋在听雨轩下。小李做恐怖状,你别吓人,小李说,吓人倒怪,你说了,倒一溜了之,人家老柳,要在这里作画,别吓着老柳。柳一石也笑,说,若真是苏醉石,倒好,我的画,给他看过,值了。大家一起笑了一回,各人做各人的工作去。

到这一天下晚,大家下班,临走前,小梅对柳一石道,老柳,今天还画不画?柳一石说,怎么不画,为什么不画?小李道,他的意思,问你还等不等苏醉石来,柳一石说,等,当然等,你们若有兴趣,和我一起等。小梅小李同声道,我们没有兴趣。

柳一石作画的时候果然就有些心不在焉,好像真的在等着什么人似的,他一会儿就抬头四处看看,什么也没有,只有轻轻的风和细细的雨,满地的青苔,满目的秋意,柳一石讪笑了一下,进园几十年,什么样的事情没有经历过?亲眼看见有人投了园里的小池而不能去救的事情,古香樟树上吊着一个人的事情,疯人放火的事情,前些年园里有个花匠,是外地来的民工,住在园里,常说闹鬼,没有人相信,后来花匠喷血而亡。各种各样的事情都发生过,柳一石都经历过来了,也没有怎么害怕,也没有怎么心神不宁,好像觉得该着要发生的,就会发生,很自然的态度来对待。可是现在柳一石却有些不宁,柳一石并不是害怕,他只是在等待,等待那个老人再次出现,老人却没有出现,他也许就是一个一般的游客,也许再也不会出现,柳一石却控制不住自己的思想,它老是在想着那个老人。柳一石也知道他绝不会是二百年前的锄月园园主苏醉石。柳一石无法掌握自己思想的列车,它固执地朝某一个方向行驶,那就是等待老人。柳一石看着园中的小径,看着池塘,看着四周,好像老人随时随地会钻出来。每当柳一石摊开画纸,柳一石就想起老人音容面貌,柳一石的心思很难再集中到作画上去了,柳一石就这样等了一天又一天,他始终没有等到老人的出现,而他的那幅《自锄明月种梅花》也一直没能画好。

转眼就过了画展的最佳时期,进入冬天了,园领导说,老柳呀,原以为你能赶在秋天把画展办了的,我好不容易说服了局里,他们算是同意让你办一次画展,你自己,你怎么的,怎么拖下来了?柳一石说,是,我拖了,我太慢,园领导说,老柳,不是我说你,你这个人,做事从来不拖拉的,怎么轮到自己的事情,反倒拖拉了,再下去,办展览就不太合适了,天也冷了,园里还有其他任务,到了迎春节,就轮不上你了,老柳你知道。柳一石说,我知道,园领导说,你再赶一赶,能在这个月内准备好,我们就抢一点时间,下个月初几天办了,你看行不行?柳一石说,我试试。园领导道,这是最后限期了,过了这几天,就比较麻烦。小梅道,麻烦什么,今年赶不上,赶明年。柳一石看看园领导,园领导不说话。柳一石说,明年我退休。小梅道,我倒忘了,小梅盯着柳一石,老柳,你的脸色,你的气色,怎么的,像丢了魂,是吧,是苏醉石把你的魂勾去了吧。小李道,又瞎嚼,老柳的定力,好着呢,苏醉石勾得去别人的魂,却勾不去老柳的魂,是不是,老柳。园领导说,你们瞎说什么,自己造自己的谣呀,告诉你们,有一年,也是传出什么话去,害得我们园几个月没有正常收入。柳一石慢慢地说,小梅说得不错,我一直在想着那个老人,我想他一定还会再来的。园领导说,什么老人,柳一石道,不知道什么老人,反正我想,他还会再来的。小梅道,原来,你停了画不作,就是在等老人呀。园领导正色起来,道,别乱说了,老柳,

167

你自己抓紧吧,误了展期,我可帮不上忙了。柳一石说,是的,我抓紧。

柳一石仍然早出晚归,在开园之前和闭园之后,在园里作画,但是他怎么努力也收不回他分散的精神。柳一石总是有一种感觉,他认为老人会回来的,但是老人一直没有出现,柳一石终于误了展期。园领导说,老柳,我是爱莫能助呀。柳一石说,我知道,谢谢领导的关心,说这话的时候,柳一石突然想,根本就没有什么老人。

青石井栏

炒米浜最穷苦的老韩家终于攒够了翻建新房子的钱,选一好日子,就开始做事情。

因为是在老宅基上翻建,首先要做的事情就是把老家先搬一个地方临时安置下来。老韩家穷,人多,要找个地方安身,虽是临时,也挺不易,也算大家帮忙,勉强先四处住了,邻家,亲戚家,还有单位的仓库什么地方,东塞一个,西塞一个,只指望新房子早些弄好,大家说,老韩家弄房子,也是够呛。俩儿子基本上都是废的,韩平苏高度近视,差不多就瞎了,韩平荣是个呆子。唯一的就指望小吴,小吴是老韩家的女婿,人挺厚道,也比较能干,家道虽也不怎么显赫,但比老韩家要好些,小吴也没有看不起老泰山和老泰山一家人的想法。韩平芳嫁的时候,嫌小吴人瘦小,因为韩平芳有些人高马大的样子,老韩没有理睬她,就这么嫁了,也有好几年,日子过得也可以,慢慢地将家具什么该添的也都一一添起来,孩子也有了,韩平芳也不再以为小吴矮小什么的,韩平芳也想通了,反正都一样。人去屋空时,老韩看家徒四壁,又抬头看看房顶的满砖,老韩心里似酸酸的,正胡思乱想着,帮忙的人来了,在外面嚷,老韩呢,开工啦。

老韩出来,说,等一等,等一等,等小吴来。

大家就等着,有人掏烟出来抽,老韩被提了醒,连忙进屋取了烟来给大家派,大家抽着烟,看着老韩家的房子,道,早该拆了重造,老韩说,是的,是的,早就想翻了,早就想翻了。老韩看着自己家这三间破旧不堪的平房,老韩说,这还是生平荣那年起的,转眼也已过了二十多年,老韩一说平荣的名字,就有些后悔,但是说也已经说了,收也收不回去,大家都看韩平荣,韩平荣傻乎乎地坐在天井的地上,用一根树枝一下一下地抽打着地面,大家不作声,心里想,老韩家也是作孽,养这么个东西,拿他怎办。老韩的老婆在水龙头上洗一大篮的菜,说到平荣,老婆总是伤心,她的手抖抖的,心里一惊一惊。那一年她怀上平荣的时候,家里翻房子,也像现在这样,把东西和人先撤到别的地方,在搬东西的时候,老婆在衣橱顶上的棉花卷里看到两条搅在一起的花蛇,老婆惊呼着出来告诉大家,炒米浜的老人预言,老韩老婆肚子里怕不会有好东西,后来果然生下个呆子来。好多年过去,老婆看到平荣,她止不住地想那两条搅在一起的花蛇,臆怪,瘆人,老婆将那两条花蛇反反复复地回想了二十多年,到现在仍然盘旋在她的心里,老婆总是心惊肉跳,她最迫切希望家里能早一点将房子翻过,老婆想,翻过房子,我就再不去想那两条搅在一起的花蛇。

小吴来了以后,就指挥大家开始拆房子,89岁的韩老爷子拄着拐棍远远地站在邻居家门前看大家胡乱地将他们家的老屋拆得一塌糊涂，一阵阵的尘土烟灰飘洒弥漫在老韩家老屋的上空。韩老爷子叹息，摇头，什么话也不说，他想，我说什么呢，我不知道我有什么话好说的。老韩家的房子是砖木结构，好拆，拆房子的工作进行得很快，帮忙的人也算卖力，说，帮老韩家做事情，若要磨个洋工什么，也是罪过，到半下午，事情已经差不多，老韩家的老屋已经化为一片平地，做下手的人手脚也麻利，已将建筑垃圾废料什么及时运走。夕阳照着的时候，老韩家的人看着自己的家就这么没了，心里有些凄凉，因为灰尘大，大家把平荣赶开一些，平荣坐得远一些了，他仍然用树枝一下一下很有规律地抽打着地面。

小吴说，好了，明天挖地基，大家散去。

小吴在回家的路上碰到了韩平芳，韩平芳抱着他们的女儿，韩平芳说，晚饭已经做好了，我看你还不回来，正要过去看看。

女儿要小吴抱，小吴接过女儿，说，今天乖不乖。

女儿说，乖。

韩平芳说，怎么样？

小吴说，今天的事情都做完了，明天挖地基。

韩平芳说，都还好吧？

小吴说，什么？

韩平芳说，我今天右眼皮跳，我以为拆房子有什么事情呢，没有呀？

小吴说，没有。

他们一起往回去，小吴说，地基要打深一些。

韩平芳说，那是。

他们回家，吃过晚饭，说了说翻建房子的事情，韩平芳和小吴的想法基本上是一致的，后来他们又看了一会电视，临睡前，小吴说，平芳，明天你若是醒得早，叫我一声，韩平芳说，你这么卖力，新房子又没有你一间，小吴说，你这叫什么话，这是你家的房子，韩平芳笑起来，说，我是逗你的，你就这么个人，小吴说，什么人？韩平芳说，热心人，小吴没再说什么。

第二天就开始做挖地基的事情，一切进行得顺利，没有什么意外，因为造的是楼房，地基要打挖深一点，基础要打牢一点，在原来老屋地基的基础上再往下挖时，翻土的铁搭就硌到些很硬的东西，再挖，看出来是一些青砖，不是凌乱而是砌成圆圆的一圈，都不知是什么东西。也有的人想得远，以为老韩家挖到什么好东西了，还没见着是个什么，话就已经传出去，韩老爷子柱根拐棍过来看，仍然摇着头，不说话，韩老爷子想，我有什么好说的，这地方，会有什么？韩老爷子回忆起很久以前的事情，那时候韩老爷子跟着他的爹从穷苦的苏北乡下逃荒逃到这地方，韩老爷子记得那时候炒米浜已经有了一些棚户，许多人都是和韩家一样从苏北或者从别的什么苦地方过来的，他们都在这里搭个棚子住下，以制作和叫卖炒米为生，后来这里就叫作炒米浜。比韩老爷子他们来得更早的老人说,炒米浜一带,一直是城外的荒郊野地,乱坟场,韩老爷子小的时候,在四周玩,到处踢到死人的骨头,还看见死人的骷髅头,韩老爷子在骷髅头里放七颗黄豆,再撒一泡尿,然后撒腿就跑,但是骷髅头并没有追他。再过去好多好多年,韩老爷子看那砌成圆圆的一圈青砖,老爷子摇着头,再挖一会,就看出来了,那砌成一圈的青砖居然是一口井的井壁,在旁边不远的地底下,又挖出一件东西,是一个青石的井栏。

　　老韩家的人有些失望,但也不算很严重,本来在触到硬物的时候,大家都会有一些想法,最好当然是一坛什么金银宝贝之类,若不可能,是一件古董也好,哪怕一只鸡食盆,只要是从前的,年代越长越好,若还不是,或者挖出几个旧铜板也是好的,古玩市场上也有人要,结果却不是,只是一只旧井圈,上面有些认不得的字,也不知值不值什么,那口由青砖密密实实砌成的井,说是一口井,其实也算不上什么井,是井就该有水,而这井里却灌满了泥,算什么,大家有些失望,也是正常。不过这失望也不怎么强烈,本来就是没有,后来像是有了什么,再后来确实又是没有,也罢,无所谓失而复得,或者得而复失之类的感叹和遗憾,韩老爷子走进来,用拐棍戳戳青石井栏,依然摇头,叹气,也不知是要否认什么,也不知气什么,老韩看看女婿的脸,小吴正在看着青石井栏上刻的古体字,小吴说,看不懂。

　　老韩说,这有些奇怪。

奇怪什么？小吴问道，他仍然仔细地看着那些他不认得的字，他不知道那算是什么体，小吴说，这是不是篆体。

老韩说，从前老人都说炒米浜是野坟荒地，怎么会有井和井栏。

小吴看过那些不认得的字后，小吴说，不管它了，搬开来再说，小吴一边说一边去搬动青石井栏，青石井栏很重，但是小吴有力气，小吴说，我一个人就行。他搬动着青石井栏，大家注意地看着，他们还存着一些希望，这希望也许只有线那般粗细，叫作一线希望，但毕竟也还希望着，也许在井栏下边，会有什么，既然井和井栏不可能出现在这里，却出现了，那么其他的东西也不是没有可能出现，小吴感觉到青石井栏的分量，他想，我大概低估了井栏的重量，这井栏其实很重，小吴奋力地将青石井栏移动了一下，又移动了一下，大家都关注着井栏下面，平荣远远地坐在地上，用树枝一下一下很有规律地抽打地面。老韩老婆朝平荣看看，她心里一下一下地抽搐，老婆闭上了眼睛，她想，井栏下边，会不会是两条搅在一起的花蛇。

其实井栏下边什么也没有，只有一堆被沉重的井栏压得特别结实的泥，大家看着那堆泥，都松了一口气，什么也没有，也许是最好的结果，小吴将井栏从原来的位置上移开一些，他用力一扳，将井栏侧竖起来，竖起来的井栏在小吴的作用力下，往后滚了一下，井栏从小吴的脚背上滚过，将小吴压倒了，小吴躺倒以后，腿伸平了，井栏的滚动更顺利一些，又往前，朝小吴的小腿上滚了一下，小吴"呀"了一声，坐起来，用力把井栏推开，大家围过来，问怎么样，小吴站起来，试一试，说，有点疼，再走几步，稍有点儿瘸，小吴笑了一下，说，问题不大。老韩把小吴的裤腿拉起来看看，没有什么，甚至也看不出有什么青紫，老韩说，还好，小吴也说，还好，他们继续干活，老韩说，奇怪，这地方怎么会有古井，这地方不可能有古井，小吴听老泰山自言自语，小吴朝老泰山看看，小吴想，这地方有没有古井，和我有什么关系呢，和你有什么关系呢。

小吴晚上回家，告诉韩平芳，小吴说，今天让井栏压了一下，不过还好，韩平芳把小吴的腿看了看，说，看不出什么，小吴说，是看不出什么，稍有点疼，大概没问题，韩平芳说，要不要到医院拍 X 光？小吴说，看明天还疼不疼，也许就好了，也不必麻烦了，我不去那边帮着点，你们家的人要急死了，韩平芳说，那也没法的，若真的伤筋动骨，可不是儿戏。小吴说，哪里会，最多有点内出血吧，说不定连内出血也没有，青紫也看不出来，韩平芳又看了看，也比较放心，用手摁摁伤处，说，疼不疼，小吴说，有点儿，不过不厉害。小吴又说，炒米浜从前不是野坟荒地吗，韩平芳说，是，我们小时候，还很荒呢，我们在北墩头玩，看见有死人骨头，还有蛇，八脚，草比人高，有好多坟墩头，小吴说，人家也都这么说。韩平芳说，本来就是那样，我们家老爷子知道的，他来炒米浜那时，才荒呢。小吴说,你是说你爷爷?韩平芳说,是,老爷子来的时候可早了,小吴想了想,一时不作声,韩平芳说,怎么,有什么事情,小吴说,那就奇怪,韩平芳说,奇怪什么,小吴说,怎么会有古井呢,井栏从哪里来的呢,韩平芳说,什么井栏,从哪里来的,小吴说,房基下挖出来的,可是,如果从前这里一直是荒地野坟,哪来的古井,韩平芳朝小吴看看,韩平芳没有说话,她想,有没有古井和你有什么关系呢,和我有什么关系呢。小吴帮助老泰山家张罗的只是破旧的事情,破完了旧,立新的工作就由建筑队来做了,小吴是做不来的,所以挖地基的事情小吴本来也是可以不来帮助的,但是小吴天生比较喜欢帮助别人,何况这是老泰山的事情,小吴总是要来的,待地基也都打定,小吴就真的插不上手了。

开始砌墙的那一天,小吴没有再去,在家休息了一天,韩平芳上班去,小吴抱着女儿在门前逗着玩,突然就感觉到腿部钻心地疼起来,小吴放下女儿,让她自己玩去,撩起裤腿看看,小吴吓了一跳,腿上一大片的青紫,从脚背开始一直蔓延到小腿,小吴嘀咕了一声,小吴说,怎么的,试着走几步,根本已经走不起来,小吴扶着墙,心里有些莫名其妙的感觉。邻人见了,道,小吴,扶着墙做什么,练什么功,小吴苦笑,说,腿好像出问题了,邻人听了,也过来看看小吴的腿,都说,吓,是不好,这么厉害,要去看医生,小吴说,是要去看医生,小吴试着再走几步,仍不行,用一只脚跳着进屋取些钱来,邻人问要不要给韩平芳打电话让她回来,小吴说不必,估计没有大问题,向邻人托付了小丫头,又求邻人上街拦一辆三轮车来,三轮车来了,小吴坐上去,三轮车拉着小吴到医院,小吴单着一只脚跳来跳去地挂号,找伤科,等待。

轮到他看医生时,医生摁他的伤处,小吴感觉很疼,他不好意思叫出来,忍着,医生说,你不叫我也知道你很疼,医生脸色很严峻,医生说,几天了,小吴说,几天了,医生说,你们这些人,自己耽误自己。小吴说,怎么,不好吗,医生脸色仍然严峻,不说话,开了拍X光的单子,去吧,拍了片子看了再说,小吴去拍了片子,等了半小时,片子出来了,X光的医生说,你骨折了,小吴说,奇怪,怎么好几天了,才疼起来,X光医生说,奇怪事情多呢,你这片子就有些奇怪,将湿淋淋的片子交给小吴,说,本来片子是不能给你拿的,你这骨折,奇怪,很少见,自己拿着,让医生看去,小吴高高地举着片子,跳回门诊室,医生接过来看了看,说,我就知道是这么回事。小吴说,怎么,医生说,骨折,小吴说,怎么会呢,好几天了,我也不觉得怎么疼,今天才疼起来。医生说,那我就不知道了,伤在你身上,又不伤在我身上,它要什么时候疼,我做不了主,小吴说,要不要紧,医生说,养着再说,又反复看了片子,脸上有些奇怪的神色,想了想,又说一遍,养着再说。给小吴的伤腿上了石膏,加了绷带,固定了,说,回去把腿搁高点,别老挂着,脸上的神色仍然奇怪,朝小吴的腿看看,再朝小吴的脸看看,最后又说一遍,养着再说吧,过四天来换药,小吴应了。医生指指X光片子,把片子送过去,小吴跳着,慢慢地又回到放射科,将片子送回去,X光医生问小吴,医生怎么说,小吴说,骨折,X光医生再问,还说什么,小吴想了想,说,没有,好像没有再说什么,就说骨折,小吴看到X光医生的脸上也有些奇怪的神色,小吴走出去之前,X光医生又说一句,什么东西压的,小吴说,井栏,X光医生说,井栏,什么井栏,小吴说,大概是一口古井的井栏,在房基下边挖出来的。X光医生说,噢,翻新房子呀,小吴说,是,X光医生说,在哪段?小吴说,炒米浜,X光医生点点头。小吴跳着出了医院,医院门前停着一大排三轮车。小吴叫车时,三轮车工人指点他,让他到队伍前边去叫,说,我们是排着号的,和看病一样,不能先来后到,有规矩。小吴单脚跳到前边,上了三轮车,老师傅朝他看看,说,骨折?小吴说,骨折,师傅说,伤筋动骨一百天,买点肉骨头熬汤喝,小吴说,有用处?师傅说,那是,吃什补什。

三轮车拐进小吴家的巷子,远远已经看到韩平芳抱着女儿焦急地朝这边望着,看到三轮车拐进来,连忙迎过来,说,怎么了?怎么了?小吴笑了一下,说,没什么,有点骨折,问题不大,养养就好,韩平芳说,怎么搞的?小吴说,还就那天挖地基时,井栏压着的,起先倒也不疼,今天不知怎么疼起来。韩平芳放下女儿,过来将小吴从三轮车上扶下来,小吴说,不用,能走,给三轮车师傅付了钱,谢过,用一只脚跳着,慢慢地向自家门口过去。韩平芳跟在后面,叽咕说,也是倒霉,什么井栏,哪里来的,不压别人,偏偏压你。小吴苦笑,说,那有什么办法,它要压谁还能躲得过呀,韩平芳说,我不是说谁能够躲过,我是说哪里来的井栏,炒米浜怎么会有井栏?小吴说,我想着也是奇怪。

踮进屋,听医生吩咐,将脚搁在一张凳子上,刚架好,老韩就走了进来,说,说是脚坏了,怎么的?韩平芳说,就那天挖地基时弄的,什么井栏,哪来的,老韩说,不是没事么,那日我也看过,腿不红不紫,怎么过了几天倒不好了。小吴说,没问题,就一般骨折,韩平芳说,骨折就骨折,还一般二般呢,看看,班也不能上了,事情也做不起来了,老韩说,既来之,则安之,急也没得用,有什么事情,叫你妈来帮帮,韩平芳说,自己还忙不过来,还帮我,老韩说,快的,快的,墙已经砌很高了,停了一下,看小吴站起来,跳着去倒水,说,还幸亏个子小,瘦,若是个大胖子,怎么跳?看小吴又跳过来,老韩摇头,说,这算什么,这么跳着怎么行,你等着,说着便往外去,韩平芳朝外看看,说,做什么,小吴摇摇头,韩平芳叹口气,去弄饭吃。过一会儿,老韩回过来,手里拿一根拐杖,交给小吴,道,拿着用吧,小吴说,谁家的,老韩说,瘌痢家的,小吴接过来,撑起来走一走,不怎么习惯,正试着,老韩老婆也过来了,后边跟着韩平苏和韩平荣。韩平苏戴着瓶底似的高度近视眼镜,他完全是凭感觉走进来,韩平苏模模糊糊看到小吴撑着拐杖试着走路,韩平苏说,你算是个灵活人,怎么也弄伤了,像我们这样,等于瞎的,像平荣这样,呆的,倒也伤不到哪里去。小吴说,那是,各人头上一方天,韩平芳张着两只湿漉漉的手过来,看看小吴的脚,又看看两个兄弟,说,为的是你们,都说人好心总有好报,我们家好心还没有好报,真是的,哪里来的什么井栏,不压别人偏压着我们家。老韩说,幸好没有压着别人,压着别人够麻烦的,韩平芳有些儿气,说,人是没良心的多,老韩也不在意韩平芳的气话,只说道,我是说的老实话,若是压了别人,医药费、营养费、误工费什么的,还有什么后遗症呢!瘌痢那一次不是狠狠敲了人家一笔,老韩老婆和韩平苏都说是。韩平芳说,是,自己人好说话,不麻烦,大家都点头,韩平芳想,我说的反话你们倒当真,也拿你们没办法,能怎么样呢,算自己倒霉,也罢了,回头对小吴说,明天我给你到厂里请假。小吴又试着走了几步,觉得习惯多了,说,不用你去,我自己能去,请假挺啰嗦的,有些事情你也讲不清,还是我自己去,韩平苏说,要不要借辆车送你,小吴说,不用,韩平芳说,你又看不见。

第二天小吴自己撑着拐杖慢慢地蹭到厂里请假,厂里看了片子报告,说,骨折了,自然是要准假。又问,怎么弄的,小吴告诉说是地基下挖出来的井栏压的,大家听了,也以为奇怪,说是该着小吴要倒点儿霉,那么多重活险活也做下来了,也没见伤着哪里,碍着哪里,压着哪里,偏偏到炒米浜去闯个祸。都知道炒米浜从来都是野坟荒地,哪来的什么井栏,就算地基里有个莫名其妙的井栏,碍着老韩家造房子,别人不能去搬,偏要你小吴去搬,小吴说,那是,该着我了,我躲也躲不开。大家说,你算是想得通,可是病假要打折扣,你知道的,小吴说,总共才几钱,再折扣,要饿死了,厂里人笑,说,饿不死你,小吴说,饿是饿不死,饱也饱不到哪里去,半死不活的啦。厂里人都说,那是,大家都一样,我们这些人,要想吃好穿好,都没长那张脸,小吴摸摸自己的脸,笑起来。

小吴病假在家,早晨将女儿送了幼儿园,回来没事,撑着拐杖往老泰山家去,小吴的家离炒米浜不远,慢慢磨一会就到,小吴过来时,大家正热火朝天地做着活,看到小吴来,都和他打招呼。小吴回应过,看到韩平荣仍然拣一处不碍事的地方坐着,用树枝抽打着地面,一下,再一下,很有规律。小吴朝韩平荣看看,发现韩平荣正坐在那个古井的井栏上,小吴拐过去,让韩平荣站起来,韩平荣很听话,站起来走到另一边,往地上坐了,仍然用树枝抽打地面。小吴仔细地看着古井的井栏,他看那上面写着的古体字,小吴说,这是不是篆体,没有人回答小吴的问题,小吴想蹲下去看看清楚,可是他的腿绑得硬硬的,蹲不下来。小吴向韩平荣招招手,韩平荣便走过来,呆呆地看着小吴,小吴说,你帮帮我的忙,帮我坐下来,韩平荣就扶着小吴让他在井栏上坐下,将伤腿伸直了,小吴坐妥后,韩平荣复又回自己那地方,坐下来,用树枝抽打地面。小吴用手抚摸着井栏上的古体字,小吴感觉到井栏冰凉的,凸凹的字迹从小吴的手下滑过,小吴东想西想,一会想想炒米浜的古井,又想想压伤他的井栏,再想想别的什么事情,也没有什么主题,想了一会,老韩走过来,给他一支烟,小吴接了,老韩替他点着,小吴吸了一口烟,停顿一下,向老韩说,腿坏了,也帮不上你的忙,老韩说,你先别惦记我们了,养你的腿吧,看看小吴屁股底下的井栏,又说,都是这倒头东西,也不知哪里冒出来的,怎么就到我们老韩家房基下来了,放在这里我看着也不顺眼,等弄妥了房子,将它移走。小吴说,移到哪里去,老韩说,现在也不知该将它移到何处,也是累赘,再说吧,小吴和老泰山说了一会话,看太阳快升到头顶,便起身回去做饭,等韩平芳下班回来吃饭。

　　到了医生让去换药那天,小吴早晨起来,伤腿仍然不怎么能动弹,小吴想到这么难的日子要熬好多天,心里总有些不乐,但再回头想想,也是无法。韩平芳要替他帮忙,小吴不要,用一只脚跳着做了些自己的事情,刷牙洗脸,吃过早饭,拿了病历卡,撑着拐杖出门去。大概八九点钟,太阳已经升到小街的上空,斜着照下来,小吴感受到太阳的暖意,撑着走了几步,突然就感觉到腿部所有的疼痛不适都消失了,小吴心下奇怪,撑着拐杖再走几步,像有不用拐杖也能走路的感觉,便放开拐杖,居然真的也能走了。小吴心里一动,赶紧退回,向韩平芳说,韩平芳起先根本没有看他,只是嘀咕,后来看小吴竟然真的走了几步,韩平芳说,伤筋动骨一百天,你才四天就想动,小吴脸色通红的,又走几步,居然走得好好的,一点也没有伤过的样子,小吴说,你看,韩平芳看他,说,你别撑了,小吴说,我没有撑,我是好了,你看,你再看,我走,他又往前走,再往后退,绕着屋子走了两圈。韩平芳说,怪了,小吴也说,怪了,我去医院看看。韩平芳说,你拐杖还是得带上,哪有这样的事情,小吴说,我带上,拿着拐杖轻轻便便地出了门,也不往地上撑,像拿根打狗棍似的横着,街上邻居见了,都道奇怪。

小吴到医院,看仍然是替他看伤的那医生,心里有点激动,直奔医生面前,向医生说,医生,我的腿好了,医生不认得他,说,什么你的腿好了,你是谁,小吴想这很正常,总是病人认得医生,医生不认得病人,小吴拿出X光的片子报告,交给医生,说,四天前,我来的,是你看的。医生拿过片子报告,看一下,说,骨折,小吴说,是骨折,医生说,四天,今天来换药,小吴说,你是叫我四天后来换药的,可是……医生看了小吴一眼,可是什么,医生问,小吴拍拍自己的腿,小吴说,医生,我的腿好了,医生说,开什么玩笑,伤筋动骨一百天,坐到那边去,自己把绷带解开,看你这情况,不是短时间能好得起来,耐心些吧,小吴说,医生你看,我走,说着便走几步。医生起先没有注意,后来注意到了,睁大了眼睛,说,走几步,你再走几步,小吴又走,他从门诊室的这头走到那头,又从那头走回这头,一点不瘸不拐,医生张大了嘴合不拢,医生说,怎么搞的,小吴说,好了,医生"嘿"了一声,说,笑话,你去放射科把片子借来我看看。小吴走出去时,又听医生说,奇怪,小吴到放射科,向X光医生借片子,X光医生看他的片子报告,说,是你呀,小吴说,医生还记得我,X光医生说,记得的,你的片子拍出来怪里怪气的,我弄不明白,我记得你,给井栏压着的,是不是,小吴心里很感激X光医生,向他说,医生,是很奇怪,我的腿好了,你看看,小吴在外面走了几步,X光医生透过窗口向外看,X光医生在里边将刚刚取出的小吴的片子看了又看,X光医生说,我不知道,你把钱压在这里,片子拿去吧,我在这地方也好多年了,没见过你这样的。

  小吴取了片子,回到门诊上,医生正给别的病人看病,小吴闪在一边,医生见他进来,让病人等着,急急地将小吴叫过去,取了片子看起来,医生一边看一边摇头,医生说,不可能,不可能,小吴不知道医生说的什么不可能,站在一边不好作声,后来医生突然一拍自己的脑袋,说,噢,我以为出什么怪呢,你拿错片子了,去换。小吴接过片子到放射科去换片子,X光医生说,怎么会拿错,我做了几十年这工作,从来没有出过一次差错,你看看,错不错,让小吴看过片子上的编号和报告上的编号,一样的,小吴有些不好意思,说声对不起,又举着片子回过来。小吴说,医生,没有错,医生再取过片子来看,半天不说话,小吴在一边等得心里有些不安,又怕随便说话会打扰医生的思路。再等一会,终于忍不住,小心翼翼地叫了一声,医生,医生回过神,朝小吴看看,说,再去拍一张,小吴根据医生吩咐,重新又去拍了片了,半小时后,新拍的片子也出来了,X光医生看过片子,把小吴从外边叫进去,看看小吴的腿,有些疑惑的样子,说,拿去给医生看吧,把上次的也带去。小吴说,怎么样,X光医生说,没有骨折,小吴说,会不会已经好了,X光医生说,笑话了,骨折四天就能长好,闻所未闻,小吴拿着片子出来时,听得X光医生自己在和自己说话,说得有些语无伦次……不可能,X光医生说,不可能是我搞错了片子,不可能,但是也不可能没有搞错片子……X光医生说,我弄不懂,我不懂……小吴再回门诊上,医生拿新旧片子对比过,医生摇着头说,没有骨折,小吴再试试自己的腿,他在地上蹦了两下,又用力往地下踩几下,不疼,没有一点点不好的感觉。小吴看着医生手里拿着的新旧两张片子,小吴没有问医生前一张片子是怎么回事,小吴想,既然没有骨折,那是最好不过,问了也是多余,医生却奇怪地盯着小吴,医生说,你不觉得奇怪?小吴点点头,小吴说,我觉得有点奇怪,怎么这么快就好了,医生说,根本不可能,小吴说,但确实是好了,医生点点头,说,你可以走了,这片子,先放我这儿,我有时间再看看。小吴说,片子我从放射科取来时,还压着钱的,医生说,你告诉他我借了,让他把钱还你,小吴说,他万一不肯呢,医生站起身,说,我陪你去把钱取出来。医生陪着小吴出来,小吴听到别的病人有些议论,他们大概是有点意见,他们以为小吴和医生是熟人或者是亲戚,医生陪着小吴来到放射科,X光医生见了他们,说,我想来想去,不会搞错片子,我想来想去,若是不搞错片子,怎么会这样,医生说,你把钱还给他吧,片子我借了,X光医生取出钱来还给小吴,小吴临走时,X光医生指着新旧两张片子说,这是你的腿,两张片子上都是,小吴想,我不管是谁的腿了,我的腿好了,这才是事实。

小吴走出一段,突然想起拄瘸腿的拐杖忘记在医院了,又返身去拿,进了门诊室,却不见医生,病人等得心焦,见了小吴,都忍不住说他,你把医生弄哪里去了?医生不是你一个人的医生,小吴说,我不知道,我已经走了,我回来拿拐杖的。小吴拿了拐杖出来,他远远地看见医生从放射科那边过来,医生一脸的疑惑。

小吴走回家去,韩平芳还没有回来,小吴横举着瘸腿的拐杖到炒米浜去,小吴走到老泰山跟前,将拐杖举到老韩眼前,说,好了,用不着它了,还了吧,谢谢人家。老韩怀疑地看看小吴的脸,又看看小吴的腿,小吴说,是好了,你看我走,老韩看小吴走路,确实没有一点不好的样子。老韩说,也是奇怪,小吴说,医生也说奇怪,还说搞错了片子,又说不可能搞错,又说不可能不搞错,我看医生也是不好当的。小吴说着给老韩递根烟,给老韩点着,老韩吸着烟说,算运气,小吴承认,说,算运气,老韩便忙他的工作去,小吴站了一会,把手里的一根烟抽完,小吴想,既然腿已经好了,我也该去帮他们做做事情,这么想着,小吴回头看到韩平荣坐在不碍事的地方,用树枝一下一下地抽打地面。小吴走近韩平荣,发现原先韩平荣坐着的井栏不在了,韩平荣坐在一块石头上,小吴说,井栏呢,韩平荣没有回答,他用树枝抽打地面,很认真,很有规律,小吴四处看看,没有看见井栏。小吴想去问问老泰山,看老韩正忙着,老丈母娘也忙着,只有一个近视眼韩平苏闲着,小吴过去问他,平苏,井栏呢?韩平苏说,人拉走了,小吴说,谁拉走了,拉到哪里去了?韩平苏凑到小吴脸前看看,说,你做什么,你要井栏?小吴说,我要井栏做什么,韩平苏说,博物馆的人拉走的,说拉到博物馆去了,那里有许多井栏,放在一起,也不知道做什么,小吴说,那上面的字,是篆体吧?韩平苏说,我不知道,他们也没说,小吴停下来,觉得心里有事情不落实似的,好像少了些什么,想了想,又问韩平苏,什么时候拉走的?韩平苏说,你真的关心井栏?早上拉走的,大概八九点钟,韩平苏说,你是不是要到博物馆去看它?小吴说,我看它做什么,韩平苏说,本来,与你有什么关系,小吴说,本来,与我没有关系,韩平苏说,不和你说了,我还有事情,说着走开去,走出几步又回过来,说,对了,他们说,那上面的字是古体字,那是一口古井,小吴听了,笑了一声,他到老韩家的建房工地帮忙去。

一年以后,重修地方志,在《街巷卷》的"炒米浜"这一段,加了一句话:32号韩姓居民在翻建房屋挖地基时发现古井一口的砖圈砌井壁,有青石井栏,这说明炒米浜过去并非历来的野坟荒场。

不过,在炒米浜居住的人以及像小吴这样的与炒米浜有些关系的人,他们大都不看地方志。

医生

小镇上有一位名医汤先生,他是看骨科的,四周的乡下和其他的小镇上,农民们碰到伤筋动骨的事情,都来找汤先生看病的。汤先生是名医,所以他基本上可以手到病除,用手替你推一推拍一拍,或者用一点药敷一敷,也是可以药到病除的。这种药是汤先生自己熬制出来的,也是祖传的秘方,别人是打听不到的,别人的伤科经常要用石膏把病人绑起来,绑得像个伤兵一样,要几十天都不能动,不能下水。碰到在夏天,天气热,也不能用水洗,是蛮难过的。但是在汤先生这里,一般是用不着的,后来汤先生的名气越来越大,虽然他们家是祖传的伤科,可能汤先生爷爷的爷爷就是伤科医生了,但是真正有声望,是到汤先生这一辈才起来的,所以到后来,就不仅是周围的人来找汤先生,有许多远地方的人也会慕名来的。因为交通的不方便,他们须得坐了车马再坐了小船才能找到汤先生,但是他们仍然是要来的。

还有一个名医是金先生,他也是看伤科的,这样就和汤先生的伤科冲碰了,两个人就是对手了,关系处理得不好,就变成冤家对头了。农民不认得字,就算手里拿着某先生的地址,到了镇上也是找不到的,他就向镇上的人打听。

我找医生,农民说。

什么病呢?镇上的人问。

伤科。

噢,镇上的人往东边一指,过去。

农民就往东边过去了,他果然看到有医生的,他就进去了,汤先生,农民尊敬地叫他。

其实农民找错了人家,他找到金先生这里来了。

金先生听农民叫他汤先生,他有点生气的,他说,我不是汤先生。

哎呀呀,农民有点着急了,他的手骨折了,疼得很,又惦记家里的农活要耽误了,他快要哭出来了。

要找汤先生的,金先生板着脸说,不要到我这里来。

所以后来镇上的人就会多问一句话了,如果农民向他们问路。

我找医生,农民说。

什么病呢?

伤科。

伤科吗,那么你是要找汤先生还是要找金先生呢?

我要找汤先生。

噢,那么你往西边去,过去。

我要找金先生。

噢,那么你往东边去,过去。

这样误会就会少一点了,但是汤先生和金先生仍然是计较的,农民到了汤先生这里,汤先生向他看看,你是西北荡的吧,他说。

是的,是的呀,农民觉得汤先生像个仙人,是西北荡的呀。

西北荡进来,汤先生说,是要先经过金先生那边的吗。

金先生吗?农民有些疑惑,我不知道的。

汤先生的眉宇就展开了,没有请金先生看过吗?

没有,没有的,农民有些慌张的,我不知道的,他们叫我来看汤先生,汤先生是名医,他们告诉我的。

那我就给你看了,汤先生拍拍农民的手臂,要是找金先生看过的,我是不给你看的,他说。

(所以,有的病人就算真的请金先生看过,也不敢说出来的。)

啊哇哇,农民叫起来。

汤先生看病不痛的,其他等待汤先生看病的病人说。

是的呀,要是叫金先生看,他会弄得很痛的。

要是叫金先生看,还要叫你喝很多苦的药呢。

要喝一大缸那么多呢。

汤先生在大家轻轻的说话声中,矜持地说,好了。

好了?农民是不大敢相信的。

好了。

农民试着活动手臂,但是他仍然不敢的。

汤先生说好了就是好了,别人说。

不用怕的,另一个人说

再给你开一帖药回去贴一贴,再一个人说。

农民觉得他们真是很幸福的,对汤先生这么了解和熟悉的,啊啊,他说,我晓得了。

汤先生将药调给农民,回去吧。

回去,我回去,现在农民显得有些犹豫的样子,支支吾吾,我回去能不能做生活的。

做杀胚呀,一个人说。

是的呀,手都骨折了,还做生活呢。

可是,可是,农民有点急的,可是地里生活多的呀。

别人又要抢先说话的时候,汤先生就咳嗽了一声,别人就不说话了,汤先生说,可以做做的,不要太吃力是可以的。

噢哟哟,农民说,碰着神仙哉。

是的呀,人家都晓得伤筋动骨一百天的。

是的呀,叫汤先生看病是不一样的。

农民在回家的路上,碰到自己村里的人,他也是来看伤科的,他看的是金先生,他抱着很多中药,是金先生开的。

这么多药呀,农民说,我没有的。

回去煎了喝的,同村的人说。

苦死的。农民说。

我是要吃的,我是不怕苦的,同村的人说,良药苦口呀,从前老祖宗都这么说的。

我是看的汤先生,农民说,看汤先生不用喝苦药的。

嗯?同村的人是怀疑的,汤先生连良药苦口也不晓得的,还汤先生呢。

先生和先生是不一样的,农民说。

他们就各人抱着各人的希望回去了,汤先生和金先生仍然在镇上给病人看病,而病人呢,也仍然是有人相信汤先生,有人相信金先生,可能这一阵汤先生的病人多一点,也可能过一阵就金先生的病人多一点,反正也没有人给他们统计,他们自己心中是有点数的。

就这样日子既快又慢地过着,有一天一个北方的人带来了自己的孩子,那个孩子有十三四岁,北方人是带他来拜汤先生为师,他也想他的孩子以后和汤先生一样,成为一个名医。

这是不行的,汤先生板着面孔说,但是其实他的心里是蛮开心的,因为他的名气已经传到很远的北方去了,但是汤氏伤科有家规的,不得传授外人。

我是真心诚意的呀,北方人说,不远千里的,比千里还远一点呢。

我晓得。

我们是全家商量决定的呀。

我们是奔着您的医术来的呀。

您的名声在我们那里也是家喻户晓的呀。

我晓得的,汤先生说,但是我不能违反祖宗定下的规矩,我不能的。

北方人有点沮丧的,他拉着孩子的手走开了,沿着镇上的小街和小河往前走呀,走呀,就走到了金先生那里。

金先生,收下我的孩子吧,他说。

不行的。

你们也是有家规的吗?

是的。

北方人拉着他的孩子的手,他们回家去了。

几十年以后,这个北方的孩子成了一所医院的院长,他已经人到中年了,他现在常常回想起当年父亲拉着他的手去到南方小镇的情形。那个小镇是湿漉漉的,天老是阴着的,常常就会下一点雨,小街上的石子是湿润的,走上去老是怕要摔跤,其实是不滑的。他的老父亲还健在,他们谈起这件往事的时候,常常争执,他记得汤先生家在北栅头,金先生的家在南栅头,而老父亲记得的却恰恰相反,老父亲认为汤先生的家在南栅头,而金先生的家是在北栅头的。

我们是从西边进去的,他说,我们从它的西北方向过来,肯定是从西边进去的。

是的,老父亲说,正因为是从西边进去的,进去以后我们就往右拐,先到了汤先生的家,所以汤先生的家是在南栅头的。

不对的,他说,我们进去以后是先往左拐的。

汤先生和金先生经过岁月的磨蚀都老了,他们不再开业行医,他们的子女也没有子承父业,都去做了其他的工作,好在这是三百六十行、行行出状元的时代,做什么工作都是可以做出出息来的。只是汤先生和金先生都有一点遗憾的,现在他们坐在小镇的茶馆里,他们的茶杯里泡着往事。这个茶馆是在桥头上的,这座桥叫吉利桥,茶馆飘着一面旗,上面写着一个很大的"茶"字。外地的人,大城市的人,都到小镇上来旅游,看看小镇上的小街和小河,乡下的农民都以为奇怪。

咦,他们说,这有什么看头的。

咦,我们天天看的。

从前没有人来的。

现在人多得来。

一个年轻的妇女菊花在小店里坐着,她在卖当地的土特产,像蜜桂花、腌菜花这样的东西。

一个年纪很轻的游客叫张仁平的经过了。

要买蜜桂花吗?

要买腌菜花吗?

张仁平向菊花看了看,他停了下来,她以为他要买什么的。

北栅头在哪边呢? 张仁平问。

北栅头吗?

南栅头在哪边呢?

南栅头吗?

总是一南一北的吧,张仁平指一指南边,又指一指北边。

嘻嘻,我,不大晓得的,菊花有一点难为情。

你不是本地人吗?

我是本地人。

噢,张仁平想了想,他想到原因了,那可能是从前的地名罢,现在的人是不一定知道的。

我倒是听说别的地方有北栅头和南栅头的,菊花说。

这里不是某某镇吗?

是的呀。

我就是问的这里,不是问别的地方,张仁平说。

你可以到茶馆里去问问老人,他们也许晓得的,菊花说,她是很热情的,但是她因为不知道北栅头和南栅头,显得有点不过意的。

噢,张仁平说。

桥头上有一个茶馆的。

噢。

他们经过桥头的时候,张仁平的一个伙伴说,张仁平你是不是要找北栅头和南栅头,你不进茶馆去问问老人?

噢,张仁平说,无所谓的,我也不要找北栅头和南栅头。

他们就走过了,把茶馆和茶馆里的老人留在身后,留在他们原来的地方

下晚的时候,外地来的人都走了,导游把小旗帜挥了一下,他们都跟着导游上了大客车,大客车开走了,小镇就安静下来,也有的人愿意在小镇上住一夜的,但是他们毕竟是少数的人,而且他们的动静不大,不喧哗的,分散到小旅馆里和老百姓家的小客栈里,镇上的街上,就基本上没有他们的声音了。

汤先生和金先生他们还没有走,但是他们的茶杯里已是残茶了,他们的说话也已经到了尾声,不过这个尾声也可能就是开头的。

你那时候还盯住人家问,有没有请金先生看过,有没有请金先生看过。

你那时候还说,汤先生看过的,我是不看的,汤先生看过的,我是不看的。

嘿嘿。

嘿嘿。

小镇的夜晚就降临了。

在街上行走

收旧货的那个人，戴着一副眼镜，穿得也比较干净，看上去像个知识分子，大家这么说的时候，他总是笑笑，然后说，我什么知识分子，我小学毕业，初中只念了半年。

他脾气温和，举止也文雅，他总是将收来的旧货，认真地分门别类；然后小心地捆扎好，地下如果留下了杂物，他会借一把笤帚来，顺手替人家打扫一下；然后就把旧货扛出来，搁在停在门外的黄鱼车上，搁得平平整整。他说，放整齐了，可以多放一点货。

开始的时候他只是收旧货，然后将收来的旧货卖到废品收购站，慢慢地，时间长了，他也知道有些旧货可以不卖到收购站。它们虽然是旧货，但还不是废品，可以不到废品站去论斤论两，可以找一点其他的买主，比如一些开在小街上的旧书店，当他带着些旧书进去的时候，老板眼睛亮起来，精神也振奋了，这时候灰暗的小书店里，就会发出一点光彩来。还有一些晚上沿街摆旧书摊的人，对有些尚有价值的旧杂志和旧书，也一样愿意按本论价，不过他们的眼光，肯定不如书店的老板，他们开的价格，也是相当低的，当然，这总比按斤论价要强一些。做过几次交易以后，他就学乖了一点，当然后来他又更乖了一点，因为有一次他亲眼看见摆书摊的人一转手，就赚了钱，所以以后他就自己来摆地摊，白天收旧货，晚上设摊。这样他抢了原来摆书摊的人的饭碗，那个人很生气，他自己也觉得这样不大好，就挪到另一个地方，但是晚上摆摊的事情是风雨飘摇，朝不保夕的。因为经常有城管的人或者其他执法的人来查处，常常偷鸡不着蚀把米，给罚了钱。碰到风声紧的时候，干脆就不敢摆出去了。

或者是在雨季，夜里总是阴雨绵绵，摊子摆出去，是得不偿失的，书刊被淋湿了，也不会有人在雨夜里去街头买旧书旧杂志的。在这样的时候，他就在自己租住的小屋里，整理那些收购来的旧货，他没有电视，也不订报纸，漫长的雨夜，他可以看看旧书旧杂志。

还有一些是学生用过的旧课本、旧作业本，他有兴致的时候，也会翻开作业本看看，看到学生做的练习题和老师批的分数。还有一个学生写道：某某是王八蛋，老师也没有批出来，估计是最后本子用完了不再交上去的时候才写的，他不知道这个"某某"是这个学生的同学还是他的老师，他想如果是老师的话，就很好笑了。他将课本和练习本精心地挑出来，留给自己的孩子，他们以后都用得着的，他这么想着，后来有一天，他收购到一大堆旧笔记本，这是一个人写的日记，他起先也没怎么在意。因为他觉得这对他的孩子以后读书没什么用的,他将这些旧笔记本置到另一边,因为它们不能当旧书旧杂志卖,只能到废品收购站将它们称了。

可是第二天他来到废品收购站的时候,收购站的秤坏了,正在修理,他就坐在一边等待修理,他那时候没事可做,就把手边的旧笔记本抽出一本来翻一翻,浏览一下,看了其中的一段日记,但是看了看后,他想,这叫什么日记,他有些不以为然,便不想看了。他将笔记本重新塞好,就坐在那里看修秤,后来秤修好了,他却有些疑虑,这么快就修好了,你的秤准不准啊?他问道,收购员说,不准你不要来卖好了。其实他平时也是经常遭到别人的质问的,怀疑的口气和他自己今天说话的口气是一样的,所以他也能体会收购员的心情,也没有计较,就将一捆捆扎着的笔记本提到秤上,一秤,九斤。收购员说,喂,这只能算你废纸啊,他有些不服气,这怎么是废纸呢,这一本一本的,应该算是书吧,收购员说,你懂不懂什么叫书啊,他觉得收购员今天火气特别大。但是让他把笔记本当废纸卖,他觉得亏了,我不卖了,他说,收购员就一屁股坐下来,说,不卖拉倒。

他将这些废品重新又置到黄鱼车上,他可以再换一家废品收购站试试,要是运气好,说不定有人会当旧书收购他的,他的黄鱼车经过红绿灯的时候,躲躲闪闪地避进一条小街,因为有个交警站在那里,像他这样的黄鱼车,虽然是有牌照的,但上下班时间规定是不许走大路的,他平时也是知道的。但今天因为卖旧货不太顺利,这时候他有点分心,就走到交警的眼皮底下来了,幸好正是高峰时间,交警正在忙着,没有来得及注意到他,他就拐到小街上去了。

小街上有一个旧书店,刚刚开门,店主就看到一个收旧货的人骑着黄鱼车过来了,店主看了看他的脸,似熟非熟,但店主还是微笑了一下,说,师傅,今天早嘛,今天有什么货?

他摇了摇头,就是一些笔记本,他说。

笔记本吗,店主说,什么笔记本?

好像是一个人的日记,他说。

他是有些无精打采的,但是店主的精神却渐渐地起来了,日记?他问道,写的什么日记呢?

什么呀,他说,就是一些流水账,早上几点起来,起来了洗脸刷牙也要写,水太凉牙有点不舒服的感觉也要写,坐马桶坐多长时间也要写,早饭吃的什么也要写。早饭以后喝茶,是什么茶,哪里买来的,多少钱一斤,都写在上面。然后是什么,是来了一个送信的,送来一封信,他看了这封信,后来,有一个什么人也要看,他不给看,那个人生气了,反正,就是这些琐碎的事情。

店主有一种天生的职业的敏感,他的鼻子已经嗅到了历史的气息,他已经不再矜持,甚至有点急迫地说,能让我看看吗?

他就从一扎笔记本中抽出一本给店主看,他说,本来我已经到收购站了,他要当废纸收,我说这不是一张一张的,这是一本一本的,应该算是旧书,他不肯,我也不肯,又带出来了,再去试试其他收购站。

店主的心思早已经不在他身上了,他只是应付着他,是吗,啊啊,这么应付了两句,店主已经看过了一段日记,他知道笔记本里的内容,至少是六七十年前的生活了,店主决定把它们买下来。

他惊讶地看着店主将一沓钱交到他的手上,这是给我的吗,他差一点问,但毕竟没有问出来,当然是给他的,当然是因为这一扎笔记本,肯定店主喜欢这些笔记本,或者这些笔记本可以卖出更好的价钱。但他并不贪心,废品站的人,只肯给他几斤废纸的钱,现在他拿到这么多,他已经够满足了,至于店主可能会转手卖出多少,他无法想象,他也不再去想象,他知道那不是他的事情,他不懂这里边的规矩,也不懂行情,那钱不该他赚,所以他拿了店主付给他的钱,就可以走了。

但是店主转手的事情,并不是那么容易的,这些日记没头没脑,既没有写日记这个人的姓名和其他情况,他在日记中偶尔提到一些人名,都不是什么有名的人,也无从考查起的。如果是名人的话,那就好办多了,时间再长,也总会有人知道的,后来店主又看出来,这些日记,是这个人许多日记中的一部分。是1936年至1939年这三年中的日记,那么这个人到底记过多少年的日记,从他的三年的日记中也可以看出,他是记了很长很长时间的日记,而且从1939年往后,还会继续记下去的,那么他的更多的日记在哪里呢,等等,都是待解的谜。

店主花了很大的精力去考证,去寻找些什么,甚至还跑到外地去,但一直没有结果。后来店主重新又想起了收旧货卖笔记本的这个人,店主有一种如梦初醒的感觉。他说,我这真是守着和尚找和尚,指着赵州问赵州,舍近而求远了。于是他哪里也不去了,就守在店里等待收旧货的人再次出现。

不断有收旧货的人上门来问他收不收旧书,但是他始终没有等到卖笔记本给他的那个人。有时候他已经看到他进来了,但是经过一番盘问,才又知道这个人不是他要等的那个人。还有一次,他看到一个卖旧货的来了,他坚信这就是他要等的那个人,他还记得他的身形和基本的长相,他问他,师傅,你来过这里卖旧书吧。但是那个师傅摇了摇头,说,我没有来过,今天是头一回。

以至于后来他连那个人的长相都已经淡忘了,甚至模糊了,他一会记得他是瘦瘦高高的,一会又记得他是矮矮胖胖的。

晚报上,有一天登了一条寻人启事,寻找一个收旧货的外地人。登启事的这家人家,老保姆将不应该卖掉的笔记本卖掉了,是被一个外地口音收旧货的人收去的,现在他们寻找这个人,希望能够追回不应该卖掉的东西。

有不少人看到了这条启事，但是与他们无关，他们并没有往心上去。店主那天也看了晚报，但是寻人启事是夹在报纸中缝里的，他没有注意到，后来偶尔听人说起，但是谁也不记得那是哪一天的晚报，也记不清到底说的什么事，只记得是有人卖了不应该卖的东西，想找回来。店主想再去找那张晚报也找不到了，过了期的报纸，被收旧货的收走了，卖到废品收购站，然后又运到造纸厂，打成纸浆，再又变成新的纸头出来了。

现在卖错东西的事情多得很，有人将存折藏在旧鞋里，鞋被卖掉了，存折还到哪里去找啊。也有人把金银首饰放在旧衣服的口袋里，或者把情书夹在废纸里，这都是最怕丢失的东西，但是最怕丢失的又恰恰丢失了，而且都是很难再找回来的。所以，大家常说，有些东西，失去了就永远失去了。

店主的念头后来也渐渐地淡下去了，但他知道，这仍然是他的一桩心事。后来他生了病，不久就去世了，临终前，他还是把这桩心事交代给了自己的孩子，他希望孩子继续开旧书店。他说，只要书店仍然开着，就会有希望，那个人会回来的。

但是他的孩子觉得开旧书店没有意思，辛辛苦苦，又不能赚钱，他的女朋友也和他有一样的想法。他们商量了一阵，不久以后，他便将旧书店关闭了，开了个服装店，这是听他女朋友的主意开的，他们一起到浙江去进货，回来后就一起守在店里卖服装。后来他们渐渐地熟了,来来去去的路线熟了,事情该怎么做也都知道了,和那边批发市场里的批发商也认识了,有了交往。所以,有时候店里人手紧的时候,就不必两个人一起去进货了,而是他一个人去;也有的时候他有事情走不开,就他的女朋友一个人去。

但是服装店的生意也不好做,做了半年,一结账,除去开销,也没有多少盈余的,他的女朋友说,这样做到猴年马月我们才能结婚。他们坚持了一年,他的女朋友就走了,她说这个地方发展不起来,她要到浙江那边去发展。

女朋友走了以后,他也不再开服装店了,他将店面转租给别人做房产中介,他坐收房租,比父亲在的时候日子还好过。

做房产中介的人,是个喜欢交朋友的人,所以他的眼线耳目比较多,这是做中介最重要也是最基本的一个条件,许多人都在有意无意中为他提供线索。这个人的朋友搬家了,老房子要出租,那个人的亲戚买了新房子,老房子要出手还新房子的货款,或者谁家来了个外地亲戚,家里住不下,要租房子,等等等等。其中有许多线索是有价值的,在别人听来,只是一般的家长里短聊聊天,或者最多只是一个普通的消息而已,而到了房产中介人那里,一般的聊天,普通的消息,就变成了利润。

他租了这个店面以后,很快又和街上的左邻右舍建立了良好的关系,闲着的时候,总是在说话聊天,别人也知道他这一套,他们说,我们说话是白说,嚼白蛆,他不一样,他说话能够来钱的。当然,话虽这么说,但他那一套,他们看得见,学却是学不会的,有一次他只是听到一个人说某某街某某号有两室一厅,其他什么情况也不知道,但是过了三天以后,他就拿到了下家的定金,又过了十来天,他就转手赚了两万。

其实不仅仅是说说话就能挣钱,他还要用脑子,他还要有水平,他还要有相当的思想境界,水平和思想境界从哪里来呢,锻炼出来的;还有,可以从书上学来,所以他是很喜欢读书的,不管什么书,他拿到手都要看,开卷有益,书中自有黄金屋,他觉得古人说的话很有道理。

有一次他读到一个人的日记,这是正式出版的日记,一套有几十本。这个写日记的人,他并不知道是谁,因为他不是个名人,他的日记也是在他去世以后,他的小辈为了了却心愿,凑钱替他出的,在小辈写的后记里,说了这样一件遗憾的事,就是这些日记,是他们的爷爷二十岁至四十岁的日记。四十岁以后,爷爷就再也没有写过日记,遗憾的是,其中缺少了三年的内容,1936年至1939年的日记,被当年伺候爷爷的老保姆当废品卖了,小辈曾经费了很大的周折,但始终没有找到,所以现在出版出来的日记,是不完整不齐全的日记。

他心里也替他惋惜着,他也曾想象过,那个遗失了的三年,这位老人的生活中曾经发生了什么,或者什么也没有发生,他还想象,这丢失的三年日记,现在到底在哪里。

他做梦也没有想到,这三年的日记,就在他的公司里边的那间小屋里,有一扇小门,拿一把大铁锁锁着,那是房主封闭隔开的。据房主说,是他的父亲留下的一些遗物,是一些旧书,留着也没有用,丢又舍不得丢,放在家里又放不下,反而使整洁的房间变得杂乱,所以在店堂靠里的角落,隔出一小间,存放着。

因为隔掉这一小间,他收的房租就要少收一些,从前他的女朋友曾经劝他不要隔,可以使店堂的面积大一点,多派点用场,但是他想了半天,最后还是隔出来了。

这些日子,这条老街上原先的店面都纷纷地在改换门庭,过不多久,就是旧貌换新颜了,街也兴旺热闹起来,收旧货的人有一次经过,都认不出来了。他还在房产中介公司门口站了一会,也没有想起这就是从前的旧书店。他毕竟不是这个城市的人,而且这个城市这样的老街小巷很多,在他看起来,这一条和那一条也都差不多,他只是感叹,怎么旧书店越来越难找,越来越少了,因为这个问题直接牵涉他的利益。

但是后来发生的这些事情,收旧货的人并不知道。那一次他得到一笔意外的收获,非常高兴,他十分庆幸自己在各种艰苦的工作中确定了做收旧货的工作。现在他更坚定了自己的信心,收旧货的工作,说不定哪天就会有一种意外的收获。当然,他不会傻傻地坐等意外好运的到来,他仍然每天辛辛苦苦地挨家挨户上门收旧货,再送到废品站去卖掉,有时候一天只能赚很少的钱,有时候还分文无收，或者被人骗了，还要倒贴掉一点。比如有一回收了一箱旧铜丝，送到废品站时，才发现只有面上是一团铜丝，下面的都是泥巴砖块，他就白白地贴了一百多元给骗子，但是不管怎么说，他始终坚信自己的钱会积少成多的，有了这样的信念，他就能够不辞劳苦，日复一日地行走在这个城市的大街小巷。

有一天他骑着黄鱼车在街上经过，有一个人挡住了他，问他有没有收过一叠旧笔记本？他觉得这个人有点奇怪，就告诉他，他几乎天天收到笔记本，有小孩的练习本，也有人家家庭的记账本，甚至还有好多年前的记账本，上面写着，山芋粉两斤，共一角。他当时还觉得奇怪，城里人怎么也吃山芋粉，而且城里的山芋粉怎么这么便宜，后来他才发现，那是二十几年前的记账本。那个问他话的人，后来就失望地走了。

在以后的漫长的日子里，在一些无事可做的雨夜，他偶尔也会想到这个人，这个寻找旧笔记本的人，是谁呢？他肯定不是来寻找小孩的练习本的，这样他就依稀回忆起有关日记本的一些事情，但是更多的情节记不起来了。他只记得是有一些日记本，他还读过其中的一段，写的什么，忘记了，拿到哪里去卖了？也忘记了，反正，不是废品收购站，就是街头的书摊，或者旧书店。这些日记本是从哪里收购来的，那是一个什么样的人家，在哪条街巷里，他记不得了，这个人为什么要把笔记本卖掉，是有意卖掉的，还是无意卖掉的，如果是弄错了，他一定很后悔,日记是不能随便给人家看的。他虽然是个乡下人,但这个道理他懂,难怪那个寻找笔记本的人,一脸的焦急,如果他是记得和从前的女朋友的事情,流失出去,万一给现在的女朋友看见了,那就麻烦了。

想着想着,他睡着了。

他从遥远的贫困的家乡来到这里,他也干过其他的一些活,后来觉得还是收旧货比较适合他。他就干定了这一行,慢慢地,有耐心地积累着资金,等积得多一些了,他就到邮局去汇款,他的老婆和两个孩子在家里等着他汇钱回去。他的老婆将他寄回去的钱藏起来,准备以后造房子用,两个孩子以后还要念书呢,他希望他们都能考上大学。

到邮局汇过款后,他怀揣着收据往回走的时候,经过洗头房,他就进去了,珠珠也知道他这几天该来了,他来的时候,珠珠说,来啦。如果她正闲着,她就会站起来说,走吧,如果她手里有客人在洗头,她就说,你等一等。

他总觉得珠珠对他和对别人不一样,有一些特殊的感情,珠珠却不这样想,珠珠说,哪里呀,我对他们都是一样的。

只是那一回有些不同,因为卖了日记本,他发了一笔财,提前来了,那天珠珠看到他进来,奇怪地说,咦,你前天才来过嘛。

不过这件事情也和记着日记的笔记本一样,他已经记不清了。

路边故事

小孩坐在马路边上,他是想给人家擦皮鞋的,他是从别的一些小孩那儿看到的,知道这也是一条谋生的路,他就学着他们也这样了。但是因为他比较瘦小,而且他不怎么会叫喊,所以他的生意不大好,几乎没有人注意到他。小孩的工具是简单的,一只皮鞋擦,一块布,一盒鞋油,还有两张小凳子,一张是他自己坐的,另一张是给顾客坐的,但是给顾客坐的那一张,老是空着,没有人坐,也没有人知道他的小凳子是从哪里来的。街上的人来来往往,行色匆匆,大家都有自己的事情和心思,也有的人心情是好的,他没有什么烦心的事情,他是来逛街的,所以他很悠闲,东看看西看看,这样他就会看到小孩了。

咦,他看了看小孩,说道,一个小孩在擦皮鞋。

哎,这个小孩很小的,他的女友说。

擦皮鞋啊,小孩对他们说,他是机灵的,看到有人看他的时候,他就会不失时机地喊一喊他们。

但是他们只是朝他笑了一笑,他们并不要擦皮鞋,他们只是随便地说几句话而已。

他可能只有七八岁噢。

看起来还不到七八岁呢。

他们说着,就走过去了,他们是要去商场里看看,商场就在前面,是豪华的大商场,里边应有尽有的,只要他们的口袋里货币比较充足,去逛商场是很开心的事情。所以他们虽然已经注意到小孩了,但是他们并没有停留,他们只是随便地说两三句话,就走了。

接着会有别的人经过这里,他可能是一个外来的民工,他不是穿的皮鞋,他穿的是一双解放球鞋,就是从前大家都穿的那种军绿色的球鞋,后来渐渐穿的人少了,再后来几乎只有外来的农民工还穿。别的人,像城里的人,不要说穿了,在他们家的鞋柜里,也根本找不着了。

这个民工经过的时候,他也看了看小孩,咦,他说,你在擦皮鞋啊。

听起来好像他是认识小孩的,其实不是的,他只是说话的时候就是这样的口气。

小孩是回答他的,小孩说,擦皮鞋。但是小孩的热情是不高的,因为他看到这个人脚上穿的是球鞋,他一直没有揽到生意。

擦一次多少钱呢?

两块钱。

喔哟哟,民工说,擦一次就有两块,要是你一天擦二十次,那不就是四十块啦。

嘿嘿,小孩笑了笑。

那比我挣得还多呀,民工说,我倒不如也来擦皮鞋啊。

嘿嘿。

不过那样我就是抢你的饭碗啦,民工说,你肯定抢不过我的啊,你这么小,我都怀疑你会不会擦皮鞋,换了我,我是不会要你帮我擦的。

小孩心里想,你也没有穿皮鞋呀。

民工是看得出小孩的想法的,他说,你肯定在想,这个人又没有穿皮鞋,还吹什么牛呀,可是我今天没有穿皮鞋,也不能证明我没有皮鞋,我今天不穿皮鞋,也不能证明我今后就不穿皮鞋,你说是不是。

是的。

就这样民工说了说,他也要走了,他也只是路过这里,他是要到前边的工地上去做活,他是做活做到一半出来打电话的,打过电话就看见了小孩,因为小孩就坐在电话亭的旁边,这样他看见了小孩,就说了几句话。就在民工要走的时候,又有一个人走过来了,她是一个妇女,年纪是不大的,她挎着一只小的篮子,她是卖白兰花的,五角钱两朵,有许多司机喜欢买的。他们买了挂在车上,车上就会有一股清香味,别人坐上车,就会说,哇,好香啊,司机心里会很高兴的,因为他们是很热爱自己的汽车的,他们喜欢把汽车里弄得干干净净,还有清香。

现在这个妇女走过来了,她是穿蓝布蓝衫蓝包头的那种,是乡下的妇女,她的白兰花可能是自己家里种的,也可能是批发来再卖的。她叫喊的声音清脆悦耳,带着浓厚的乡音,和白兰花更加的协调,假如她是用普通话叫喊的,肯定不如现在这样协调。

白兰花。

咦,香得来,那个刚刚要走的民工停下来了,他嗅了嗅鼻子。

买白兰花啊。

咦,女人买的呀,民工说。

妇女就笑了笑,她也是承认他的说法,一般是女人买的,除了开车的司机,别的男人若是买白兰花,人家说不定会笑话他的呢,哪怕他是买了送给女朋友的,人家也会觉得他有点娘娘腔。这不像到花店买那种一大扎的鲜花,那样的男人是有人觉得他是个绅士,是懂情感的好男人。所以民工这么一说,妇女也承认的,以她自己的经验,买白兰花的是中年以上的妇女为多,老太太也多的。

现在民工已经走开了,他不能很长时间不回工地的,虽然外面街上有很多事情可以看看的,但是他必须尽快地回到工地去做活,民工走的时候,妇女已经在小孩旁边的石阶上坐下来,她说,喔哟,吃力得来。

她在街上转来转去卖白兰花,现在她要歇歇了,她拿出一个矿泉水的瓶子,喝了两口水。她看小孩看着她,就说,你要不要喝一点。

不要。

咦,她说,你在太阳底下坐着,不口干的吗?

不的。

听你的口音,是哪里的,是山东的,妇女说。

不是。

是安徽的。

不是。

是湖南的。

不是。

那么是哪里的呢。

嘿嘿。

离他们不远的地方,是停车处,看车的老人是听到他们的对话的,所以他隔着一段路就跟他们说话了,他不知道的,他说,我也问过他的,他说不出来的。

几岁了呢?

嘿嘿。

你怎么不戴个帽子呢,妇女说,太阳底下晒着,不热的吗。

不热。

看车的老人是戴一顶草帽的,他又朝这边看了看,后来他从哪里拿出另一个草帽来向这边扬了扬,他说,他又不要的,我这里多一个,借给他他也不要的。

咦咦,妇女说,她自己也是有小孩的,所以她看见小孩总是很喜欢他们的。

天气很热,存放自行车和摩托车的人也不多,平时很拥挤的停车场,现在显得有点空空荡荡的,今天车子不多啊,妇女向老人说。

不多。

那天我看见一个年纪轻的人在看车,妇女说,是你的儿子吗。

是我的孙子呀,老人说。

喔哟哟,妇女说,你的孙子都这么大了呀。

他们虽然在说着话,但是有行人走过,他们不会疏忽的。

买白兰花啊。

擦皮鞋啊。

他们交替地喊一喊,等行人走过了,他们又说说话,后来就有一个人来了,他是一个年轻的先生,是开着摩托车来的,他的摩托车很漂亮,是大红色的,那种红,也不是一般的红,是红得很灿烂的那种红,是红得会发光的那种红。小孩的眼光一直是有点暗淡的,但是当他看到这个摩托车的时候,他的眼睛也放出光彩来了。妇女也是有点眼亮的,在她们乡下的村子里,也有年轻人骑摩托车的,但是她从来没有看见过这么好看的摩托车,所以她暂时忘记了自己的工作,也没有叫别人买白兰花,她光顾着看车子了,只有老人是见多不怪的,这样的车子他见识得也多,所以不惊奇的,他只是接过人家的钱,撕下一张收据,交给他。

这个人将要走的时候,看见了白兰花,咦,他说,是白兰花。

先生买白兰花啊,妇女到这时候才想起来叫喊一下。

多少钱啊?

五角钱两朵。

这么便宜啊,他说话的时候,又看见了小孩,咦,他说,擦皮鞋啊。

擦皮鞋啊,小孩说。

这个人看了看自己脚上的皮鞋,是沾了点灰尘的,就擦一擦吧,他说,不过你动作快一点啊。

他坐下来,把脚伸到小孩的面前,小孩的动作蛮熟练的,他看了看,咦,他说,你老江湖啊。

小孩"刷刷"地做着,他是很仔细的,仔细得那个先生有点怕他太慢了,他说,你快一点啊,我还有重要的事情呢,他说这话的时候,脸上露出很开心和神秘的样子,使得别人觉得他是要去会女朋友的,但是妇女和老人是不会去问他的,小孩在这个问题上是麻木的,他不知道的。

这个人可能觉得坐着有些无聊了,他要拿烟出来,他拿了烟出来,想扔一支给老人的,可能他是经常来存车,觉得老人是很熟的,虽然老人并不一定熟悉他,但是他是熟悉老人的,所以他自己要抽烟的时候,也会想到扔一根给老人的,老人就在那一边伸出手接住了这根烟,嘿嘿,老人笑了一下。

　　但是这边却出了问题,他可能因为扔烟用的力气大了一点,他往前一冲,又往后一仰,这样他坐的那个小凳子就经不起他的折腾了,只听啪的一声,小凳子的一条腿断了,随着哎呀一声,他就跌倒在地上了,他穿的是一条浅颜色的裤子,质地也是很好的,现在跌在地上,裤子撕开了一条,而且还染上了黑的鞋油。

　　啊呀呀,他看着自己的裤子叫了起来,啊呀呀。

　　他们几个人呢,看他狼狈的样子,有点想笑的,但是不敢笑,小孩张着两只手,一只手抓着鞋刷,一只手抓着鞋油,嘴微微地张开着。

　　虽然他们没有笑出来,但是他已经感觉到他们的笑了,他有些发火了,说,你们还笑啊,我这裤子怎么好去见人呢,他一边爬起来一边说,我要回去换裤子的。

　　他就到存车处去取漂亮的摩托车,老人因为拿了他的烟,觉得有点过意不去的,他说,你等于没有存车呀,要不然把钱退给你了。

　　咦咦,他说,我也不会在意这点钱的呀。

　　他就骑上摩托车去了,当他的摩托车刚刚从他们的视线中消失的时候,就有几个人来到这里了,他们人高马大地竖在停车场这里看了又看,一会儿指指这一辆摩托,一会又指指那一辆摩托。

　　是这一辆。

　　是那一辆。

他们争执起来,决定不下。

就是这一辆,红的吗。

不是的,那个红比这个红好看得多。

因为他们指指戳戳,老人有些不开心了,你们做什么呢,在这里指指戳戳的。

咦咦,他们不理睬老人的,他们中的一个人奇怪地东看西看,我刚刚跟踪他到这里,明明看见他存车的,怎么一眨眼又没有了呢。

妈的,小子不会又溜了吧。

妈的,欠了我大哥钱不还,还敢骑那么好的摩托车。

他们骂起人来,他们骂了骂以后,心情又稍微地好了一点,也想开了一点。

今天找不到,总有一天找得到他小子。

跑得了和尚跑不了庙的。

他们啰啰嗦嗦以后就走开了,当大家经过以后,现在这里又恢复了原先的样子。

擦皮鞋啊,小孩总是会不失时机地喊一喊。

白兰花啊,妇女现在准备离开这里了,她要到别的地方去卖白兰花了,她站起来,拍拍屁股上的灰尘。

老人在那边抽烟,那个先生给他的烟,他还没有抽完。

平安夜

满贵从城里给牛寄了一封信,信上说,牛,你来吧,城里的自行车多得不得了,满大街都是的。

牛拿了满贵的信,到城里来了。

哪里有自行车,牛说。

那里,满贵指着许多自行车,那里。

有锁的,牛说。

拿把小锯子锯一下就开了,满贵说,很方便的。

满贵过去嘎呲嘎呲锯,有个人走过,他看了满贵一眼,摇了摇头,不好的,他说,这样不好的。

牛的脸通红,这个人会把满贵抓起来的,他想。

但是这个人并没有抓满贵,不好的,他说,不好的,但是他走了。

满贵向牛招招,牛,你来试试,他把小锯子给牛。

这样好不好,牛说,我不会锯的。

就那么拉几下,嘎呲嘎呲,就行了,满贵说。

牛锯了几下,那个钥匙环就断了,嘿嘿,牛说。

走吧。

满贵和牛一人推一辆车,牛说,为什么不拿那个新的。

不要新的,满贵说。

为什么? 牛问。

满贵不说为什么,只是笑了一下。

满贵,牛说,这车子我们自己用吗?

我们自己要用什么车,满贵说。

那我们到哪里去呢?

皮市街。

皮市街是干什么的?

旧货市场。

噢,牛说,去卖掉。

二十块,老板看着满贵的自行车。

怎么二十块,满贵说,不可能二十块的。

老板指指牛的一辆,这辆给三十。

太太那个了,老板,满贵说,我们也辛辛苦苦的。

辛苦个屁,老板说。

至少也要担惊受怕的,满贵说。

怕个屁。

嘿嘿,满贵说,再加十块吧,老板。

没有的,老板板着脸,没有的,最多再加五块。

碰上你这样的老板,无路可走的,满贵说,唉。

老板数出钱来,走吧,走吧,老板说,派出所要来的。

满贵把钱放进口袋,牛跟着他,牛看到旧货摊上有个旧式的烟斗,牛笑了起来。

什么东西,满贵顺着牛的眼光看,他没看到有什么可笑的东西。

那个烟斗,牛说。

我说的吧,满贵道,城里的街上都是钱。

是偷,牛说,抓起来怎么办?

抓起来也不要紧的,骂几句就放出来了,满贵说。

不关起来的?牛问。

哪里关得下,满贵说,关不下的。

其实,牛说。

其实什么?

其实我们像他们一样,牛看旧货摊的老板,他们的脸上都有一些舒舒服服的样子,牛说,做做小生意。

本钱呢,满贵说,你有多少钱。

有五十五块,牛说。

什么,满贵说,钱是你的?

牛的脸有一点红起来,满贵,他说,我不是这个意思,我不是,我是。

你是什么,满贵说,你什么也不是,钱是我的,没有钱,鹅什么时候肯嫁给我。

我姐姐不是那样的人,牛说。

那她是哪样的人,满贵笑起来,她是哪样的人?

饿不饿,满贵说。

饿的,牛说,肚子一直在叫。

想吃什么,满贵说。

嘿嘿,牛笑了一下。

笑,满贵说,以为我请不起。

没有,牛说,他看到大马路上一家灯火辉煌的店,牛念出玻璃门上的字,纽约、假日、休闲、自助餐。

想吃这个?满贵说。

不是,我不是,牛说,我只是念一念,什么意思。

什么意思,满贵说,饭店,吃饭的地方。

噢,牛说,美国人开的。

也不见得,满贵说,洋盘,里边的东西是洋盘。

怎么洋盘,牛说。

用刀用叉子,满贵说。

那我晓得的,是西餐,牛说,西餐我晓得的。

你想吃洋盘?满贵说。

牛又继续念起来:早餐每位十五元,中餐每位三十五元,晚餐每位五十元,现在是中午,牛说。

进去吧,满说。

牛不走,牛说,你不要积钱娶我姐姐了?

你说鹅不是那样的人,满贵说。

她不是,她不是,我是,牛说。

欢迎光临,穿白衣白裤的小姐站在门口已经大声地喊起来。

怎么都是白的,满贵说,刺眼睛的。

美国下雪下得多,牛说,可能是的。

几位?小姐笑眯眯地说,先生两位?

两位,满贵说,牛,自己去拿吃的,吃得下多少吃多少。

我知道的,牛说。

拣贵的拿。

我知道的,牛说。

小姐笑起来,牛的脸有点红,自助餐,他说,我从前吃过的。

现在只要有钱,满贵说,什么东西吃不到。

他们端了满满的盘子坐下来,小姐送上刀叉勺和一份介绍,牛看了看,上面写着吃西餐的规矩,第一道菜应该取什么,第二道菜应该取什么,然后第三道,第四道。牛向四周的人看看,没有人按照这上面的规矩做的,他们都是满满的一大盘子,里边什么都有。

左手拿叉,牛说。

你可以左手拿,满贵说,我是要用右手的,我又不是左撇子。

我也不是左撇子,牛说,我是念这上面的字,右手拿刀。

好多白色的小姐走来走去,后来有一个小姐站在他们面前,牛不知道她要干什么,向满贵看看,满贵说,吃吧,她看着你吃。

另一个小姐也走过来,两个小姐并排站在他们面前。

都像你们这么能吃,一个小姐笑眯眯地说,我们老板赔光了也不够的。

你们老板是美国人吗,牛问。

嘻嘻,小姐笑,你说呢。

不是美国人吗?

嘻嘻,你说呢。

你们也是外地来的,满贵说,听口音听得出来。

打工妹,一个小姐说。

另一个小姐笑了笑。

我们也是,牛说,我们也是。

是什么,小姐说,打工的?

是的,牛说。

你们做什么?

牛脸上红了一红。

满贵说,我们搞建筑的。

搞建筑赚钱的,一个小姐说。

辛苦的,另一个小姐说。

不辛苦怎么赚钱,满贵说,不赚钱到哪里去讨老婆。

小姐们笑起来。

你乱说,牛有些生气,他说,我要告诉鹅的。

你不会告诉的,满贵说。

现在我们做什么,牛说,我们到哪里去?

看录像,满贵说。

看录像干什么,牛说,干什么要看录像。

不看录像干什么,满贵说,你想睡觉?

我不想睡觉,牛说,我一点也不困。

所以看录像,满贵说,有的事情,白天不好做,要等到晚上的。

我晓得,牛说。

天黑下来,天上没有星星,天气好的,牛说,怎么没有星星。

这一家,满贵停了下来,说,我们到这一家。

这是工厂,牛说,有人守门的。

后边也有门的,满贵说,牛跟着满贵绕过大门,往后面走。

有一段围墙上缺了一个口,人可以进去出来。

这不是门,牛说。

管他是不是门,满贵说,能进去的地方就是门。

他们从洞里走进来,牛说,这里面有什么?

看看,满贵说,看了就知道。

一道手电筒的光照过来,满贵,牛说,满贵。

光照在满贵的眼睛上,满贵说,谁?

你问我?一个老师傅站在他们面前,他把手电筒的光从满贵脸上移开一点,你们干什么?

看看,满贵说。

有什么好看的,老师傅又照了照牛,但是他没有照牛的眼睛,你们是一起的?他问牛。

墙上有一个洞,满贵说,我们就走进来了。

我看到你们从大门口走过,老师傅说,我就知道你们要进来的。

老师傅有经验的,满贵说,等于是我们肚子里的蛔虫。

什么事情不好做,老师傅看着牛,又不是没有力气,干什么要做小偷。

我不是,牛说,我不是,我是……

你想偷什么,老师傅说,我们厂里也没有什么了。

是做袜子的厂,满贵说,我以为是别的什么厂。

爱丽丝,牛说,爱丽丝是一个外国女人的名字。

叫玻璃丝还差不多,老师傅说,玻璃丝人家就晓得是袜子,爱丽丝人家不晓得是什么。

除了袜子你们不做别的东西?满贵说。

不做的,老师傅说,我们只有袜子。

唉,满贵说。

你们要偷,就偷几双袜子去吧,老师傅说。

你叫我们偷?牛说,你是,你……

我们的厂,老师傅说,要关门了,也不穷在这几双袜子上。

干什么关门?牛说,干什么要关门。

我不晓得的,老师傅说,你们要拿,就拿几双去。

嘿嘿,满贵笑起来。

要过年了,老师傅说,带玻璃丝袜子回去,老婆会开心的。

他还没有娶老婆呢,牛说,他要娶我姐姐的。

那你们就是亲戚了,老师傅说,你们心不要太黑,要拿就拿一点,不要拿得太多。

我们不要,满贵说,我们不要袜子。

为什么不要?牛说,袜子好的,你不给鹅拿几双玻璃丝袜,你心里根本就没有她,是不是?

不是的,满贵说,反正我不要。

这倒也是,老师傅说,现在外面,袜子满街都是,一块钱可以买几双的。

是不是因为袜子太多,牛说,你们就要关门了。

我不晓得的,老师傅说,可能是的。

走了,满贵说。

他们仍然从围墙的洞里出来,手电筒的光又照了照他们,后来就没有了。

他为什么让我们拿?牛说。

你说呢。

他怕我们?牛说,他是不是以为我们要打他的?

你会打他吗?满贵说。

我不会的,牛说,我肯定不会的。

他去叫人呢,满贵说,去叫警察。

我逃,牛说。

逃不掉呢?

我不晓得的,牛说。

时间差不多了,满贵说,走了。

我观察过好些日子,满贵说,这一家晚上没有人的。

怎么会没有人?牛说,他们都出去了?

我不晓得的,满贵说,反正我知道他们家的人吃过晚饭就出去,一晚上也不回来的。

他们到哪里去呢?

我不晓得,满贵说。

但是他们的门肯定是关着的吧。牛说。

那当然,怎么会不关门,又不是乡下,满贵说,再说,现在小偷这么多。

牛笑了一笑。

满贵说,城里人都说,民工要回家过年,小心一点。

那我们怎么进去,牛说,我不来事的,我不会撬锁的。

不用撬锁,满贵说,我们趁他们没有走的时候,溜进去,先躲着,然后他们走了,我们就出来拿东西。

就像小偷一样,牛说。

是的,满贵说。

他们溜进这个人家,在门背后躲起来,等他们出去。

一个主人说,今天不去了。

为什么?另一个主人说。

今天他们来,一个主人说。

烧一点开水等他们来,另一个主人说。

他们去烧开水,过了一会有人敲门了,进来的人说,换换地方,手气会好一点。

另一个进来的人说,臭手永远是臭手。

你是臭嘴,一个进来的人说。

嘴臭不要紧,另一个进来的人说,只要手不臭。

一个主人说,你们都不是我的对手,换什么地方,换到天堂也是一样的。

换到地狱也是一样的,另一个主人说。

他们稀里哗啦打麻将。

满贵站在一扇门后面,牛站在另一扇门后面,他们不好说话,也看不见对方。

满贵站得浑身都酸痛起来,他终于不耐烦了,好了没有,他从门背后走出来,说,我的脚都站肿了,你们还没有打完,你们要打到什么时候。

没有人和他说话,他们说,五筒。

碰。

八条。

吃。

三万。

杠。

牛,满贵说。

牛没有声音,满贵过去看看,牛坐在门背后的地上睡。

七条。

吃。

喔哟,挑你吃嵌张。

你怎么出七条呢。

金三七,银二八。

总归要给人吃给人碰的,给人活路,自己才会有活路。

这话说给你自己听听,自己把牌卡那么紧。

我紧什么,坐我下家,不要太开心,我从来不卡牌的。

一个人欲出二万,满贵急了,不能打二万,满贵说,二万不能打的。

关你什么事,一个人要一张二万,做一条龙的,他生气地说,关你什么事,你看了我的牌说话,不懂规矩的。

我没有看到你的牌,满贵说,我一直站这个角落里,我看不到你的牌的。

拖张凳子坐下来,一个人说,看牌只能看定一家,不要同时看几家。

我又不要看牌的,满贵说,我不要坐。

他们的声音突然大起来,一个人自摸了,清一色,他说。

牌洗洗干净,另一个人说,他用力推倒牌,哗啦一声很响。

什么？牛在门角里被惊醒了，干什么，我没有，我没有，牛说。

走了。满贵说。

牛懵懵懂懂，走，他说。

再见，一个人说。

再见，满贵说。

又一个人说，我不喜欢有人看我打牌的。

他们走出来，有一个菜农挑着菜在街上走，天还是黑的，但是很快就要亮了。

天要亮了，牛说。

沧浪之水

沧浪之水清兮　可以濯吾缨
沧浪之水浊兮　可以濯吾足

《孟子·离娄》

从前这地方肯定是没有沧浪巷的,就是现在,这城里的人也未必都晓得沧浪巷。

而沧浪亭,却是人人皆知的。

所以,大家想,沧浪巷必定是由沧浪亭而来的;沧浪亭,则说是由沧浪之水而来。那么沧浪之水呢,由何而来?

没有人晓得沧浪之水。

这地方水很多。

总是静谧的水漫生出一层雾气,背面的小巷便笼在这雾气之下。

一

起了太阳,雾气就散了。

太阳照在拐角的时候,苏阿爹便唠唠叨叨地搬出一张破藤椅,搀着苏好婆出来晒太阳。

苏好婆是三个月以前中风的,不算严重,头脑还灵清,只是右手右脚不听使唤。

从前都是苏好婆侍候苏阿爹的,现在日脚反过来过了,苏阿爹很不适应,况且时已入秋,他的哮喘病眼看着要犯了。

苏阿爹和苏好婆并不是一对夫妻,也不沾亲带故,两个人一世都未婚嫁,老来便成了一对孤老。不晓得是在哪一个冬天,居委会的干部对苏好婆说,你搬到苏阿爹屋里住吧,也好照应着点,他那样喘,就差一口气呢。不久,苏好婆就搬到苏阿爹屋里去住了,其实她比他还大五岁,但她没有病,能做活,能侍候人。苏阿爹可是享了福,并且过得很舒坦。他是有劳保的,苏好婆却没有。

安顿了苏好婆,苏阿爹就带上半导体去泡茶馆了。

茶馆在沧浪亭里。进沧浪亭是要买门票的。从前三分,后来五分,现在三角,有菊展或别的什么展时,就是五角或八角。沧浪亭很小,进去遛一圈只要几分钟。看来如今这钱真不当钱了。

苏阿爹进沧浪亭是不买门票的,他在那里面的绿化队做活,一直做到退休。

茶馆面临着一弯池水。水从一个遥远的地方来,绕过沧浪亭,缓缓地注入沧浪巷,又缓缓地走出沧浪巷,流到另一个遥远的地方去。

这水有时候很干净,有时候就浑浊了,大家问苏阿爹,他说不出道理,他只能把漂在水面上的东西捞起来,却不晓得水的骨子里是怎么变黑的。

每天,苏阿爹在茶馆里喝茶,自是对着水坐,苏好婆在那个拐角上,也正对着水。

太阳就把苏好婆的血晒活了,苏好婆面孔红扑扑的,她高兴了,就和刘家的媳妇环秀找话说。

"你是福相。"苏好婆重复地说,"你是福相,我一见你面就看出来你是福相……"

环秀盯着睡在童车里的小毛头,甜甜地笑,她晓得自己是福相。

苏好婆告诉环秀,她原本也是这城里一户大户人家的小姐,后来家道中落,十三岁便被她那抽大烟的父亲卖给人家做童养媳,圆房之前,她逃走了。

"为什么,那家人家对你不好吗?"环秀问。

苏好婆说不出来,天地良心,那家人家待她可不错。

"你那个男人长得难看吗?"环秀又问。

苏好婆说不出来,那男人也算人模人样的。

那为什么……

苏好婆总是说不出来,她想了又想,想了又想,也没有想清楚,可那一天她毕竟是逃走了。

以后,苏好婆便以帮佣为生,出了东家进西家,一直做到五十多岁,误了自己不说,又渐渐地被人嫌脏嫌不利索了。她就不再住家帮佣,改为替人倒马桶,吱吱喝喝又过了二十年。

末了你和苏阿爹做成了一家人家,环秀想。

太阳匆匆地走过去,雾气便又笼过来,苏阿爹一壶茶还没有喝畅呢。

苏好婆的面孔不再红,而有些狰狞了。

"求你桩事。"她的黯淡无光的眼珠散散地看着环秀,"看你闲着也厌气,是不是?"

环秀的手扶住童车,甜甜地笑。

苏好婆从身上不知哪一处抠出一块黑布,用一只左手比划了一会儿。

她要做黑纱,活人悼念死人用的。

环秀觉得心里被什么东西拨弄了一下,她没有接那块黑布。

童车里的小毛头突然大声哭起来。小毛头也喜欢太阳,太阳走过去了,小毛头就哭。

都该回家去了。

二

这巷子里造得起楼房的,也只有刘家。

刘家在巷子里造起新楼房,大家眼热,却也服气。那人家,整个儿的一门做煞胚,劳碌命,老夫妻加儿子,办了个私营的小茶场,三更起做,半夜不歇。想歇,那哗哗流进来的钞票也不让你歇。做得刘家门里个个三根筋扛起一个头,任你加营养,也落个吃煞不壮。

一回,医生说了一句刘陵在生育上可能会有些障碍,便拒绝再说第二句。

于是,很快环秀就进门了,环秀一来就粉碎了医生的危言。

环秀给刘家生了一个八斤三两重的儿子,月子里母子俩都给喂得白白胖胖。

吃满月酒那天,大家看见环秀,自然是格外丰满、富态。

闹了满月,又是双满月剃头;过了双满月,又祝贺半周岁,以后还有一周岁,两周岁,三周岁……刘家总是有钱,便总是能闹起来。

刘家爷儿仨仍旧是做煞,夜里环秀问刘陵:"我怎么办?"

刘陵捏捏环秀的面颊,说:"你,在家歇着,有我们三个做,足够了,我们家不缺你那一份。"

环秀就在屋里歇着。

环秀就是愿意舒舒服服地歇着,什么也不做。十岁的时候,环秀的阿爹过世了,环秀就没有歇过,她做的外发活,堆起来有座小山高,她的手指被针尖戳了无数个洞。

妈妈说,你熬吧,熬出头,嫁个好人家,你就享福了。

在这城里,在这周围,便是在她端盘子的那个咖啡店,比她漂亮的姑娘总是满眼晃着,刘陵偏是看中了她,并不等她明白了什么,一切都已经来了。

你是福相。苏好婆说。

你是福相。大家都说。

你是福相。环秀对自己说。可惜妈妈不在了。现在她有空常去看妈妈,她晓得妈妈在那个遥远的地方微笑。

可是不晓得从哪一天起,环秀笑的时候,老是走神,她的眼前总有一块黑布闪过。她告诉刘陵,刘陵好像也懂一些心理学,刘陵说,你恐怕是太闲了,找点活做吧,给小毛头做双鞋。

环秀听刘陵的话,就给小毛头做鞋。她的手工活太好太好,又快,没多少天,她就给小毛头做了一大堆的鞋。刘陵笑她,说养十个小毛头也穿不了这么多的鞋。

巷子里的人晓得环秀会做鞋,就来讨个鞋样回去给小人做,环秀说,别剪样了,你们忙,小人要穿,拣双合脚的,拿去穿吧。

后来,这周围好多人家的小毛头,都穿上了环秀做的鞋。大人们也都心安理得,环秀反正闲着,做双把小毛头的鞋,本来并不费劲,便也不见得有什么感激之情。倒是没要到环秀做的鞋的人家很有些不平了。

有一天,环秀听见公公对婆婆说:"我们刘家门里向来只出做煞鬼,不出败家子,不能让她破了这规矩。跟她说,让她在门前摆个摊,卖鞋;她要是会做别的,也卖。"

这夜里,刘陵就叫环秀卖鞋。环秀答应了,她从小做惯了各种各样的事,并没有觉得有什么不好。

环秀就在屋门口放了一只竹匾,向街坊邻居和过往行人出卖她的手工,于是,再也没有谁觉得这里面有些什么不平,环秀就维持了大家的心理平衡。

工商大检查那一阵,就把环秀检查出来了,说是无证营业,罚了钱,并且不准她再出卖什么东西。

刘家不在乎那几个罚款,却要争个面子。

工商的人规劝说:"你们知足吧,人不可太贪呢,太贪不好呢……"

刘陵说:"你这叫什么话?要是人人都知足不贪,这商品经济就死了……"

人家也不计较,说:"也好也好,要卖也行,让你老婆单独申报领个执照就行。"

"你说我做不做?"环秀问丈夫,她愿意听他的。

刘陵看看她,第一次没有替她做主:"随便你。"

后来他们都睡了。

天亮的时候,环秀在刘陵耳边说:"我不做。"

刘陵笑了,捏捏环秀白嫩的面颊:"这就对了,我们刘家有三个做煞胚,养得起你。"

其实,何止只是养得起呢,环秀想。

大家走过刘家门前,看见环秀,便有些惋惜地问:"不卖了?"

环秀说:"不卖了!"

环秀重新天天带着小毛头在拐角上晒太阳,水仍然缓缓地流着。小毛头大起来,吃得多了,屎尿也多,环秀下水洗尿布,失了手,尿布从水上漂走了。环秀站着,静静地看着那不沉的尿布,她不晓得那尿布怎么不沉。

婆婆回来时看见了尿布,便去捞起来,说小毛头的尿布不能随便扔,小毛头夜里会不安逸的。

其实,这个小毛头一直是很乖很安逸的。

三

一水之隔,这背面就僻静多了。

很少有外人到这巷子里来,偶尔闯来了,也是找错了路,问一下便退走了。

只有水,每天都来。

到了冬天,苏阿爹不能去茶馆了,他只有在这拐角的太阳底下,无助地看着水载着枯叶和杂物流去,心里就有说不尽的烦躁。

终于有一天,除了水,又来了一个人。这个人很年轻,也很平常,他走进来,一直走到拐角,便在太阳底下站定了。

苏阿爹狠狠地咳了一阵,待气平了,问他:"你找谁?"

这个人并不说话,从口袋里拿出一只黄灿灿的镯子。

大家的眼睛被这黄灿灿的颜色吸引住了。

"铜的。"年轻人说,乡音极重。

苏阿爹狠狠地咳起来,那口气很久很久平不下来。

手镯自然让他想起那个女人来,他年轻时相好过的一个女人,手镯是他送给她的。

她接过去,咬了一下,也说了两个字:"铜的。"

"我能有金的吗?"年轻时的苏阿爹苦笑。

"我配戴金的吗?"她也笑,但不苦,很平静。

"只怪我太穷了。"苏阿爹叹口气说。

"你不穷,你看管着园林里那么多宝物,你是不穷的。"那女人说。

后来他们分手了,没有什么眷恋,也没有相约什么。

苏阿爹看着手镯,说:"你要做什么?"

年轻人于是又急又快地吐出了一大串外乡土语,没有人听得懂。

"喂,"苏阿爹招呼环秀,"你听听,他说什么?"

环秀是能听懂的,她毕竟年轻,接受能力强,反应快。

"他叫张文星。"环秀说。

后来,张文星就在这里住下了。绿化队给了苏阿爹面子,收张文星做了临时工,他自是很卖力,很专心,因为从此就不再见那些枯叶杂物随水漂来了。

慢慢地这地方的人习惯了他的语言,觉得那口音十分好听,十分逗趣,有意无意之中,便在自己的语言中也夹了些他的语言。

小毛头正牙牙学语,第一次开口,竟说出了那种奇怪的语调,使刘陵大为沮丧,刘家门里自然添了些许不快。环秀就下功夫教小毛头说自己的语言。

苏好婆被太阳晒得血脉奔涌,她对环秀说:"你有空就帮我缝吧……"

环秀因为不想替她缝黑纱,总是装作没听见。

苏阿爹不咳的时候总是训斥苏好婆:"你见鬼吧,你见鬼吧,老太婆讨人嫌……"

张文星有了空闲,也在拐角上晒太阳,他摇着小毛头的童车,唱一支歌,小毛头就睡了。

苏好婆坐在那里总是想活动右手和右腿。

"这水,"张文星看着流水问环秀,"就是沧浪之水吗?"

环秀摇头,她不晓得。

张文星又问苏阿爹,苏阿爹也摇头。

"为什么人家都说沧浪之水呢?"张文星好像很想弄明白。

"谁说过沧浪之水呢?"环秀柔和地反问。

张文星愣了好一会儿,终于又问了一句:"那么沧浪之水是什么呢?"

没有人晓得沧浪之水。

张文星本来是可以在这里站稳的,他很讨人欢喜。后来却出了一桩事,园林办公室里的现款失窃,数目虽不大,但公安局是立了案的,就怀疑到张文星了,由于没有证据,案子便悬着。

后来又接二连三地出了几桩事,园林里的高档盆景、根雕家具、参展文物相继被盗。于是就推断出是一个团伙作案,并且有内线,这内线似乎必是张文星了。

沧浪巷就对张文星门户紧闭,苏阿爹便唠唠叨叨地埋怨苏好婆,好像张文星是她的野种。苏好婆决不申辩,她总是在太阳底下尝试着活动右手和右腿。苏阿爹刻毒地说,老太婆你不要痴心妄想了。苏好婆并没有听见他的话,无声无息地继续着她的努力。

环秀看见张文星愁眉苦脸的样子,就对他笑笑。

张文星便也笑了。

刘陵警告环秀:"你防着点那小子,都说是他。"

环秀甜甜地笑,刘陵的心就暖了,踏实了。

案子越缠越大,大家说张文星是个看不见抓不着的精贼,总是没有证据。破案子的人到沧浪巷来调查,刘陵说他看见夜里张文星和另几个人背着东西从那边走过来。

"是从那边过来的?"人家反复问。

"是的。"

"是走到这边来的?"又问。

"是的。"

"后来又到哪里去了?"再问。

"不晓得了……也说不定,这巷子里有人家窝藏赃物……"

最后按证人手印时,他说,这最后一句话不算,是我猜的。

241

调查便到另一家去进行。

环秀的脸白了,说:"你瞎说,你什么也没有看见。"

刘陵笑起来,捏捏她的面颊:"没看见其实就是看见了。肯定是他偷的,是祸害就该早一点送走,你敢说不是他偷的吗?"

环秀的脸只是白。

但是终究还是没有把张文星抓起来,终究是没有证据,没有确凿的东西。

四

先是听见小毛头不停地哭,大家说这小毛头今天怎么不乖呢。后来被小毛头哭恼了,又说环秀怎么也不哄孩子了,环秀哄孩子是很有办法的。再后来听出来小毛头哭狠了,失了声,便有人推门进去看。

环秀根本不在屋里,门却是开着的。

等刘家那三个做煞胚筋疲力尽回转来,小毛头睡了,环秀却不见。

刘陵愣住了。在那一刻里,刘家老夫妻的号叫声响了起来,才晓得屋里的黄货、存折、现款全没了。

"娘*!婊子!"刘陵突然破口大骂,"她偷走了,娘*!"

小巷很震惊。谁也不相信环秀会做这种事,但每个人的内心又都确认了这个事实。

环秀也许是坯子不正,谁晓得她从前在咖啡店里做过什么呢?大家回忆她的甜甜的笑,越发断定这个女人原来就是很不干净的。

刘家的睡眠向来是很早的,因为要早起做事,所以就得早睡。这一夜,他们仍旧早早地上了床,小毛头也就格外乖。

别人看着刘家高大得没有动静的黑屋,实在不晓得他们睡着了没有。

天亮之前,早起的老人没见着刘家的人,便叹了口气。

突然拐角上有人尖声叫唤起来:"刘陵……"

刘陵正在一个愤怒的梦中挣扎,他被唤醒后,昏头昏脑便直奔拐角去了。

在拐角上,他看见了水,缓缓流过来的水,接着他看见了水上漂浮着的什么,他哆嗦起来,抖得站不住。

水上漂的是环秀。她仰面而卧,面孔上有一丝甜甜的笑,笑得很安详。

水缓缓地从那边滚过来,又缓缓地从这边滚过去,环秀便也缓缓地漂过来,又漂过去。

刘陵看呆了,别人推他,他喃喃地说:"她怎么不沉……"

很快来了警察,来了警犬,来了法医,很快验证出来。环秀是死后被抛入水中的,是他杀。

大家说,原来,果真,那钱、那黄货不是环秀拿的,环秀是不会做这种事的。

243

刘陵却说:"环秀要是偷了,就不会死了。"

哪有这样说话的,刘陵是乱了脉息了。刘家老夫妻齐齐地瘫倒了,三根筋支持的一个头,再也昂不起来了。

环秀的后事便得由邻里们来相帮了。苏好婆坐在拐角的太阳底下,拿出一块黑布,自言自语地说:"本来该是她帮我做的,现在是我来帮她做。"说着,她便一剪刀、一针、一线地缝起黑纱来。

苏阿爹看着苏好婆,总觉得有什么地方不对头,想了半天,他"咦"了一声:"你,你的手,你的脚……"

苏好婆没有听见他说话,她专心致志地缝着黑纱,捏住针线的右手和捏住黑纱的左手一样灵巧。

环秀的遗像放大出来,挂在墙上,苏好婆看了说:"是个福相。"

苏阿爹"啐"了一口,训斥她:"你个死老太婆,热昏啦,老糊涂啦。"

苏好婆坚持说:"是个福相。"

杀害环秀的凶手很快就抓到了,是个流窜犯,才十八岁,文弱弱的样子,一张苍白的面孔。

审讯的时候问他:"你行窃时被害人发现了你?"

"是的。"他供认不讳。

"她呼救了吗?"

"没有"。

"那你为什么要杀害她?"

他想了一想,说:"她太好杀了。"

"什么？"审讯的和记录的都没有听懂。

他又想了想,解释道:"她很好杀,我的意思是说,杀她太容易了,她笑眯眯地坐在那里等死。"

"你老实点!"审讯的人愤怒了,拍了一下桌子。

他低了头,但还是想说清楚:"真的,真的,我想不到杀一个人竟是这么简单,她……"

"你怎么晓得她家里有钱?"审讯的人从另一方面问。

"我怎么晓得她家里有钱？我怎么晓得她家里有钱……"他若有所思。

"不许耍滑头,老实交代,是不是有内线。"

"内线"两个字自然而然地使他们联想到另一个案子,审讯似乎在另辟蹊径。

杀人犯天真地笑起来:"什么呀……"

枪毙杀人犯那天,巷子里的人都去看,回来一致说那大小孩像哪个电影明星。

他们都听见他对执行的人说:"天寒地冻的,难为你们了。"

后来就下雪了,他的血洒在雪地上,颜色很艳。

刘家的人没有去看枪毙,他们怕戳心境,刘家老夫妻在屋里躺了一些天,终于又昂起了三根筋支起的头去做活了。他们是劳碌命,不做活是不来事的。

刘陵暂时还不能去做,他还没有给小毛头找到合适的保姆。那一天下雪的时候,小毛头睡了,他就站在拐

245

角上,看那水缓缓地流过来,又流过去,雪下到水里,就没有了。除了水,什么也没有。

刘陵回到屋里,小毛头已经醒了。他给小毛头穿了衣服,就让小毛头自己在屋里玩。过了一会,小毛头摇摇晃晃地走过来对他说:"爸爸,你看。"

他看见小毛头手里拿着一只黄灿灿的手镯,他的心跳起来,回头就发现大衣橱被小毛头打开了,翻乱了。

他把手镯拿过来,看了又看,他总觉得不是铜的。

他没有对别人说起手镯的事,只是突然想起好些天不见张文星了。大家说,枪毙人那天,见他也在场,后来就没有见着。

刘陵后来终于忍不住带着那只镯子到苏阿爹屋里去了。

苏阿爹坐在床上喘,眼泪鼻涕挂了一脸。苏好婆在侍候他吐痰,捶背,抚胸。苏阿爹一边喘一边说:"罪过罪过。"

刘陵没有说什么,悄悄地退了出来。这时候,他突然想到,要给小毛头物色的不应该是一个保姆,而应该是一个妈妈。

门堂间

上

门堂间有两扇门。

前面的门对着街,后面的门对着天井。前面的街上很热闹,人来人往,后面的天井也热闹,天井里人家多,事情也多,所以宋老先生住门堂间,住了几十年也不厌气。

宋家里不是住房困难户,他们有朝南的大房间,还有朝东的厢房。毛头说:"阿爹你搬出来,我住门堂间吧。"

毛头是宋老先生的大孙子。毛头是孝顺的,不过他也向往住门堂间的自由。他们家把朝南的大房间一隔为二,毛头住前面半间,毛头的爷娘住后面的半间,毛头住的地方就变成了穿堂间,所以毛头在家里的一切活动逃不过大人的眼睛,毛头想自由。

可是老先生说:"门堂间我是不让的。"

毛头说:"哎呀,老太爷,跟你换,是为你好呀,门堂间刮风漏风,落雨进水,有什么好呀。"

毛头的爷娘也说："就是，你搬出来吧，让毛头住门堂间，不然人家要骂我们的。"

老先生没有办法，他就告诉他们："我跟你们说，门堂间只有我可以住，我住了就太平。你们进来住，要见怪的，以前没有告诉你们，门堂间是有怪……"

毛头他们就很有劲，问有什么怪。

老先生就说起从前的事情。从前宋老先生的二伯父，买了一口寿材，放在门堂间。有一天夜里，二伯父养的一只小狗就趴在门堂间的板壁上哀哀地哭了大半夜，到天亮的时候，二伯父吐血而亡。大家都说是怪，二伯父的身体，原本是很好的。

宋老先生的二伯父，其实就是他的亲生父亲，因为他是过继给大房里的，所以把自己的父亲叫二伯父。其实二伯父是因为破产而死的，破了产，伤了心，就吐血，就死了。

宋老先生是常常要讲一点点古，可是关于门堂间里的怪，关于一只小狗的哭，还是第一次讲。毛头虽是个人模人样的小伙子了，听了以后，就不再提换房的事了。

从前宋家里的人，在商界是有点名气的。宋老先生的二伯父宋子深早年就在苏州城里开了很大的米行，由于经营得法，事业不断发展，后来十分兴旺。有一年宋子深到乡下小镇检查下面的代理人收购稻米，他去的那个古镇，是一个商民繁会的地区，方圆数十里的农村，十多个乡镇的物资都在这里集散。由于当时还没有公所，没有专人专事管理进进出出的农产品，多而又杂，尤其是稻米的集散十分混乱，宋子深后来就在这里创设了第一家米酱行，商号宋和美。宋子深叫自己的阿舅做了经理，开行时就有职工七八十人，到旺季雇临时工有头二百人，为古镇商业的发展，经济的繁荣起了第一推动力的作用。

但是到后来几年的情况，宋家的人并不很清楚，因为那时候宋子深不让小辈继承他的事业，他要叫小辈读书，所以也从来不带他们到乡下古镇上去。一直到他死了，家里人才发现宋家在小镇的事业早已败落。究其原因，是他的父亲弄不过后来发展起来的当地势力，一直到被挤垮为止。因为宋子深在后来的几年，将大部分的力量投到下面去，所以下面一垮，宋家的实力受到了极大的影响。但宋家毕竟家大业大，在城里还有一些店行，好歹让小辈支持下来。

现在宋先生老了，就常常要拿那些古话来讲给别人听，嘴角上总是有两堆白沫。人家烦他，就说："老先生哎，唾沫是精神，你养养精神吧。"他就很不开心。人到老了，不开心的事情就多起来。有许多本来跟他不搭界的事情，也会惹得他不开心的。

同天井住的老潘，是给单位看大门的一个工人，文化不高，却喜欢弄盆景，宋老先生是很不以为然的，说老潘弄盆景是阿胡乱，人家老潘气量大，也不同他计较，但心里发犟劲，要弄出点名堂来给他看看。

老潘果真就弄出名堂来了,他培养的一盆五针松,取名"老龙探海",参加一个盆景大赛得了第一名。

"老龙探海"得胜回来,老潘把它放在天井当中,正对门堂间的后门。邻居里晓得了消息的,都来看"老龙探海",来看的,自然都要说几句客气话,宋老先生走出门来,看见大家围住老潘。

毛头问老潘:"一等奖,奖了什么,拿出来看看。"

老潘笑眯眯的,不响。

别人就应和毛头,让老潘把奖的东西拿出来看。

老潘拗不过,就进去拿出来,一看,是一套书,十来本,都是讲怎样搞盆景,怎样养花的。

大家开心地大笑,老潘也笑。

宋老先生走过来,拿一本书来翻翻看看,说:"什么叫'盆景的意韵',你懂吧?"

老潘毕恭毕敬地说:"不大懂,我就想来请教老先生呢。"

老潘是真心的,他晓得老先生从前读了不少书,是真有学问的,老潘是很尊重他的。

宋老先生叹口气,有点恨老潘这块铁不成钢的样子,说:"盆景讲求意韵,要做到纡回入画,且画中有诗,诗中有情,情中有韵,使人观赏之后,感觉余韵悠扬,浮想联翩……"

说得老潘不住地点头,嘴里直说:"是的,是的,是的是的。"

毛头这时候来煞风景,说:"阿爹,你这么懂经,你也弄几盆看看,也去得个奖呢。"

老先生摇摇头,说:"君子动口不动手也。"一边说,一边背着手往外走,把诚心求教的老潘晾在一边。

毛头对老潘说:"你捧他个热屁。"

老潘说:"我是不懂,我文化低,瞎弄弄的。"

老先生走到门口,又回头,对老潘说:"几时有空,我细细地同你讲讲。"

毛头他们又笑,老先生一天到晚,时间好像很紧张的样子,比上班人还忙,走到东走到西,总有他要管要讲的事情。

到下昼,宋老先生就去泡混堂,他七十五岁的年纪,身体算是健康的,自从去年前面大马路上的温泉浴室开辟出一只堂子,有了高档设施,高档服务,老先生就经常要去泡混堂了。

老先生出了大门,就看见街对面的大树下摆了棋盘。老先生走过去,看了一会,就叫红方走当头炮,红方没有睬他,他又说红方是臭棋,人家烦他,说:"唉,谁臭棋来下一盘就晓得了,你来不来?"

老先生摇摇头,叹口气说:"现在的人。"就一径到浴室去了。

宋老先生买了票进去,就见老吴在忙。老吴是温泉浴室的老工人,冒六十了,还在做。从前他是从苏北乡下出来的,没有什么牌头,所以在这里做了大半世的营生,仍然是一个工人。年轻的时候,浴室没有自来水,他是专门帮人家拎盆汤水的。后来有了自来水,用不着拎来拎去,他就帮人家擦背。当中停了十几年,老吴一家回乡下去了,后来从乡下回出来,就叫他去烧锅炉,现在擦背又恢复,老吴又过来擦背。人家都讲老吴好像是只棋。

老吴同宋先生是老相识,看见宋先生来,就招呼他:"宋先生,来啦。"

老先生点点头,说:"谢谢你,今朝相帮擦擦背。"

老吴说好,把他引到一间小房间门口,说:"你的位子在这里。"自己就去忙别样了。

原先浴池里的躺椅都是摆在一起的,一大间,像旅馆里的通铺,后来改出几小间,小间的收费当然要高一点,但收入却很好。

宋老先生买的这个小间,是双人间。推门进去,就看见另外一张躺椅上,一个大胖子赤条条地躺在上面睡觉,一房间的酒气。老先生勉勉强强地坐下来,刚刚想脱衣裳,大胖子一串呼噜,打得他心惊肉跳。老先生连忙退出来,看老吴不在,就对一个小伙计说:"喂,我不要这一间。"

小伙计看看宋老先生手里的牌子,说:"没有这么便当,你的号头就在这里,不好变的。"

老先生说:"我要一个单间。"

小伙计看看他,说:"单间,单间是单间的价钱。"

老先生就很生气,说:"啊,你看不起我,我出不起单间的钞票啊?"

声音大了,老吴听见,就赶过来,劝了老先生,叫小伙计帮他去换了单间的票。票价要贵一倍,宋老先生不在乎。老吴说:"你不要同他们计较,他们是刚刚招来的临时工,都是乡下头出来的,还不大懂,现在城里小青年,不肯来做混堂了,浴室要断档了。"

老先生气哼哼,说:"现在乡下人,真是不得了,城里人的世界变成了乡下人的世界了,乡下人,没弄头的。"

老吴虽然在城里住了几十年了,但根子里也是个乡下人,宋老先生这样说,等于是指着和尚骂贼秃,老吴总归不大开心的。何况这一批临时工,还是老吴亲自到自己家乡去招来的,所以老吴就要为他们讲几句公道话。老吴说:"不过我们这里是亏得他们这几个人,重工活全是他们做的,到底是乡下人肯吃苦,倘是换了城里的小青年,不晓得怎样的喇叭腔呢。"

宋老先生想想老吴的话也有道理,就不再说什么,进了单间,脱了衣裳,就下池子泡。池水不冷不热,暖烘烘的,泡得很舒服,宋老先生就不想起来,还是老吴叫他起来。年纪大的人,时间泡得太长,不大好的。宋老先生起来,老吴就帮他擦背,老吴擦背,是很有一套功夫的,叫软硬功。老吴一双手往背上一搭,就叫人说不出的惬意。其实宋老先生常常来洗浴,也没有什么污垢,多出两块钱,擦擦背,活络活络血脉。

擦了背,老吴说:"宋先生,你进去睡歇吧,时间还早呢。"

宋老先生就进了单间,躺下来,拿条清爽的浴巾盖了肚皮,就觉得浑身松软。他闭了眼睛,却是睡不着,心里有点闷。他想是不是这个单间太小了,就披了浴巾出来,到外面大间的通铺躺下来。小伙计看见,就笑他,说他寿头。老先生出来占了别人的位子,那个人洗过浴出来,看自己的位子被占了,乐得跟他换,就到单间去了。

老先生躺在外面,不想睡,就想同老吴说话,却不见老吴。他身边的两个年纪轻的人,正在谈什么"吃进抛出""六五四三",老先生就往边上移一移,离他们远一点,他对这种人嗤之以鼻。后来两个人当中有一个钩过头来看宋老先生,然后就笑起来,说:"喔唷,是宋老伯。"

宋老先生也朝他看看,不认识他。

可是人家却是十分亲热,说:"老先生,你不认得我了,我上个月还到你屋里去过呢,我同你儿子是一起的。"

宋先生听说是儿子的同事,就不好再摆架子,笑笑,说:"噢,我忘性大。"

接着那个人又介绍另一个给宋先生,说是开发公司的王经理。

他不大喜欢这两个人,儿子的同事他也见过,都是儿子一样文绉绉的人,这个人不像,所以,他一边答应,一边说:"我弄错了,我的位子在里面。"

宋老先生回到单间，看那个同他换位子的人已经睡着，他不好叫醒人家，就穿了衣裳走出来，也没有同儿子的同事打招呼，就走出去了。

走出来，宋先生就看见老吴立在浴室大门口，低倒了头，正在被一个胖女人骂。宋老先生走近去，看见那个胖女人的唾沫喷在老吴的面孔上，老吴也不避开。老先生看老吴可怜的样子、吃瘪的样子，就过去对那胖女人说："哎哎，有事情好商量啊。"

胖女人回过头来朝宋老先生看看，说："你是什么人，你搅什么脚筋。"

被人家一凶，宋老先生就闷了，老吴过来说："宋先生，你出来了。"

宋老先生想说什么，老吴就拦住他："你慢走啊，路上小心车子啊。"

胖女人丢开宋老先生，又去骂老吴什么老百脚，老棺材老猢狲，宋老先生听了，不敢再多嘴，连忙走开了。

宋老先生因为泡了浴以后没有歇好，就有点疲劳，走过大马路上新开放的旧园林残粒园，他就买了门票进去。残粒园里有茶馆，可以泡杯茶，解解气。可是到茶馆一看，关门打烊，问了，说是地段上停电停水，茶馆也只好歇生意。老先生脚里无力，走了一段，就在一处石栏杆上坐下来歇脚，看多多少少的游人从他眼门前过。他坐的一处，背后是好景致，有拍照的人来，叫他让开，他就往边上坐，倚在廊柱上，眯了眼睛想歇一歇，后来就睡着了。

后来园工走过来,看见宋老先生在睡觉,就推醒他,说要关门了,叫他出去。

宋老先生困势懵懂走出来,身上有点凉,就打了三个喷嚏,有一点清水鼻涕流下来,他不晓得。他想起小时候他的外婆常常说,一嚏有人想,二嚏有人骂,三嚏有人说好话。

下

门堂间终究是住不下去,宋家的小辈要把门堂间租出去,给人家开店,老先生自然是不肯的,可是儿子和孙子说:"不租房间,没有钱用,你拿钱出来。"老先生拿不出钱来。

近几年来,宋家屋里的日脚总是过得急巴巴,天地良心,倒不是他们宋家里家底子比别人家差,说起来,从前宋家里也是苏州城里有点小名气的人家,虽说后来败了,但不过房产家私还是有一点的。只是宋家里的人,天生的好吃不好做。老古话讲,坐吃山空,宋家里的人也同别人家一样,自己做自己吃,日脚就不能很顺心了。

在每个月巴望发饷的时候,宋家的子孙总是怨自己命不好,为什么宋家上代头的人,可以吃吃白相相,轮到他们,便要自做自吃,总归不服气。

宋家里住的地方是比较冷僻的,因为在大马路的背后,大家在这里太太平平地过了几十年或者几百年,可是后来大家就发现世界和从前不大一样了,大马路变得狭窄了。大马路上天天要堵塞,性子急的人,就从这边的小弄堂绕过去。原先这里是三排房子夹两条小弄堂,后来就拆掉了当中的一排房子,变成了两排房子夹一条大弄堂。以后,大马路上挤不过去的车子就一律从这边绕道,再以后,大马路上挤不进的店门,也开到这边来。所以,原来缩在角角落落里的小门堂,现在就金贵起来了。

宋家里的门堂,靠近四岔路口,市口好,所以,寻到宋家门上来租门面的人很多,国营的、集体的、个体的都有。租金多少,叫宋家里只管大胆开口,他们的胃口,好像大得不得了。宋家里的人就发愁,说有得租给你们发财,我们自家为什么不做。可是宋家的人天生的好吃不好做,到左邻右舍的门面差不多都租出去了,他们还没有做起来,后来一家门商量下来,自己既然做不来,还是租出去。

过了几日,就有小工来收作宋家里的门堂。隔壁乡邻就过来打听,是什么人租了门面,开什么店。做小工的人说是五龙公司,开五龙商店。别人也不晓得五龙公司、五龙商店是什么。后来,就来了几个乡下人,立在拆得乱七八糟的门口,叽哩哇啦,苏州乡下的口音,讲话就像说书先生说大书,把"我"说成"奴",把"同志"叫作"疼志",惹得几个看热闹的小青年发笑。交谈下来,才晓得是乡下人进城开店。宋家的房子,开价肯定煞辣,一般人是吃不下来的,现在倒是乡下人派头大。

收作门面的这段日脚,宋老先生总是拎一张凳子,捧一把紫砂茶壶,在门前坐,一本正经地看他们做,看他们挑灯夜战。

别人就过来同他搭牵,问他收多少租金。

老先生说:"我不晓得,不多的,一点香烟钞票。"

别人自然不信。但回过头来仔细想想,也是可能的。宋家的小辈,都是能吃会花,何况现在香烟又是很贵,宋家里的人讲究吃,看他们抽烟,不是云便是贵,开销就大了。

宋老先生坐在门前,看人家把他们宋家的屋子弄得面目皆非,心里很难过,就说:"这帮乡下人,啧啧,现在乡下人,啧啧。"

别人就说:"就是呀,现在乡下人,啧啧,不得了。从前乡下人,孵在田里种稻,做煞,苦煞,现在他们活得络,兜得转,样样到城里来轧一脚。"

大家想想也是的,从前乡下人只晓得在田里闷做,顶多出来卖点蔬菜卖点蛋。现在是拆翻天了,城市里的角角落落,什么地方没有乡下人?乡下人来做城里人的天下,也是没有办法的。

说来说去,总归是发发牢骚,怨怨世道,也没有别的什么好讲。

几天工夫,宋家里的旧门堂间就换了一只新面孔。看看那些乡下人,十不像,着西装没有着西装的样子,带领结没有带领结的派头,但是做起事情来倒是蛮洋派的,一个小门面,还专门请了建筑设计室的工程师来设计,所以弄出来,不土不俗,十分气势,居然还有点艺术性,只是"五龙"的店招,有点戳眼,就从骨子里透出一点乡气来了。

店堂收作好,货色就运来了,原来全是土产的工艺品,乡下人自己绣的双面绣,自己做的绢花团扇,还有农民画,画的仕女、山水、花鸟什么的,还有乱七八糟的玉雕、木刻。老先生把这些东西看过,十分不满意,说:"粗糙,粗糙,骗骗人的。"

老先生这么说,人家听了自然是不高兴,但碍了他东家的面子,不同他计较,货色好不好,生意做起来看。

接下来把柜台和橱窗都布置好,就开张了。放鞭炮,来了一大帮的人,光光贺匾就摆了一堆,然后又到前边大马路上的饭店请吃饭。问几桌,说不多,只有十来桌。闹轰轰的人最后终于散了,剩下三个,就晓得是营业员。

营业员两女一男,年纪稍大的女的是负责人,另两个叫她顾主任。年轻的女子叫小叶,还有一个是老宗,六十出头了。

生意就做起来,左邻右舍觉得乡下人开店新鲜,就喜欢过来看他们,看看就看熟了,热络了,什么话也都可以讲讲说说。

店里这三个人相处得总算可以,做事情分工合作蛮顺当，不过后来时间长了，在背底里难免讲讲坏话。别人也就晓得了其中的一点秘密，晓得了顾梅芳的男人是乡下的书记，顾本人是没有水平的，账也算不来，她是靠男人的福，所以在店里她总是说得多，做得少，叶姑娘不在的时候，顾和宗就讲叶的闲话，话说得很不好听，说这是个"骚*"，孵过宣传队，弄大过肚皮，她到一处，总归要弄点事体出来，害人精，说她认了五龙公司董事长做干爷，董事长就做主把她派到店里来。两个女人在一起，就拿老宗来当话题，别人听起来，老宗身上好像没有什么龌龊，倒是有点光荣。可惜这点光荣现在是不值钱了。老宗也算是老革命了，讲起来，现在的县委书记的老头子，当年同老宗是一起的，那时候他们做太湖游击队，把日本人打得不敢进太湖。老宗虽然老资格，吃亏的是没有文化，到后来胜利了，别人升官发财，他仍旧在乡下种田，后来才叫他当个小队长。当小队长他是很卖力的，但是也不来事，弄不过别的小队。这样弄了几十年，到分了田，他就没有什么事情好做了，在屋里吃白饭，闲得难过，去讨工作做，就讨来这个工作。要做这个工作的人很多的，眼看两个女人牌子硬，抢不过她们，这剩下来的一只位子，是大家要拼命去夺的，所以这只位子怎么摆也摆不平，所以就挑了老宗。摆老宗在店里，也是一着棋，就堵了别人的嘴，倘是有人钳，讲开后门，就把老宗拿出来挡风。

老先生搬出门堂间，虽然有他住的地方，可他总是觉得住得不安逸，天天往门堂间去，哪怕在门口立一会，也是好的。他看乡下人在他的门堂间做生意，心里横竖不适意，就瞎说人家，说人家开店是一年头菩萨。做生意的人，是相信口彩的，人家看他一大把年纪，不跟他计较，倘是小青年，这样瞎讲人家，是要吃耳光的。

老先生想不出更多的话来说人家，就把门堂间的怪讲给小叶她们听。小叶她们听了，很害怕，尖声地叫，夸张地做出各种怕的样子。老先生看了，开心地笑出来，他觉得小叶发嗲的时候很好看。

别人说话的时候，老宗坐在旁边打瞌睡，有时被笑醒了，睁开眼睛看看，重新又闭了。

宋老先生就说："这个人，老木了。"

顾梅芳说："就是，我们乡下人哪有你们城里人保养得好，你看你，七十五岁年纪了，多少嫩相。"

小叶又笑，笑得很放肆。老先生越发觉得小叶好看，他就立在门口，呆顿顿地看。

过了几天，小叶就说半夜里有人爬窗偷看她。大家就笑，不相信，说："顶好真的有个人夜里偷看呢。"

小叶只是笑，她反正面皮老，别人笑她，她也不动气。她生性好动，耐不住寂寞，她喜欢同年纪轻的男人一起做事，店里的两个搭档，她不喜欢，她很厌气，有时候，为一点小事情就笑，或者无缘无故地笑，笑笑就不厌气了。

小叶笑的时候，宋老先生一眼不眨地盯住她看，看一会,就咽一口唾沫。

又过了几天,顾梅芳也说夜里看见人影子,她不像小叶那样轻骨头,说得大家就有点相信了。

她们的窗是对着天井的,天井里的人就一本正经地排人头,可是排来排去,排不出来,这爿天井里的男人,不会做这种事。宋家里的男人,贪财不贪色,是有传统的,他们的眼界也比较高,小叶再怎样涂脂涂粉,总归是乡下人。潘家里,两代怕老婆,有这份心只是没有这胆。还有一个李老师,戴一副眼镜,走路生怕踏死蚂蚁的样子,排来排去,还有一个阿六头,阿六头前年死了家主婆,恐怕是守不住空房了。

大家就攻击阿六头。阿六头假痴假呆喊冤枉,看他那种油腔滑调的样子,别人就要咬住他。

他们说阿六头,老潘就在边上说:"你们不要瞎说阿六头。阿六头,我晓得的,多少年邻居轧下来,有数目的,阿六头,嘴硬骨头酥的户头。"

别人就笑老潘:"要你帮阿六头的腔做什么,不是阿六头,是啥人,要么是你自己。"

老潘笑,说:"嚼蛆,我一把老骨头,作死啊。"

人家说:"不见得啊,人家七老八十,还风流呢,你算什么老骨头。"

说过笑过,就忘记了,可是小叶和顾梅芳夜里还是看到有影子,就说要去报告派出所。报告派出所,这宅房子的名声就要臭了。人家说起来,喏,七号里喏,流氓胚子喏,多少难听。几个男人就商量好,夜里不困,要捉鬼。

当天夜里就捉住了,是宋老先生。

大家莫名其妙,问他:"你做啥?"

老先生指指小叶,说:"这个小骚货,生得这么好看,我看看她是不是狐狸精变的。"

大家哈哈大笑,宋家的小辈气煞了,要拖他回去,老先生说:"我还没有看见呢。"

有人问他说:"你要看,怎么半夜里看,夜里又没有灯,你看得见啊?"

老先生一本正经地说:"我从前听我外婆讲的,夜里狐狸精身上会发光的。"

大家又大笑。

小叶笑得弯腰,又直起来,又弯腰,又直起来,好像要站不住了。

老先生就去拉小叶的手,说:"你做我的干女儿吧,我没有女儿,我喜欢女儿。"

他的儿子去拖开他,话就不好听了,说:"不要坍招势了,你不要面皮,我们要。"

毛头的话就更难听了:"见鬼,老东西碰着大头鬼了。"

毛头娘就咒他:"老甲鱼大概要老死了。"

宋家的小辈从来没有这样说过老先生,他们总算还是比较孝顺的,现在这样冒犯了老太爷,老人也不气恼。

263

干爹自然是做不成的,以后的日子还是这样过。

宋老先生仍然常常站在门堂间前,看着小叶笑。他变得高兴起来,不像从前那样老是有不开心的事情,老是要批评人。现在反过来,他的小辈,还有左邻右舍的人都要拿难听的话说他,都拿难看的脸色给他看,甚至连老潘对他也不恭了,他一点也不生气。

瑞云

一

瑞云是瑞云好婆在厕所里捡回来的。

从前瑞云好婆大家都叫她吃素好婆,因为她年纪很轻的时候就开始吃素敬佛。

后来吃素好婆把瑞云抱回来,后来大家都接受了瑞云,大家慢慢地就把吃素好婆叫作瑞云好婆。

所以应该说是先有了瑞云才有瑞云好婆的。

其实瑞云从前肯定不是叫瑞云的。瑞云不是那种裹在蜡烛包里被丢掉的小孩。她被抛弃的时候,已经有三岁了。

她一个人很乖很安静地坐在那个很肮脏很臭的地方。她的一条腿生下来就和另一条不一样,所以她到三岁还不会走路。

那时候大家看吃素好婆执意要收养她,就说好婆你给她取个名字吧。

吃素好婆想了一想,说:"就叫瑞云吧。"

大家都说这个名字好。

大家都知道瑞云是一块石头的名字。

瑞云好婆的男人从前是这座宅子的主人,可是在瑞云好婆嫁过来的第二年,她的男人就死了,瑞云好婆就成了这座宅子的主人。

这座宅子是大户人家的房子。从前大户人家的住宅,总是很考究的,首先便是宽绰。

宽绰是很要紧的,宽绰代表主人的身份、气派,还有钱财等等。在瑞云好婆的这个宅子里,东西两落总共有九进,除了轿厅和大厅没有楼房,其余每一进都是三楼三底两厢房,最后一进特别宽绰,所以庭院也就特别大。

宽绰是很令人羡慕的,不过宽绰了就难免有些空洞,空洞了就会使人产生各种各样的联想。瑞云好婆在刚刚守寡的那一阵,住在这里很不习惯,家里人手少,他们又没有后嗣,守着这么空旷的大宅,弄得神经衰弱。夜里睡不着觉,好像老是在等什么东西出来。下人里有些胆大的,喜欢编故事的,说备弄里夜里有鬼出现。瑞云好婆夜里从来不敢走备弄出去。

备弄很长,就愈显得狭窄,从瑞云好婆住的最末一进穿过备弄走到大门口,几乎走去了半条巷子。

后轩的傍屋有一扇边门,直通巷子。瑞云好婆年轻时耐不住寂寞,就从边门溜出去,看看野景,打发掉黄昏头的冷清。

边门的对面是两间普通的民宅平房,住着一个乖不乖痴不痴的老太婆。开始,瑞云好婆出了边门,就到她那里讲几句话。可是有一天,老太婆突然说,她的两间房子是观音堂,在屋里设了牌位,供了灵桌,过了不久,居然还真的有人来烧香,后来香火居然还蛮旺的呢。有人来烧香,老太婆就装神弄鬼。这时瑞云好婆再仔细看她,就觉得这个老太婆很可怕,她就再也不敢出后轩的边门了。

有一天夜里她做了一个梦,梦见那个老太婆变成了菩萨,对她说:心中有佛,眼中无鬼。

那几年瑞云好婆是很空闲的,收地租房租的事自有管家去管,屋里上下的收作,自有各类下人处理,用不着她操心。她就去庙里求了一本经书来看。

经书上写了一个"空"字。

瑞云好婆顿悟,从此再也不怕鬼。

瑞云好婆记得从前庭院里有许多树花和草花,每年春秋,满院子红红绿绿,到后来花草就凋了,再也没有长起来,倒是那块不怎么惹眼的石头,总是冷冰冰地站在庭院当中。

这块石头就叫作瑞云。

瑞云是一块太湖石。

据说,北宋末徽宗皇帝命人向东南各地征调奇花异石,当时就从太湖洞庭东西山采得太湖奇石,运往汴京。可这一块瑞云石极其普通,高不过两米,也看不出有太湖石清秀褶皱的特色,恐怕是当时采出来不满意而弃之荒野的。据瑞云好婆回忆,她公爹家的一个老家人曾经告诉过她,这块石头是浙江宁波徐家嫁女于苏州王家时作为嫁妆嫁过来的。以石作嫁,可为一时奇谈。至于那时徐家怎么挑了这样一块不起眼的石头陪嫁,谁也说不清。古时候的人恐怕有他们自己的想法,和后来的人自不会是一致的。

瑞云好婆的这座大宅后来住进了许多人家,就有了许多小孩,小孩们顽皮,都到最后的这个大庭院来闹,来爬瑞云石,他们在瑞云石上上蹿下跳,吐痰撒尿。

从正房里被赶到西厢房住的瑞云好婆,依旧在吃素念经,她看见小孩这样,只是说:"作孽。"

小孩还嘴说:"你这个老太婆,你有什么资格说我们!"

瑞云好婆就闭了眼睛也闭了嘴,不看也不说。

瑞云好婆的房子都被小孩子们和他们的家长住了,她是不能收房租的。老邻居说:"好婆你现在吃亏了。"

瑞云好婆闭眼合十念了菩萨,佛言我不入地狱谁入地狱?

大家想瑞云好婆吃素恐怕是吃到火候了,什么都想得很穿。

那些小孩们的玩心越来越重,白天闹了不过瘾,夜里又来。他们穿过狭长的漆黑的潮湿的阴凉的备弄,走到最末一进的围墙外,他们从围墙的漏空花窗朝庭院里看瑞云石。这时候他们都很害怕,他们看见那个位置上有一个很高大的鬼站在那里。

小孩子们尖叫着在狭窄的备弄里拼命逃跑,他们感觉到那个鬼在追他们。其实儿童们本来是不明白鬼的,可那一阵有许多大人很无聊,每天夜里乘凉的时候就讲鬼,还有破案子的故事,教小孩子们早早地懂了鬼。

有几个小孩逃回家就发了寒热,并且还做了几个噩梦。

在白天瑞云石是一块没有生命的石头,到了夜里,黑暗就把瑞云石变成了一个活生生的东西。

这宅房子里的大人都相信这块石头没有什么名堂,可是这宅房子里的小孩们却很怕这块石头。他们对瑞云这两个字吃不透,总是耿耿于怀。所以,当他们知道一个捡来的跷脚小姑娘居然也叫瑞云,他们心中便有些不服气。

二

瑞云在大宅最前面的墙门间开了一个裁缝铺。

小时候,瑞云和好婆一起粘火柴盒子养活自己,所以她的手很灵巧。八岁的时候,好婆说:"你已经到了上学的年纪了,可是你就不要去上学了。你一个小女孩子,腿又不好,别的小孩是会欺侮你的。我可以教你识字,还教你女红,从前我们也都是请西席先生在家里教课的……"

瑞云做裁缝是合适的,她的针线活很好。大宅里小巷里的年轻姑娘去跳迪斯科去和男朋友约会的时候,她就一个人很安静地坐在店铺里为她们制作各种漂亮新颖的衣服。

瑞云的活很多,每天都要做到很晚,然后一个人穿过阴森狭长的备弄回到最末一进去睡觉,她在拐杖的下端绑了一块橡皮,拐杖落地很轻,不影响别人。

瑞云回来的时候,庭院里已经很静了,瑞云石总是活生生地站在那里,好像在迎候瑞云。

有一天大宅里的人都在议论,说夜里瑞云和那块石头讲话。

这话是刘敏芬说出来的。刘敏芬的公爹王老先生和瑞云好婆有一点什么亲戚关系,因为瑞云好婆的男人也姓王,他们一家六口是在那一年国家退还瑞云好婆一进房子时住进来的。

他们和其他房客不一样,是不交房租的。可是刘敏芬还是觉得有什么地方不对头,想来想去,她很明白那就是瑞云。

刘敏芬当着大家的面大声地问瑞云:"瑞云,你夜里和石头说什么呢?"

瑞云很安静地笑笑,说:"我和石头说,你进屋来住吧,外面风吹日晒,不好过呢……"

大家笑起来,瑞云好婆也笑。刘敏芬却没有笑,她的脸很红。

刘敏芬的两个小女儿开始扮作跷脚走路并且唱歌:

"阿跷阿跷你慢慢地跷,阿跷阿跷你慢慢地跷……"

刘敏芬的儿子就给两个妹妹一人一记耳光,然后是两个小女孩哭。

瑞云始终很安静地看着他们吵闹。

别人觉得没趣,走开了。王老先生骂过孙子孙女,就开始批评儿媳妇。

老头子脾气很暴,又不大讲理,刘敏芬不好和他争。不过他在刘敏芬眼中并没有什么威信。

王老先生是他爹坐花船坐来的。

这种拿不上台面的事情,本来恐怕也只有瑞云好婆心里清楚,但她受了佛的影响和教诲,不去说长道短。倒是王老先生老不入调,有时候喝了几两黄酒,得意了,自己说出来。

从前这地方的花船是很有名气的。坐花船其实就是玩妓女。那时妓女都集中住在沿河的地方,可以说是水陆两用的,平时就在岸上经营,到每年的清明、七月十五和十月朝三元节,这地方看三节会是很兴旺很热闹的,老老少少都要到虎丘山塘街看庙会。大多数是走着去的,也有些有钱人家的公子哥儿,要摆排场,或是一批志趣相投的小文人,讲究风雅,就去叫一条花船,从河上走,妓女们下船侍奉客人,收入是很可观的。

王老先生的父亲年已不惑,结婚十数载却无子嗣。那一日赶庙会,被几个朋友怂恿上了花船,一个本分的人糊里糊涂就做了一回风流鬼。

几个月后，有一个妓女挺着大肚子找上门来。

那时候的太太们都比现在的女人心胸开阔，气量大，见了这种事，不会寻死觅活，也不喝醋撒泼，便在家中安顿了那女人，好生服侍，待儿子出世，把女人养得白白胖胖，还加几锭银两，打发回去。

王老先生就这样成了王家的独苗。他带子孙们住了瑞云好婆的房子，总有一种寄人篱下的心虚，偏偏又要拿个什么嫡传正宗的面子。其实，既然是他爹坐花船坐出他来的，还不晓得是谁的种呢。

于是王老先生就生出一种很奇怪很复杂的心境来，经常地发脾气，摆臭架子，连刘敏芬也不能把他怎么样。

可是，每次老先生冒火，只要瑞云在，只要瑞云平平静静地对他一笑，老头子就会变得和瑞云一样地安静了，真是卤水点豆腐，一物降一物。

瑞云真是个人精，只有瑞云好婆调教得出瑞云来。

其实这大宅里被瑞云迷住的人是不止一个两个的。

刘敏芬的儿子，高中生，看纯情小说看多了，自己便偷偷地甜甜蜜蜜地爱上瑞云了。

这样说起来，瑞云就不是人精，而像个狐狸精了。

所以瑞云和石头说话，好像也是可信的事情了。

三

有一天，瑞云石的身份陡然高了起来。

在文物普查中，人家查出了瑞云石。说是历史书上早有记载的,后来失踪了,一直找不到,现在总算发现了,真是国家的万幸。于是派了人来,在庭院里围了一圈栅栏,竖了一块石碑,刻了"市重点文物保护单位"的字样。听说还在一本新出的介绍这个城市的书中写上了瑞云石以及它所在的地点。

宅子里的人并不开心,因为把他们晒衣物乘凉的活动场所拦了一半给瑞云石,日子过得更加挤轧,免不了有更多的麻烦。何况这宅子里的人看瑞云石是不入眼的,总以为人家是拿了公家的钱来寻老百姓的开心。

以后就有些人来看瑞云石,以为是什么了不起的东西。其实瑞云石实在没有什么好看的,除了据说年代久远一些,其他好像并没有什么名堂。慢慢地有人倒是发现坐在墙门间里的瑞云还是很耐看的,她有一种现代女性少有的清秀温良,她有平静的笑和忧郁的美。

瑞云的活越来越多,她忙不过来,她想要收一个徒弟了。

瑞云很快收了一个徒弟,叫翁美华。她是一个农村姑娘,到小巷里来卖鸡蛋,看见瑞云很忙,来不及做活,她很机灵,就对瑞云说愿意做她的下手,瑞云就收了她做徒弟。

翁美华是个很活泼开朗的姑娘,浑身有一种年轻的气息,还有一种乡下人的狡猾。大家晓得瑞云做裁缝收入不错,就问翁美华每月能拿多少,翁美华从来不如实相告,弄得大家心里很痒,总觉得给这个乡下姑娘赚了大便宜。

翁美华每天夜里跟着瑞云穿过备弄。她胆子很大,一点也不怕。大家和她寻开心,说这块瑞云石是人变的,说这备弄这庭院里有鬼。翁美华便反过来吓唬他们,说乡下鬼比城里鬼厉害,更多,到处都有,她天天同它们攀谈解厌气,说不定它们还跟着她进了城,说不定要和城里鬼打架呢。别人也就不再拿鬼来吓她。

过了一阵,先是刘敏芬发现翁美华和瑞云长得很像,只是一个白一点,一个黑一点。

大家看看,也觉得像。

刘敏芬就同翁美华开玩笑说:"喂,回去跟你娘说,叫她把你姐姐领回去。"

翁美华是很聪明的,在这里住了这一阵,早已经晓得了瑞云的身世,晓得了这里各种人物之间的关系。所以,她也和刘敏芬开玩笑说:"水往低处流,人往高处走,城里总比乡下好,我要把我娘和五个姐妹领过来住呢,瑞云好婆有这么多的房子,我们只住两间就够了……"

刘敏芬虽然晓得这是说笑话,但心中总是不畅快。

后来很奇怪地就发生了冒认瑞云的事。

这一天是礼拜天,宅子里的人比平日起得晚一点。太阳老高,大家正在吃早饭,就有一个乡下妇女闯了进来,看准瑞云就扑了过来,抱住她大叫"我的可怜的女儿"。

瑞云很安静地看着她,乡下妇女居然被看慌了,松开手,退了几步,抖抖索索地掏出一张皱巴巴的纸。这是一份盖了组、村、乡三级公章的证明。证明这个妇女从前的确是扔掉过一个跷脚小女儿,因她有许多女儿。她一边流眼泪鼻涕,一边诉说当初她是怎样把女儿扔在这条小巷的厕所里的。她并且还说出了瑞云左肩上有一颗黑痣。

大家开始都很轻松很有味地看这个乡下女子表演节目,可是后来大家就有点紧张了。

乡下妇女居然要扒开瑞云的衣服看一看那颗黑痣,可是她看着瑞云那很平静的样子,就觉得自己是不能动手动脚的。

单相思的高中生激动得面色惨白,连连说:"去验血型,去验血型,可以戳穿的,可以戳穿的。"

这时候瑞云好婆被大家簇拥着首先念了"阿弥陀佛",然后说:"瑞云肩上是有一颗痣,不过不是在左边,而是在右边。"

大家"哦"了起来,轰那乡下妇女。乡下妇女并不觉得难堪,她走的时候回头狠狠地盯了瑞云一眼,又恶狠狠地说:"哼,送给我,我还不想要呢,什么宝贝呢,一个……"她看着瑞云安静平和的样子,不由自主地把骂人的话咽了下去。

整个认领过程,翁美华和刘敏芬都不在场,大家过后想起来,觉得有点奇怪。

过了一天,瑞云和翁美华在裁缝铺里做活,翁美华突然对瑞云说:"我真羡慕你们城里人,我真想做城里人。"

瑞云当时没有作声,过了好一会,她平静地说:"我真羡慕你们健全的人,我真想自己是个健全的人。"

翁美华看看瑞云,瑞云和平时一样安安静静地笑笑,翁美华心里一抖,伤心而且有点绝望地低了头,针把手指头戳破了,滴出一小滴很紫很浓的血,她又用劲挤出了几滴,她说这是毒血。

但是还有一滴或几滴血留在针眼里,针眼感染了,化了脓,翁美华病了,还发了高烧,神志不清的时候,她老是说一句很奇怪的话:"我不相信,我不相信……"

翁美华病好以后就走了。她走的前一天,住户中有一家借了照相机回来帮小孩拍照,她求他也给她拍了两张,一张是同瑞云合影,一张是同瑞云石合影。

翁美华走的时候,和她来的时候一样,带着很大的信心。

四

大家都知道吃素的人是长寿的,长生不老的。其实也不一定,瑞云好婆有一天夜里突然"呜呜"地哭了起来,对瑞云说:"你的黑痣是在左肩上的。"

瑞云也滴了几滴眼泪,说:"我的黑痣是在左肩上的。"

瑞云好婆又喘了一口气,说:"不会再有人来了。"

瑞云也说:"不会再有人来了。"

瑞云依然是很平静很安宁,可是瑞云好婆却从她的平静中看出了不平静。她晓得瑞云是有心思了,于是她自己也有了心思。

瑞云好婆的心思并不是什么秘密,刘敏芬把瑞云好婆的心看得透亮透穿,她很快就给瑞云介绍了一个徒弟。

这个徒弟是个男的,叫陈光,人高马大,朝小小的裁缝铺里一钻,真是出洋相。不过大家心里都有数,说是徒弟,其实就是给瑞云介绍的朋友,徒弟只是个名头罢了。这样的人,粗手大脚,怎么会做裁缝?

陈光的脾气却是很不好,瑞云的文静,更加显出他的暴躁。他常常责骂他的师傅,有几次瑞云哭了。

瑞云眼见着消瘦了。

高中生很心疼瑞云,有一次夜里他想去安慰瑞云,他轻轻地推开瑞云的房门,却看见师徒俩居然拥抱在一起。

高中生慌慌张张地退出来,他前思后想,一夜没有睡。第二天一早他站在备弄里拦住了瑞云。

小时候他是叫她瑞云姐的,后来就不叫姐了。什么也不叫,只是"哎"一声,瑞云也应他。

高中生面对瑞云站在狭窄的备弄里,他的脸红一阵白一阵,眼睛看着瑞云的鼻子,犹豫了半天,才开口说:"你……他……是个骗子。"

瑞云盯住他看,没有说话。

他就又残酷地对瑞云说:"在他的眼里,你不是瑞云,而是房子。"

他说他听见过母亲和陈光的协商。

"你说谎。"瑞云平静地戳穿他。

高中生脸很白,低下头,他是说了谎。他没有听见过什么协商,但他相信他的谎言就是真理。

瑞云没有理睬高中生的挑拨,她和陈光依旧是一会儿亲亲热热,一会儿吵吵闹闹。有经验的人都说,成了,这一对成了,有吵有闹才是过小日子的样子,不吵不闹是不正常的。

瑞云好婆和刘敏芬都认为时机成熟了,都催促瑞云和陈光去办手续。

瑞云和陈光都答应了。

在登记结婚的前一天夜里,他们面对面地坐着,突然讲不出什么话来,但两个人都很紧张,好像要发生什么事情了。

后来还是瑞云先说话,瑞云说:"到此结束了。"

陈光呆呆地看着瑞云。

"我要向你道歉,请你原谅我,我欺骗了你。"瑞云诚恳地说。

陈光脸涨得通红,结结巴巴地说:"你讽刺我,是我欺骗了你。"

瑞云恬静地笑了:"那么就算互相欺骗吧。"

陈光又愣住了。

瑞云于是又说:"所以我还得感谢你,你使我尝到了爱情的滋味,要不是你,我也许一辈子也尝不到呢。当然,这是骗来的。"

陈光恼怒了,正要大声说什么,瑞云却拦住他,以很平静又十分决断的口吻说:"我知道你家里很困难。你回去住以后,叫你们那五六个挤在一床的弟弟妹妹住到我的房间里来。我可以睡在前面铺子里。"

陈光张了张嘴,什么也没有说出来,突然站起来,开了门就出去了。

瑞云在屋里抹去眼泪。

第二天,大家发现陈光不见了。

刘敏芬第一个大声叫嚷起来:"哟,说好今天去领结婚证的,怎么人跑掉了呀,哎呀呀,这个寿头,拎不清的……"

瑞云好婆开始也很急,后来她发现瑞云已经恢复了往日的平静,老太太叹了一口气,再也没有说什么。

高中生苍白的脸上挂着一丝冷笑,对瑞云说:"你明白了吧,你清醒了吧,我没有说错,他是骗子,你受骗了。"

瑞云笑笑说:"你说错了,我没有受骗,他没有骗走我什么东西,他给我的是虚假的、空洞的,我给他的也是。"

高中生听了瑞云的话,狠狠地吃了一惊,他感觉到自己的心受到了很大的震动。这天夜里他以为自己的境界上了一个新的层次,因为他突然想到了,爱上瑞云实在是件很荒谬的事情。

五

这座宅子,已经很古老很陈旧了,并且越来越拥挤。

在这个城市,有许许多多房子已经很古老很陈旧了,因为这是一座很古老的城市,而且从前是相当繁华富裕的。

人民政府为了改善老百姓的居住条件,下令停止了几幢大宾馆大饭店大酒家的建造,挪出资金来。

瑞云好婆的这宅房子,比起别处的旧房子,还算是比较牢固的,所以改造方案就比较简单:接通自来水管子,油漆门窗。

在庭院里挖坑埋水管的时候,工人粗手粗脚,把那块瑞云石碰歪了,石脚下露出半个洞,洞口里挤出一只黄鼠狼,黄鼠狼很不客气地放了一串臭屁,奔走了。臭气熏得这一进的住户头痛了三天。

从这一天起,瑞云好婆就病倒了。她晓得自己是不会再爬起来了。她把瑞云叫到床前,说:"瑞云啊,你是个苦命的小孩,你不跟我过可能还好一点,你跟了我只是更加苦⋯⋯"

瑞云拉住好婆的手说:"好婆你不要以为我苦,其实我不苦,真的不苦,一点也不苦。"

瑞云好婆叹口气说:"说不苦是假的,人生有五苦。

不过你如果真的能够把苦当作不苦,倒也是你的造化。"

瑞云点点头。

过了几日,文物管理处听说瑞云石歪了,就派人来把瑞云石拉走了。

瑞云石拉走的这天夜里,瑞云好婆就升天了。

瑞云石是拉到一个很著名的园林里去了。后来,宅子里有人家来了外地客人,陪了去玩园林,特意去看瑞云石。但是很失望,瑞云石夹在许多山石之中,更加不起眼了。

瑞云给好婆办了丧事,仍然到墙门间去做衣服。大家都觉得她比过去更加清秀好看,更加温柔可亲。

瑞云的活很多,她很想再收个徒弟,可一时却托不到人介绍。

翁美华回来过,她是专门来看瑞云的。翁美华现在已经如愿以偿做了城里人,一家新开张的大宾馆招聘服务员,她应聘,干了一年,很出色,就升了领班,户口也转来了。翁美华在宾馆里工作,不大见太阳,比以前白多了,和瑞云一起站着,真像一对亲姐妹。

翁美华看瑞云的活很多,就说什么时候放假回乡下帮她留心一下,介绍一个徒弟来,不过恐怕不容易,现在乡下姑娘生财之道多得很呢。果然,翁美华走了很久也没有消息来。

陈光倒有消息来。是刘敏芬告诉大家的,那小子借钱买了一辆摩托,贩卖鱼虾,到底给他挣出了三楼三底的新房了。大小伙子再也用不着同弟弟妹妹挤铺了,据说陈光找的对象很漂亮。可宅子里的人断定,绝对不可能有瑞云漂亮,因为瑞云这样耐看的姑娘,现在是很少见的。

瑞云的日子过得始终很平静,每天除了早晚在庭院里和大家讲几句话,其他时间就坐在裁缝铺里做针线活,连个说话的人也没有。

后来王老先生就到墙门间去,天天坐在门口陪着瑞云,看着瑞云,和她说话,瑞云也就顺着他的话头同他谈谈。

王老先生私下对别人说,他越来越觉得瑞云像一个人,就是他童年记忆中的母亲。

王老先生童年记忆中的母亲,大概不会是那个婊子,而应该是他爹明媒正娶的太太。

王老先生居然说这种话,大家想,这老先生恐怕有点糊涂了。

紫云

农民在农闲的时候到小镇上的茶馆里去坐坐,他叫了一壶茶,从早上一直坐到中午,他是不大说话的,但是他喜欢听别人说话,看看别人说话,也是开心的,这样真好,他想,然后他就起身回去了。

他的身体是强健的,做活的时候像一头牛一样,坐在茶馆里别人也看得出他的身体是好的,但是有一天他感觉到有点儿不舒服,吐了,又拉肚子,那一阵是霍乱流行,农民虽然身上没有力气,但他还是想到茶馆去的,他就去了。走到茶馆的时候,他已经走不动了,就坐在茶馆门前的石阶上,他喘了口气,以为会好一些的,不知道就连坐也坐不动了,他就躺下来,躺在茶馆门口的地上。

后来有一个医生经过的时候,人家对他说,先生啊,你帮他看看吧,他一直躺在这里呀。

好的,医生说。

医生给农民看了看,他写了方子,叫人家拿他的方子到药房配药,人家去把药拿来,在茶馆里煎了,农民喝下去,脸色就好起来,肚子也不疼了,农民把另外几帖黄纸黄线扎的药拎着,走了,他说:

咦,人家说,他能够走路了。

过了一天农民又来喝茶了。

咦,人家说,你已经好了。

嘿嘿,农民笑了笑。

医生仍然在路上走着,他是常常要出诊的,他走到这一家,又走到那一家,病人都在家里等他,出诊的医生不如坐诊的医生架子大,有的医生是不肯出诊的,出诊,他们说,没名气了。

但是陈医生是无所谓的,他觉得自己年纪也不大,走路也走得动,所以如果有人请他出诊,他是会去的,有时候是深夜里,也有的时候是很冷的冬天,陈医生都会去的。

有一天渔民也生了病,他把船摇到小码头停下来,他想上岸去看医生的,但是那时候他的力气已经摇船摇光了,他就央求别人替他去请一个医生来,别人去请的时候,医生说,我是不出诊的。

我是不出诊的,另一个医生说。

后来就请到陈医生,陈医生上船的时候船晃来晃去,在前面的大码头那儿,送顾医生的船正好到了,吹吹打打,锣鼓家什,小孩子都往那边奔过去,去看哦,去看哦,他们边奔跑边叫喊,大人也跟在后面往那边去。

顾医生是被沈先生请去的,沈先生是谁呢,人家也不大晓得的,但总是一个很有名的人,因为他住在上海,他的老母亲病得很重,很长时间她不说话,也不吃东西,上海的医生,中医西医都看过了,外国的医生也看过了,大家都说看不好了,后来沈先生听说了顾医生,他就请顾医生去了。

顾医生啊,沈先生的朋友说,你晓得沈先生是个孝子。

我晓得的,顾医生说。

所以呀。

我晓得的,顾医生说。

顾医生是妙手回春的,过了几天,沈先生看望老母亲,老太太忽然就说话了,儿啊,老太太说,我要吃红烧蹄髈呀。

煨得烂一点啊。

沈先生跪下来给顾医生磕头,顾医生有些担当不起的,沈先生,沈先生,他说,你不要这样的,你不要这样的。

沈先生在家里大摆了三天的席,请了很多重要的客人,他们都向顾医生表示感谢,他们都很佩服顾医生。

这位是黄作会黄先生。

噢噢,黄先生。

这位是金子凤金先生。

噢噢,金先生。

这位是严墨子严先生。

噢噢,严先生。

这位是。

都是大名的,顾医生说。

后来沈先生派了船队送顾医生回家来。

送顾医生的船到达码头的时候,大家都很轰动的,船一共有四艘,第一艘是汽轮,在前面开路的,第二艘是吹鼓手的船,第三才是顾医生坐的船,第四是装礼物的船,船上的箱子有几十只,不晓得箱子里装的什么,大家都会猜测的。

火腿。

咸鱼。

人参。

燕窝。

山珍海味。

这些都是吃的,还有其他的呢。

呜哩哇啦,呜哩哇啦,吹鼓手卖力地吹打着,小孩子们在岸上欢欣鼓舞,把河水也吵得晃来晃去了,把岸上田野里的紫云英也吵得摇来摇去了,所以陈医生到渔民的船上,他有点站不稳,渔民想爬起来扶陈医生的,但是他爬不起来,喔哟哟,他说,痛得来,喔哟哟,痛死我了。

沈先生还要在这里宴请三日哩,大家都奔走相告。

我们也可以去吃的,大家说。

反正都是沈先生出钱的。

排场大得来。

从来没有看见过的。

大家议论纷纷。

陈医生站在摇来晃去的渔民的小船上,他蹲下来,给渔民把脉,又叫渔民把舌头伸出来看,然后他就皱着眉头想一想。

渔民小声地说,我是相信陈医生的。

但是没有人听见他的话,陈医生也没有听见,那边吹吹打打,大家都挤到那边去看,连渔民的家属也过去看了,她抱着吃奶的孩子,渔民生气地说,个瘟女人。

陈医生也被那边的事情吸引了,他从渔民那里出来,就走到那边去看了,顾医生也是认得陈医生的,他向陈医生笑笑,陈医生也向顾医生笑笑,顾医生在一些人的簇围下,在街上走着。

那个是沈先生的儿子。

那个是沈先生的侄子。

是由沈先生的子侄将顾医生送回来的,顾医生有些不好意思,但是几乎是由不得他的,一切都是沈先生安排好了,顾医生只好跟着走了。

陈医生看了看,也回家去了。陈医生自己的家其实不是在这里的,他是从外地来行医的,所以是租的人家的房子住,陈医生因为一家人里有好几个都是学医的,挤在自己家乡那一个地方,实在是挤不下去的,挤来挤去,也都是挤的自己人,陈医生就到这里来了。

陈医生是搭伙搭在房东家里的,他们吃晚饭的时候,也会说起顾医生的事情,等到晚饭的饭碗刚刚放下,又有人来请陈医生出诊了。

你也要搭点架子的,房东说。

不要随随便便就答应人家,房东说。

噢。

随随便便答应人家,就不值钱了,房东说。

陈医生走了以后,房东对他的儿子说,小孩子啊,你不要东跑西窜的,早点去睡吧。

噢,小孩子说。

小孩子那时候有十岁,他跑到陈医生的房间里,东看看西看看,陈医生这里的东西,他都看过很多遍了,但仍然还要看看的,陈医生不看病的时候,他喜欢画画,其实从小的时候,他是想做一个读书画画的人,只是家里祖传都是行医,他也不好违背,后来就习医,做了医生。

晚上叫陈医生出诊的是镇上的老杜,老杜老是咳嗽,咳嗽的时候肋骨下面很痛,人要弯下来,才好一点,所以时间长了,老杜看上去就变成一个弯背的人,人家叫他弯背老杜,老杜说,天地良心,我本来是挺胸叠肚的呀。

陈医生的手按了按老杜的肋骨,老杜哇哇地叫了叫,陈医生的手就放开了,他有点近视的,开方子的时候要戴上眼镜。

是什么,是什么,老杜的家属问。

是什么,是什么,老杜问。

陈医生是不大说话的,他开了方子,就要走了,但是天下起雨来,杜秀珍拿了一把伞替陈医生撑起来,他们在石子街上踩着水走回去。

你的鞋子湿了。

不要紧的。

房东开门的时候,看了看杜秀珍。

噢,老杜家的女儿,他说。

我走了,杜秀珍说。

谢谢你啊。

小街上是没有灯火的,杜秀珍的背影很快就消失在雨夜里了。

也不早了,房东说。

也不早了,陈医生说。

老杜是什么病呢,房东说,好像有很长时间了,一直弯腰驼背的,咳嗽。

是气血郁积,陈医生说。

噢。

陈医生回自己的屋子休息,那个小孩子趴在他的桌上睡着了,口水淌下来,淌在一张画纸上,画纸上小孩子拿陈医生的笔画了一只螃蟹,小孩子还知道用水墨稍微地加着一点青灰,那个颜色像真的蟹一样。

咦,陈医生拿起笔,在螃蟹的边上写了几个字。

胸藏琥珀,口吐珠玑。

小孩子过了些日子就去学生意了,他是去到一个洋铁店,以后就敲洋铅筒,做洋铁畚箕,后来就做师傅,再后来他的徒弟也带徒弟了。

顾医生的名气越来越大,外面的人都来请他的,有的人是开了汽艇来的,因此门前的河里,常常有汽艇停着,小孩子最喜欢看汽艇,听到扑扑扑的声音,他们都很兴奋。

汽艇来了。

汽艇来了。

他们看到顾医生在别人的簇拥下,一步一步地走到汽艇上,他的步伐充满自信的,小孩子是不懂得自信的,但是他们喜欢看汽艇来。陈医生已经走了,他回自己的家乡去结婚,又生孩子,仍然做医生,在这边的小镇上,谁生了病,就去找顾医生看,顾医生不仅水平高,心肠也好的,他替穷人看病,酬金不论,有时候甚至不收诊费,更贫苦一点的,他还送药给他们。顾医生在生前整理了一本《顾氏医案》,但是他过世的时候没有拿出来,后来也不知道到哪里去了。

陈医生在医院里工作,年老以后就退休了,有一天他在家里闲着,一个年轻的姑娘到他家里来了,您是陈医生吗?

我是的,陈医生说,你是谁呢?

我是医院里的护士。

噢噢。

我是刚刚来工作的。

噢噢。

您记得杜秀珍吗?

噢噢。

您记得老杜吗,护士说。

老杜的病几年都没有治好,他老是咳嗽,咳嗽肋骨就痛,他只好弯下腰来,人家叫他弯背老杜。

您给他吃了十帖药,护士说,他就好了。

噢噢。

下次来的时候,护士带着她的男朋友,他年纪也是很轻的,他走到陈医生的书房里,看到一些画。

咦,他说,这是您画的。

他喜欢的,护士看着她的男朋友,她骄傲地说,他喜欢画的。

喜欢的吗,陈医生说,你喜欢你可挑一张去的,或者挑两张也可以的。

这些吗?年轻的人很开心的,但觉得有点眼花缭乱。

还有从前的,陈医生说,他过去把抽屉拉开来,还有一扇橱门也打开来了。年轻的男朋友更有点不知所措了,我挑哪一张呢,我挑这一张好吗,我挑那一张好吗?现在他的心里也有点乱了。

从前的和现在的,是不大一样的,陈医生说。

我喜欢这一张,护士说。

这张好吗。

那一张我也喜欢的,护士说。

那张好吗。

他们到底还是挑了两张,就走出来了,走在小街上,陈医生的房子有点闷暗,到底是街上畅亮,他们心里轻轻快快的。

以后不要老是对人说我喜欢画呀,男朋友说,我其实——

嘻嘻,你难为情了,护士笑的时候,有两个小酒窝的。

其实我也不懂画的。

嘻嘻。

有几个人在小街上走过,他们一字排开,几乎挡住了街面,护士和男朋友就让在边上一点等他们走过。

老杜怎么样呢,他的病很重吗?男朋友说,是陈医生治好的吗?

他说他是气血郁积。

什么气血郁积。

就是扭伤了,血流得不畅,积了一块,所以咳嗽的时候会痛。

那是小毛病呀。

是小毛病呀。

他们一边说着一边往前走去。

浦庄小学

浦庄从前是没有学校的,后来老师来了,就有了一个小学,叫作浦庄小学,浦庄的人家,稍微有一点条件的,要让小孩子念书的,就把小孩送到老师那里,老师啊,他们说,小孩就交给你了。

好的呀,老师说。

小孩就留下了,老师教他识字,写字,还教他其他的东西,家长笑眯眯地走在街上。

送去啦,街上的人问他。

送去啦,家长说。

他要给你光宗耀祖的,街上的人说。

嘿嘿,家长笑眯眯的,他在街上的店里买了两块洋碱。

老师叫小孩坐在凳子上,凳子和桌子是老师叫木匠做的,木匠做的时候,老师说,你把钉子钉牢一点啊。

晓得的,木匠说。

钉子会撕破小孩子的裤子,老师说。

晓得的,木匠是有经验的老木匠,如果这一点都不晓得,他还叫什么木匠。

小孩茫然地坐下来,他有些懵懂,他一直是在乡下的家里住的,白天看看院子里的鸡,晚上看看天上的星星,别的他不懂的,现在他坐在教室里了,看看墙上的黑板,看看老师在黑板上写的字。

咦,小孩想,咦咦。

下课的时候,小学生在做游戏,他们一边做一边唱歌,他们唱道:

跌跌拜拜,

拜到南山,

南山北斗,

捉只黄狗,

……

咦,小孩想,我也会唱的。

他跟着大家一起玩了,他唱起来:

黄狗逃走,

蚀脚去追,

……

正好最后一个字落在小孩的头上,他就装成跛脚的样子,去追黄狗,黄狗其实也是一个小孩,他们逃过来逃过去,追过来追过去,地上的泥尘都扬了起来。

老师在里边休息,他的身体不大好,常常在咳嗽,后来又要上课了,老师到门口叫他们:进来吧。

学生就停止了唱歌,他们走进教室,走到自己的座位上坐下来。

放学的时候下大雨了,小孩不回家,他住在老师的房间里,是有一张小床,他的家长和老师说好的,碰到什么时候,可能小孩就住这里了,要麻烦老师的,家长说。

好的,老师说,也不麻烦的。

小孩的家是在乡下,他的爸爸是一个比较富裕的农民,家里有一些田地,他的两个大一点的孩子跟着爸爸一起做农活,如果他们不做,农民就要雇人来种田。

这个小的,农民对别人说,我是要叫他念书的。

夜里雨很大,风也大的,他们听到呼呼的刮风的声音,老师点了油灯批作业,灯火会摇来晃去,小孩看着摇摇晃晃的灯火,他的脸上笑眯眯的。

老师看到有一个学生写的作文,他就笑起来。

你笑什么,小孩看着老师的脸,他看到老师的脸在油灯的映照下与白天不大一样,老师你干什么笑。

嘿嘿。

有一会儿他们没有声音,小孩在一张纸上画着东西,小孩在心里为它们命名,这是树,这是鸟,这是青蛙。

我姐姐要嫁人了,小孩说。

啊,老师抬头看了看小孩,小孩又看到老师的脸和白天不大一样的。

什么,老师说。

我姐姐——

噢,噢噢。

浦庄是伸到太湖里去的一块地,所以它的三边都是太湖的水,刮风下雨的时候太湖的水是惊天动地的,太湖上的强盗就要出来活动了。他们总是把船停在浦庄的岸边,他们上岸来,拿着刀枪,到浦庄的人家去打劫。其实现在浦庄的人家都比较穷了,他们也打劫不到什么好的东西,但是他们仍然是要来打劫的。

老师听到了敲门的声音,小孩已经趴在桌上睡着了,他没有听到,但是老师听到了,老师心慌起来,怎么办呢,怎么办呢,老师想,要不要去开门呢,要不要去开门呢。

其实是不用开门的,他们自己会进来的,他们手里拿着火把,往老师的房间里照了照,穷鬼,他们说,穷鬼。

老师站在那边,他抖抖索索的。

你是老师吗?

是,是。

小孩仍然睡着,他不曾被惊醒,他们看了看小孩的脸,这是你的小孩吗?他们说。

是。

是你自己的小孩吗。

不是。

油灯的灯火在摇晃,老师觉得自己也在摇晃。

嘻嘻。

嘿嘿。

他们笑着,老师怕我们的,他们说。

他们四处找东西，但是找来找去找不到好一点的东西，终于有一件衣服还是比较好的，就拿走了。

拿去吧，你们把我的衣服拿去好了，老师想，但是我头脑里的知识你们拿不去的呀。

他们听不到老师心里说的话，他们仍然嫌弃这件衣服不够好，算了算了，他们说，穷鬼。

他们走出门去，有一个人说，雨好大呀，风好大呀。

另一个人说，帮他把门关上。

他们帮老师带上了门，带门的声音惊醒了小孩，他睁开眼睛看看老师，什么？他说。

没有什么，老师说。

哦。

小孩打了个哈欠，他又要睡了，他想着要睡，就已经睡着了。

强盗们在风雨中回到了他们自己的船上，他们身上湿漉漉的，天气也有点冷了，他们躲在船舱里要换上干的衣服。有一个人就把老师的衣服拿来穿了，但是他很胖，穿不下老师的衣服，大家看了看就笑起来，你穿老师的衣服，他们说，像个吊死鬼了，那个胖的人不愿意像个吊死鬼，就把衣服脱下来。也有别的人想试穿穿的，但是他看看那衣服的样子大小，他晓得他也是不能穿的，后来就有一个人穿上了，他穿上老师的衣服是恰到好处的，不大不小，像是专门给你定做的。他们对他说，他笑了笑，把衣襟往下拉一拉，人也显得挺直起来，他是一个年纪很轻的人,别的人也搞不大清楚他到底有多大,反正他虽然年纪轻,但是做强盗也已经有好多年了,算是老强盗了,比他年纪大的人都要看看他的面子。他是长得很瘦小的,虽然老师的衣服归他穿是正好的,他穿了老师的衣服,忽然就有点发出奇想来了,他到行灶那里,捞了一点黑灰,在自己的眼圈上,画了两个眼镜框。

咦,一个人看了看,说,咦。

咦咦,大家都看看他。

像的像的。

他很像老师的,穿了老师的衣服,再戴一副和老师一样的黑色的圆的眼镜,真的和老师差不多的。

噢,噢噢。

呀,呀呀。

我们也有老师的,我们也有老师的,噢噢,老师,他们胡乱地叫着,这时候,他们正在喝酒,天气冷了,受了凉,是要喝酒祛寒的,他们的酒,也是从浦庄抢来的,浦庄有个叫季达生的人,他的祖上是绍兴人,是会做黄酒的。所以他在浦庄的家里也有酒窖,专门做黄酒的,强盗们到浦庄去的时候,总是要到他那里去拿黄酒。开始的时候,季达生很害怕的,后来好像也习惯,来了,就拿一些去吧。

他们把一甏一甏的黄酒搬到船上,他们天天有酒喝的,等到这一批酒喝完了,他们又会去抢一些酒来,不过这一次不一定是到浦庄,沿太湖的小乡小镇很多,总会有一两家人家在那里做酒的。

　　他们胡乱地叫嚷着,喝酒,后来酒兴大了,就唱歌了,他们唱道:

　　　　摇一撸来扎一绷,
　　　　沿河两岸全是好花棚,
　　　　好花落在中舱里呀,
　　　　野蔷薇花落在后棚里。

　　　　啊哈哈。
　　　　噢呵呵。
　　　　摇一撸来扎一绷,
　　　　沿河两岸好风光……

　　喂喂,那个穿着老师衣服的人,站在船舱的中央,喂喂,他说,大家安静。

　　他们安静下来,看着老师,老师拿着一根棍子,他扬了扬,大家听好,上课了,不听话,要吃鞭子的。

　　啊哈哈。
　　噢呵呵。
　　老师皱了皱眉,安静,他们说,不要吵。
　　大家又静了。
　　我要上课了,老师说,大家跟着我念。
　　大——
　　大——

响一点,小——

　　小——

　　多——

　　多——

　　少——

　　少——

　　啊哈哈。

　　噢呵呵。

　　他们一起笑起来,老师也笑着,他们又唱歌了:

　　　太湖深,太湖清,

　　　太湖水面点点星,

　　　一颗两颗无数颗,

　　　数来数去数勿清。

　　风很大的,雨也很大,没有人听见他们唱歌,风和雨可能会听见的,所以它们越刮越猛越下越大了,风雨像是要和他们比赛的。

　　天亮以后,天气也好起来了,岸上的人说,昨天夜里是不是刮翻一只船,好像叫喊的。

　　也不一定的,另一个人说,太湖里夜夜有叫喊声的。

　　有时候根本就没有船走过,也没有风也没有雨的,再一个人说:

　　那是什么呢。

　　是鬼。

　　落水鬼。

他们议论纷纷。

那一只强盗船后来有没有再到浦庄来过,浦庄的人也搞不清楚的,他们又不认得强盗的面孔,强盗来的时候,他们不敢看他们的面孔,看了说不定就要杀掉的,就算不杀掉,他们也不敢看的,他们都低着头,眼睛看在地上,所以没有人认得强盗的面孔,后来来过的强盗,是不是就是从前来过的强盗呢?谁也说不准的,如果从前的强盗一直没有再来过,也许他们真的翻了船,是不是都死了呢,但也可能他们都活着,只是转移了地方,不再到浦庄来了。

有时候会在太湖的某个岸滩上,躺着几个死人,有的老人看了看,就说,是太湖强盗,也不知道他们凭什么看出来的,但是他们的话别人都是相信的。

学校上课的时候,孩子看到他的父亲站在教室外面探了探头,嘿嘿,孩子想,他来了。

他向孩子招招手,你出来,他说,你快点出来。

孩子笑了笑,他看看老师。

我们在上课,老师说。

那我等好了,农民说。

他就站在外面等,学生都向他看看,农民有点不好意思,他走远一点,站在学生看不见他的地方。

等到下课的时候,他就跑过去,拉住自己的孩子,吓煞了吧,他说,他自己的脸是黑色里透出一点苍白来的。

什么吓煞了,孩子茫然地看看父亲,他又看看老师。

怎么会呢,农民奇怪地看着孩子,又看着老师,怎么会呢,难道是他们瞎说的。

什么瞎说的,孩子仍然是不明白的,什么瞎说的。

农民摸了摸孩子的头,又摸了摸孩子的手,喔哟哟,吓煞我了,他说。

农民放开孩子,孩子就去和其他学生一起玩了,农民疑惑不解地四处看望着,他没有看到什么。

你找什么呢,老师说。

农民摇摇头,我不找什么,他说,他们没有来过吗?

来过的。

喔哟哟,农民说,真的来过了,后来呢。

后来走了。

后来走了,农民拍拍自己的胸,后来走了。

孩子又唱歌了,他们唱道:

> 跌跌拜拜,
> 拜到南山,
> 南山北斗,
> 捉只黄狗,
> 黄狗逃走……

他们玩了一会,又到上课时间了,老师叫他们,他们就进教室去,坐下来,听老师讲话。

咦,农民在外面站了一会,咦,他想,他们来过的。

一个学期结束的时候,学生放假了,老师也要回到自己的家里去,他的家在另一个地方。

那是哪里呢,学生问他。

是北港,老师说。

北港是哪里呢?

北港是北边的一个地方。

噢。

同学再见。

老师再见。

老师回去以后,就一直没有再来,浦庄的人不知道老师为什么不再来了,老师不在的时候,学生仍然到校的,有一个代课老师来上课,代课老师说,为什么我做代课老师呢。

因为老师要回来的,别人说。

但是老师却一直没有再来。

老师生病了。

老师不做老师了。

老师结婚了。

老师死了。

老师到很远的地方去了。

大家都会说起老师的,但是时间长了,代课老师就是老师了,其实他和那个原来的老师差不多的样子,不凶,小孩也听他的话。

小孩是一直在学校里的,他念到毕业,就走了,其间可能换过好几个老师的。

在很多年以后,学校的礼堂里挂着老师的照片,学生开会的时候,要行礼的,然后大家一起说,老师好。

老师是谁呀,一个学生问。

我不晓得的,另一个学生说。

她们是两个女生,扎着羊角辫,她们一边说话一边就去玩了。

她们玩的是一种边唱边做的游戏:

> 跌跌拜拜,
> 拜到南山,
> 南山北斗,
> 捉只黄狗,
> 黄狗逃走,
> 蚀脚去追,

一个学生装成黄狗逃走,另一个学生装成跛脚的样子去追。

苏杭班

苏杭班是仍然在航行着的，但是乘船的人比过去少了，虽然航船上的设施比过去好，有卧铺，也干净的，从苏州到杭州，是一个晚上的时间，天黑的时候离开苏州，天亮的时候就看到杭州了。所以有些节省时间的人，他们还是会乘航船的，他们是些什么人呢，我们也不太了解了，据说有一些出来旅游的人，他们会乘苏杭班的，好像报纸上也登过苏杭班的消息，我们只是偶尔经过轮船码头，这时我们会看到有一艘苏杭班停泊在岸边，它叫沧浪号，或者叫平江号。船身是白的，但不是通体雪白，也会有些其他的颜色相间，岸上会有几个人在走动，他们可能是工作人员，现在还不到开船的时候，旅客还没有上码头呢，到检票的时候，才会有人从栅栏里边走出来，但是他们不会是蜂拥而出的，不像在火车的站台上，也不是在长途汽车站那里。现在坐船的人总是少数了，他们零零星星地穿过候船大厅，走到码头上，他们走上码头后也许会四处看一看的，但是码头上没有什么好看的，甚至有一点败落的景象，有一点萧条的样子。石缝里有几根野草长着的，也有几个烟头，但是不多，所以看上去也不脏，不脏的地方可能会有一点意境的，但是乘客们也可能不去注意意境的，他们就上船去了，船就停在他们的眼前，脚下会有一块跳板的，不过不是从前那种狭窄的一条。现在乘船的这些人里边，有没有过去曾经在农村里待过的人呢，也可能是有的，他们会想起从前在乡下时的事情。如果河滩比较浅，船不能靠岸很近，这样跳板就要很长的，那个跳板又长又软，有弹性的，走上去晃来晃去，胆子小的人会叫起来。但是农民是无所谓的，他们好像是走在平地上一样，仍然可以大步大步的。

这就是轮船码头了，它是一个比较老的码头了，它的位置好像好多年都没有挪动过。在我们小的时候，如果要乘船，也是从这里出发的，现在我们都已经是中年以上的人了，我们仍然是要从这里上船。只不过，现在我们也不坐船了，虽然我们常常会想起从前乘船的事情，也常常会在心里涌起一点感想，我们想，其实乘船有一种浪漫的情调，有时候会有一种忧伤的情绪，船的汽笛声，把我们带到很远很远的陌生的地方，我们这么想着，就会向往乘船的日子，又怀念乘船的时光，但是毕竟我们不再去乘船了。

其实乘船也不是一件难的事情，如果我们决定要乘船，也是方便的，我们就到轮船码头去买票，就上船了，就是这样简单。可能我们中的许多人还记得年轻的时候，会有三五结队的朋友，突发奇想地在某一个夜晚就出发了，走到哪里就停下来了，坐了一坐以后可以继续往前走的。

现在我们出行的脚步比从前沉重一些，苏杭班仍然是在开着的，仍然会有人步履轻松地来到轮船码头，他背着一个包，带着一点钱，还有几包烟，就出现在售票的窗口了。

梅埝。

到梅埝吗？售票员的口气有点奇怪，好像有点不理解他的行为，或者觉得没有听清楚他的话，所以她重新又问了一遍的。

但是售票员的口气并没有影响到他，梅埝，他说。

一张吗？

一张。

停靠梅埝的苏杭班不是下晚出发早晨到达的苏杭班，它是苏杭班里的另一种，是每一个小码头都要停靠的苏杭班，它的终点也是杭州，但是它十分慢，几乎要走二十四小时才能到达，我们要有足够的耐心呀。

它沿途停靠的码头是这些：吴江、同里、七都、南麻、屯村、黎里、梅埝、铜罗、桃源……

以上是属于江苏省的，属于浙江省的有这样一些：嘉兴、嘉善、湖州、乌镇、塘西、西塘、余杭……

另有一班更慢的苏杭班，现在肯定已经停航了，它停靠的站埠更多，除了以上这些，至少还有以下这些：尹山湖、庞山湖、南塘、塘南……

307

这些是在江苏境内的一部分,还有浙江境内的,比如余墩、严墓、窦庄,等等。

这些站点,是在运河上的,或者是在与运河相沟通的岔河上,在我们有兴致的时候,不妨阅读这些站名呢。

有关运河的知识是这样的:大运河,即京杭运河,简称运河。我国古代伟大水利工程。北起北京,南至杭州,经北京、天津两市及河北、山东、江苏、浙江四省。沟通海河、黄河、淮河、长江、钱塘江五大水系。全长1794公里。等等。

现在乘客已经上船来了,船是一艘旧船了,油漆是斑斑驳驳的,坐凳也有些七翘八裂,不过他并没有很在意,他随便拣一个座位坐下,船就快要开了,船上有几个农民,他们互相是认得的。

老八脚啊,上同里啊。

丝瓜筋啊,回南麻啊。

他们都是短途的旅客,跨上船,坐一站,至多两三站,他们就要上去了,然后又有另外几个农民上船来。

阿六头啊,交茧子啊。

阿妮毛啊,拷头油啊。

在他们说话的时间里,汽笛已经响起来。

到了。

到了。

再会啊。

再会啊。

他们又上去了,船稍稍地停一停,等候上船的人上来,船又开了。

只有乘客是一个像模像样的乘客,他身背行囊,脚上穿着旅游鞋,农民朝他看了看,咦咦,他们想,这个人是干什么的呢。

从前像乘客这样的人在船上是多的,他们可能是下乡工作的干部,是插队的青年,是走乡下亲戚的城里人,是从别的地方到这里来外调的人,是读书的学生,是来画画的画家,是什么什么人,但是现在船上没有这些人了,所以这一个乘客就显得比较突出,农民们会互相地探询一下。

陌生面孔啊。

陌生面孔。

从苏州下来的。

苏州下来的。

要到哪里去呢?

不晓得的。

要去干什么呢?

不晓得的。

他们也许可以问一问他本人,这样他们的疑团就解开了,但是他们并没有去问他,因为毕竟他和他们是没有什么关系的,农民并不一定知道萍水相逢这个词语,但是这个词语的意思他们是融会贯通的,他们不一定要去关心一个陌生的人,他们还是愿意谈谈自己的事情。

街上头油也拷不到了。

人家现在不用头油了。

今年茧子又不灵了。

不灵的。

辛辛苦苦的。

辛辛苦苦的。

江南运河的两岸,从前是有许多桑地的,现在也还有一些,养蚕的人家比过去少了,但也还是有一些,他们在早春的时候到镇上的茧站买蚕种,用棉花捂着,然后看着蚕种慢慢地变成又瘦又黑又小的蚕,再然后这些小蚕就慢慢地长大了,变成又白又胖的蚕,它们吃桑叶的声音是沙沙沙沙,如果家里养蚕养得多,这声音听起来有些壮观的。

乘客是不大了解这些内容的,这是江浙农村的生活,与他的老家是不一样的,那么他的老家是在哪里呢。

农民间忽又会议论他一两句的。

看起来人高马大的,不要是北京人啊。

东北人也高大的啊。

大概不是广东啦什么的,他们想,广东什么的,还有福建那样的,人都长得矮小,现在改革开放以后,农民的知识也多起来了,他们甚至还会学一两句广东普通话。

生生(先生)啦。

稍载(小姐)啦。

农民笑了笑,汽笛又响了。

到了。

到了。

再会啊。

再会啊。

他们有的下去,有的上来,上来的人他们先看一看有没有熟悉的人,如果没有,他们就不打算多说什么,有一个人往地上吐了一口痰,一个妇女把一个包紧紧地搂在胸前,并且有些警惕地看着别的人。

有一个船上的服务员来扫地,她可能看到地上有许多瓜子壳,觉得有点脏了,就过来扫一扫,她扫的时候,大家自觉地把自己的脚抬起来,让她的扫帚从脚底下过去,只有那个陌生的乘客他没有注意到,因为他的目光一直是看在船窗外的,在看什么呢,可能是运河两岸的风光,也可能是天空。但是天空灰灰的,并不好看呀,所以服务员有些不高兴地说,喂。

他这才惊醒过来的样子,学着其他农民,也把脚抬起来,等到服务员扫过他脚底下这一块,他问她:请问。

什么?

到梅埝是什么时候?

下午五点。

服务员走开去了,听到他们的问答的农民想,噢,原来他是到梅埝的。

他们又想,咦,梅埝有什么呢?

他到梅埝去干什么呢?

他们这么想着,就会发出一些议论的。

他们的说话,那个乘客可能是听不懂的,因为从他脸上的表情看起来,他是不知道他们在说他,至少是与他有关的话题,他的脸色有些茫然,也许他也想听听他们说话,消解掉一点坐船的枯燥和单调。但是因为语言的不通,他无法介入他们中间,但是他对他们是友好的,他是和他们同舟共济的,他从心底里觉得他们质朴亲近。

因为他们都是上上下下的短途旅客,所以现在坐在船上的他们,几乎没有一个人是和他一起从苏州上船的,他们中间已经有了时间和空间的差异,不过这一点乘客却不是太清醒的,在他的眼里,虽然也看着他们上来下去。但他并没有牢牢地记住谁从哪里上来,谁又从哪里下去了。

农民们接着梅埝的话题仍然把注意力集中在他身上。

他是从哪里下来的呢?

不晓得呀。

不晓得。

他们上船的时候,他已经坐在那里了。

你是从哪里下来的呢?有一个农民终于去问他了,他会说一点乡间的普通话。

他看起来是似懂非懂,但是他稍微地想一想,把几个不太明白的词语连贯起来想一想,就明白了农民的意思。

我从苏州。

喔哟哟,苏州。

苏州到梅埨,坐船坐煞人哉。

苏州到梅埨,老早就通汽车哉。

他会不会不晓得噢。

他会不会头一次来噢。

他们的这些说话,乘客仍然是听不懂的,因为他们中间虽然有人会说一点乡间普通话,但毕竟只会一两句,只能在要紧的时候应付应付,要想用乡间普通话来谈论事情是不行的,也是不习惯的,所以他们一交谈起来,又是乡音了。

他们对他做了一个手势:汽车。

什么?

他们又做那个开汽车的手势,是手抡住方向盘转一转那样,然后嘴里发出象声词:巴巴呜,巴巴呜。

噢噢,他笑了笑,汽车,我没有坐汽车,他说。

噢噢,他们点了点头。

他是要乘船到梅埨去,他们想,他是有意要乘船去的。

梅埨有个插青小卫的啊,有一个人的思路突然地一跳,跳到从前的日子里去了,你们从前有没有听过梅埨小卫的名气啊?

听到过的。

听到过的。

咦咦,我怎么没有听到过。

他们冲这个说话的人笑笑,你还小来,你那时候穿开裆裤来。

嘻嘻,这个人也笑了笑,是从前啊。

当然是从前啦,插青的时候,那时候早啦。

小卫有一次带了几十个插青,每人拿一把菜刀,冲到桃源去打架,把乡下人吓煞了。

小卫有一次到三里桥去捉鬼,鬼没有捉到,捉到三个背娘舅。

小卫有一次把公社知青办的主任一把头颈拎起来掼到地上。

小卫有一次……

小卫有一次……

他们知道小卫的人,都不由得想起了从前小卫的一些事情。

喂,你姓卫吗?

韦?我不姓韦。

怎么会是小卫呢,要是小卫,他肯定听得懂我们的话,一个有点见多识广的农民说。

是的呀,另一个农民也想到了另一个问题,年纪也不对的,小卫要五十出头了呀。

小卫要是回来,也是老老头了。

眼睛一眨,真是快的。

不会是小卫的,再一个农民现在也想起来了,他们刚才都被一时的单纯的念头冲淡了理智和信息,现在他们慢慢地想起其他一些事情来了,所以这个农民把他的信息提供出来了,他说,小卫后来到美国去了。

咦咦。

到美国做什么呢?

到美国管他做什么呢。

唉唉。

美国,唉唉。

他们谈论小卫的话题,乘客肯定是听不懂的,在他听起来,他们像是在学鸟叫,因为他们的话都是在舌尖上滚来滚去的,不是从胸腔里发出来的,甚至也不用震动喉咙口的,他们的舌头和牙齿很精巧灵活,不断有声音穿透齿缝渗出来,在他的眼前绕来绕去。

离梅埝还远着呢,但是乘客已经有点饿了,他从背包里拿出了面包和矿泉水,农民注视着他的一举一动,他们的眼睛直勾勾地看着他的,这是他们的习惯。他们从小到大,再到老了,就一直是这样看人的,直勾勾的,眼珠子弹出来,他们不管人家是不是不自在,也不管人家是不是不愿意他们盯着看,他们从来不会想到这一点的,他们想看就看,坦白的,直率的,不知道掩饰一些,也不知道拐弯抹角一些,并且他们也从来不掩饰看过以后他们有些什么想法,这些想法先是从他们的脸上明显地流露出来,紧接着他们就开始说了:

乘船到底不惬意的,突突突,突突突。

颠得骨头酥。

震得肉麻。

他们的中心思想,仍然是想不通这个乘客为什么要坐船,因为从苏州坐汽车到梅埝,只要一个多钟头的时间,而坐船呢,几乎要大半天呢,他还要在船上吃干粮,只是他们不能和他深入地探讨这个问题,一来因为语言不通,二来呢,他们也没有时间了,因为他们很快又要到达自己的目的地了,他们又下去了,又有人从他们下去的地方上来了。

喔哟哟,上来的人有一点大惊小怪,她说,喔哟哟,今朝轮船晚点哉。

其实只是稍微晚了一点,可能是因为她有事情,等得心急了,喔哟哟,慢得来,等煞人哉,她说。

咦,船上的一个人说,你等不及好去乘汽车的呀。

我不乘汽车的,这个刚刚上船的妇女说,我喜欢乘轮船的。

轮船是慢的呀。

我宁可慢的,她说,我到屯村湾,汽车要绕一大圈。

她从屯村湾嫁过来,已经好多年了,她总是乘这个轮船回娘家的,从前这样大大小小的航船一天有好几班的,后来少了一点,再后来就剩下这一班了,再以后呢,这一班也要取消了。

我也听说的,一个人说,是要取消了。

不取消也不行了,另一个人说,轮船公司没有生意。

蚀本生意。

轮船公司不开轮船开什么呢?

开汽车。

那可以叫汽车公司了。

嘿嘿嘿。

他们笑了笑,好像取消不取消航船跟他们没有关系似的,好像他们现在不是坐在船上似的。

连那个喜欢坐船的妇女也没有觉得有什么不好的,她说,没有航船,我叫他们机帆船送一送好了,也方便的。

在运河里航行了多年的航船也许就要停航了,但是没有人对这个事情表示惋惜,他们说了说航船的事情,又去说其他了,妇女说她的弟媳妇和她的嫂子打架,她回去劝架,说着说着她自己生气了,就转过身子,背对着其他人,好像是他们惹她生气的。

嫁出去的女儿还要去管娘家的事啊,一个人说。

本来以为她听见了要更加生气的,不料她转回身来却有点精神振奋的样子,她说,哎,我是要管的,她们服帖我管的,蜡烛呀,我不回去,她们凶煞人啊,我一到,她们放屁也要夹紧屁眼的。

嘿嘿。

老鼠看见猫啊。

你雌老虎啊。

317

我是要做雌老虎的,她说,我不做雌老虎,她们就做雌老虎,我老爹老娘兄弟阿哥,给她们活吃吃。

在他们说话期间,那个陌生的乘客曾经站起来,他走到张贴着时刻表的地方看了一会,又回到自己的位子上,他的头脑里回想着时刻表上写着的一排站名,屯村湾,他不由得说出了其中的一个。

有一个人听见并且也听懂了他的普通话,是屯村湾,他说,前面一站就是屯村湾。

咦,那个屯村湾出来的妇女有点兴奋地看着他,你到屯村湾吗?

他到梅埝,别人代他回答了。

那他怎么说屯村湾呢,妇女有点不甘心的,她是希望他和屯村湾有些什么关系的。

你们屯村湾有名气的,他们说,你看人家外地人也晓得。

屯村湾么,也没有什么值得的,妇女说,要么,要么一个沈园。

沈园厉害的,他们说,外国人也要来看的。

要么是故居。

是宰相的故居哎。

要么是什么什么,妇女说,虽然她一开始说屯村湾没有什么值得的,但是其实她后来说出来的都是屯村湾厉害的东西。

这时候汽笛响起来了,屯村湾到了,妇女说。

我也要下船了,乘客自言自语地说着,拿起自己的背包,站到靠船头近一点的地方去。

咦咦。

他是要到梅埝的呀。

他怎么到屯村湾下了呢。

他难道是想到哪里就到哪里的吗。

其中有一个农民是到梅埝去的,他的一个老乡在梅埝做一个工程,他想去看看有没有活做,他一开始听说这个陌生的人是到梅埝去,心里竟也有点开心的,现在看他要在屯村湾下了,这个农民就有一点后悔,会不会刚才我们说梅埝其实没有什么的,被他听懂了,他想。

农民们这么想着,他们就眼看着他下船去了,他们从船舱里往码头上看,看到他站在码头上停了一会,有一点茫然四顾的样子,那个妇女跟他说了几句话,他摇了摇头。

她在跟他说什么呢,他们想。

你要到沈园吗,往那边走。

你要到故居吗,往这边走。

你要到什么什么吗。

只是这些话都是他们猜测的,他们并没有听到妇女和这个远方乘客的对话,是他们的想象而已。

后来他们发现乘客又朝船上看了看,甚至他有点犹豫的样子他们也看出来了,是不是又想回到船上来呢,他们想,其实回上来也好的,屯村湾其实也没有什么的,说起来好听，其实从前只不过是一个小镇而已，乡下的农民只不过到那里买点猪肉剪段布料而已，他们想，你要是要到梅埝办事情的，还是不要下去得好，这一下去了，你就要等到明天这时候再上船，你就耽搁一天了。

但是乘客听不见他们的想法，最后他终于是下定决心往外走了，他们看见他和那个妇女走出码头，他们是沿着一条路走进屯村湾，还是分头走开了，这个结果他们没有看见，因为码头外面的建筑物挡住了他们的视线。

唉，走了走了，他们想着。

其实他们见识的人生是很多的了，上来下去，走了又来，没什么所谓的，他们很快又会看见别的人上来下去，走了又来，就算没有别人，也有他们自己呀，他们自己不也是一直在上来下去，走了又来吗。

现在陌生的乘客已经走进屯村湾了，他走在古镇的古老的街上。

先生哎，进来坐坐，喝口茶吧。

先生哎，买个纪念品啊。

他只是随意地看了看他们的店和商品，并没有停下来，等他看到一个客栈的时候，他才停了下来。

先生，来了啊。

要一个房间。

好的。

服务台上的女孩子穿着民俗的服装，她把登记表给他,他就登记了一下。

她看着他填的登记表,一字一字地念着他的名字:王—家—卫,她一边念着,一边又去看他的身份证,她又要去念身份证上的号码了。

不是王,他纠正说,是黄。

是王呀,她说,我知道是王,王家卫。

咦咦,有人从服务台旁边走过的时候,他停了下来,他的女朋友勾住他的手臂,她性急地要拖他走开。

咦咦,你干什么停下来。

看看,他说。

看什么呢?

王家卫?他看了看服务员,又看了看这个正在登记的旅客,王家卫?不会吧,他说。

不是王家卫,这个人说,是黄家卫,他指了指服务员,她说错了。

我没有说错,是王家卫呀,服务员说,我是说王家卫呀。

什么王家卫呀,他的女朋友是急于要出去走,所以又来勾他,并且又拖他。

噢噢,被女朋友拖拖拉拉的他现在明白过来了,她是王黄不分的,他说,我还以为那个什么呢,但是想想也不可能的,哪有这么巧的事情。

嘿嘿,黄家卫笑了笑。

我哪里王王不分,服务员有点不高兴的,她拿出一把钥匙交给他，喏。

他看了看钥匙牌上的号码，是208。噢，在二楼，他说。

苏杭班在继续开着，它仍然是那样的速度，仍然是那样的姿势，船头把水劈开，船尾那儿，水又合拢了。天色渐渐地往下晚去了。苏杭班驶离屯村湾的时候，有长长的悠悠的笛声从水面上传过来了。

旧事一大堆

老太有个邻居老王,从河南来的。老王的朋友在苏州开古玩店,干得风生水起,苏州民间喜欢收藏的人多,所以古玩店多,生意也好做,他的朋友做了几年,生意很好,后来觉得古玩店不够他玩的了,要转行到房地产上去,就把古玩店转手,问老王愿不愿意来苏州接手。

老王愿意,他就从河南来到苏州,接手了朋友的古玩店。

老王经济上有点实力,可以租住酒店公寓,也可去购买新房,但是既然开的是古玩店,住老宅肯定气息是对的。老王在苏州观察了一通房子的情况,最后就走到老太这里来了。

这是一幢民国时期的老洋房,虽然已经破旧,但是稍作打理,外表看起来还蛮硬朗的。老王喜欢这种既陈旧又硬朗的气息,他一咬牙,买下了这个院子里二楼上三间房。

说是买房,其实也不算是真正的买房,因为他买的是房卡房。说到底,他买的是卡,而不是房,他可以一直住在这个房里,房却不属于他,他还要交一点租金。但是和一般租房不同的是，他多出了一大笔钱，买个心安，除非政府需要，其他没有人可以随时赶他走。

老王就安心地在苏州的老宅里住下了。

苏州和河南都是有宝贝的地方，不同的是，老王老家的宝贝，大多藏在地底下，说河南的农民，随随便便耕一下地，就耕出了秦砖汉瓦。苏州呢，地底下有没有东西、有多少东西，尚不知全，但是地面上的东西已经不少，苏州人随便在街上走走，就走到唐伯虎住的地方，就走到了范仲淹办学的地方，随便踩一踩，可能就是康熙皇帝踩过的鹅卵石，随便一抬头，就看到了乾隆皇帝题的匾，哈哈，真赞。

所以老王到苏州接盘古玩店，感觉捡了大漏，不是朋友给的大漏，是苏州大街小巷里都有大漏。于是暗自觉得朋友太过浮躁，转投房地产，呵呵。

老王住的老宅二楼，因为年代久了，中间虽然也大修过，但毕竟陈旧了，哪里哪里都不像新房子那样，地板是重新修整重新油漆过的，颜色挺好，也没有通常老宅地板的那种嘎吱嘎吱的声响，可是老王踩上去时，总觉得空空的，不太着地，不过还好，住了一段时间，也就适应了。

老宅子有蟑螂和老鼠，这也不难，现在灭蟑螂灭老鼠的办法多得是，都没经老王怎么对付，蟑螂老鼠都不见了踪迹，这些东西都是有灵性的，见了外地人，走路说话都和苏州人不一样，身上有股陌生气息，吃不透，不敢恋战,转移战场去了。

但偏偏有一只老老鼠,年纪大了,和老太一样,恋着旧家,不肯离去,夜里出来作老王。那时候老王家属还没有过来,一只老老鼠,也就随它去了。可是后来不久,老王家属迁来了,女人通常都恨老鼠,她就要跟老老鼠过不去了。

白天老王去店里上班,老王家属就在家里对付老老鼠,老王家属捉来一只猫,结果猫被老老鼠吓跑了。这也没什么稀奇,现在有什么东西不是和从前倒着来的呢。

老王家属去买了老鼠药和老鼠夹子,但是老老鼠经验丰富,它才不上当,它和老王家属斗法斗得来了劲。有时候白天也大摇大摆地出来,老王家属就去追它,追到窗角落那里,一脚踩空,一块板翘了起来,地板下面出现了一个大窟窿。

其实不是什么大窟窿,就是地板下有个暗道,望进去黑乎乎的,老王家属心里有些不妥,浑身没来由地打了冷战。好像那只老老鼠会变成一个妖精从暗道里出来,吓得赶紧给老王打电话,把老王叫了回来。

老王一回来,看到老宅里有个暗道,顿时又惊又喜,他先是用手机电筒朝暗道里照了照,看不清,又找来一个大号的电筒,这下看清楚了,老老鼠当然不会在那里等他们,却有一个包袱在里边,好像是用旧床单包的,包袱挺大,他估计自己一个人拖不出来,叫家属和他一起拖,他家属不敢。老王想到下楼去喊邻居老刘,可是刚刚下了两级楼梯,他又返回来了,他觉得这事情不要让更多的外人知道。

可是外人已经来了,住在一楼的老刘,听到楼上有声响,动静还挺大,就上楼来看看,老王想瞒也瞒不住了,就喊老刘来帮助,老刘一边过来,一边不以为然地说,能有什么东西,能有什么东西。

果然不是什么金银财宝,包袱里是一些旧书,还有几本笔记本,老王翻开来看看,是钢笔字,老王心里凉了小半截,又仔细看了看有没有署名,会不会是什么名人的手迹,但是笔记本上除了写的文章内容,没有任何人的名字。老王又再仔细看看文章当中有没有提到什么人,当然是有的,但是没有看到什么有名的人,都是些普通的名字,也不知道是真人,还是虚构出来的人。

老王心里又凉了小半截。

老刘说,我说的吧,没有花头的,你以为拣个大宝贝,呵呵,这房子,进进出出住了多少户人家,轮得到你?

老王有些失落,但他的心还没有凉透,后来他留心观察了一下周边的人,本宅院的和巷子附近的,他琢磨了一下,觉得可以去向老太打听。

老太这么老了,她一定见多识广。

可是他没想到,老太是个怪。

一个人老了,很老了,老了又老,却一直不死,这不是怪吗。

现在这个院子里,只有老太是原住民了,她从貌美如花的新娘子,渐渐成为阿姨,后来是大家叫她好婆,再后来就叫老太。因为很老了,邻居也都换了好多茬了,大家也不再关心她姓啥叫啥,只管叫老太。

她已经在这个宅子里住了许多年,到底有多少年,如果你问老太,老太就说,一百年。

大家知道老太是瞎说的。

或者有人瞎操心,问老太几岁了,老太说,一百岁。

老太又瞎说。

随她吧,反正她已经这么老了,说几岁都无所谓

或者还有人不识相,又要问了,说,老太,你姓啥?老太说,我姓王。就有人指出,老太瞎说。

老太说,你说瞎说就瞎说。

她还是瞎说。

邻居都是后来、再后来搬进来的,不认得老太,所以刚搬进来的时候,都会问一问老太,也算是人之常情。不过很快他们就闭嘴了,不再问老太的事情了。

老太都这么老了,还会有什么事情呢。

开始的时候,隔三差五,会有人拎一点营养品或者时令食物来望望老太,邻居就猜一猜,然后问老太,这是你儿子吗,这是你女儿吗,这是你孙子吗,等等。

老太说,你说是谁就是谁。

到后来,看望老太的人渐渐地少了,再到后来,越来越少。

老太有话不肯好好说,也不知道她是说不好,还是不想好好说,总之她的每一句,都能把人一下子顶到南墙上。

所以当老王抱着那些本子来问老太的时候,老太就说,我写的。

老王没有信以为真,因为他听得出老太方言中夹着不诚恳的意思,外加老刘还在一边窃笑。老王诚恳地对老太说:老太太,我想这个肯定是从前宅子的主人写的吧,我只是想问问,这个宅子,从前是谁住的。

老太说,我住的。

老王说,您住了多少年?

老太说,一百年。

老王觉得哪里不对,他不知道这个宅子有没有一百年了,他犹豫着又问,老太,那您、您多少岁了。

老太说,一百岁。

老刘又笑了,说,老太,花样经也不晓得翻翻新,老是这一套。

老王因为刚来不久,没有吃过老太这一套,还不知道老太的妖怪,他还蛮顶真的,仔细想了想,算了一下年头,才说,那就是说,您是出生在这个宅子里的?哦,就是房子造好的那一年,你们家搬进来,你出生了。

老刘说,你说书呢。

老太说,一百年。

老王终于领教了老太的一套,打消了从老太这里打探消息的想法,他把这些东西带到自己店里,打算空下来再研究研究。

老王店里有个伙计小金,学历史的大学生,看到老王带了旧书和笔记本堆在桌上,没事的时候就拿来随便翻翻,结果竟然读进去了,他觉得写得很好,差一点拍案叫绝了。

老王说,怎么,这些本子写得有这么好?

小金说,文章很独特,文风都比较随意,没有套路,好像想怎么写就怎么写,有点天马行空的意思。

老王虽然懂一点古玩,但对文章是外行,想不出天马行空的文章是什么意思,就问小金写的什么。

小金告诉老王,写的是从前一家人家有三姐妹,三个姐妹个个才貌出众,而且她们的婚姻也个个门当户对珠联璧合。

老王一激动,脱口说,不会是宋家吧,宋美龄什么的。当然他也知道不可能,自己就笑了起来,知道自己心里的贪念。

小金说,反正,总之,肯定是人物。

小金这样说了,老王心里又起了一点希望和盼头,正好前任店主老许来了,他现在搞房地产了,心里却还是惦记古玩这一块的,这天有空闲过来看看老王和从前属于他的店,老王赶紧把这些本子请他过目。

老许才翻看的时候,老王就性急地说,老许,这些文章很好的,天马行空的,肯定是什么大人物写的,至少也是名人。

老许稍微翻了翻就放开了,说,文章是不错,但是这不稀奇,这种东西,苏州城里打翻的,遍地都是。他见老王似有不服,又说,你想想,苏州城里这样的读书人多的是,写的文章一个比一个赞,要不然怎么会出那么多状元。

老王真是个沉不住气的人,一听老许这话,心里又凉下来。就这样反反复复,凉了热,热了凉。

老王后来渐渐地冷静下来,觉得从文章入手解决不了问题,还是得从宅子入手,虽然老太作怪,不肯好好说话,但好在来日方长,慢慢打听便是了。

可惜好景不长,老王家属不肯住这宅子了,闹着要搬家,她白天一个人在家,老是觉得有人在走地板,吓人倒怪,可是等老王下班回家,晚上却一点也听不到声音。真是出奇。

老王只好考虑换房了,他要出售刚刚买来不久的房卡房,找到一家连锁的中介公司,这个中介公司做了好多年,越做越大,声誉也很好,老王委托给他们,放心的。

接待和联系老王的是中介小张,小张对这一带的房子,烂熟于胸,听到景德巷,脑海里就呈现出这条巷子形状,那里有好些民国时期的建筑,仍旧属于公房。所以不等老王具体说明,他就估计老王卖的是房卡房。

小张先是详细跟老王介绍房卡房买卖的情况,然后他问一问老王,是景德巷几号。

老王说,17号。

小张听到17号,心里似乎有些恍惚,他还追问了一句,是17号吗?

这种多余的废话,不像是小张这样的中介大神问出来的,倒像是个菜鸟。但是小张确实就是重复问了一遍,以便确认这个17号。

老王以为小张不了解17号的情况,赶紧介绍说,里边有个老太,住了很多年了。

小张十分敏锐,立刻追问,什么老太?姓什么?

老王说,不知道姓什么,她一直就是住在17号的,好多年了,她自己说是一百年。

小张愣了愣,说,一百年?她看起来很老了吗?

老王说,老、老、真的很老。

小张说,那她是姓沈吗?

老王从小张的口气中听出点异样,是压抑着的紧张,是期盼中的兴奋,他也跟着紧张和兴奋起来,赶紧问小张,如果是姓沈,怎么样呢?

小张说,如果姓沈,这个17号,就是沈家的啦。

老王心里"别别"一跳,沈家是谁家?

小张说,沈家是谁家,嘻嘻,沈家就是沈家,哦,你不是苏州人,苏州沈家你不晓得的,沈家有三个女儿,厉害的。

老王心里又是"别别"乱跳一阵,说,三个女儿,都会写文章的吧,都是才貌出众的吧,她们的婚姻,也都是珠联璧合的吧？那，那后来她们呢？

小张说，都是很从前的事，我也不太清楚，据说有一本书，叫《沈家旧事》，就是写他们家三个女儿的，说后来全家迁去了上海——小张见老王把兴趣放在人的身上，觉得他有点走歪，赶紧扭过来说，我的意思，如果17号是沈宅，那你这个房价就那个什么了，呵呵。

这其实是老王能够预料到的，可惜的是那个老太太古怪，总是七扯八扯，不正经讲话，无法知道她到底姓不姓沈。

小张不觉为怪，说，老太大概不想让人家晓得呗，沈家，向来是低调的。

后来他们就一起到了老王的家，小张拍了照片和视频，准备挂到网上，这是卖房的规定动作，必要的程序。

从二楼下来的时候，他们在一楼的小天井里碰到了老太，老王对小张说，喏，我说的就是她，老太。一边跟小张介绍，一边就抢上前去问老太，老太，你是姓沈吧，沈老太？

老太说，你说姓啥就姓啥。

老王有点不乐，不过他还是忍耐的，跟一个古怪的老太，生什么气啥，所以他好声好气地说，老太，人总是有姓的，你说对不对？

老太说，赵钱孙李，周吴郑什么——

老王终于不够耐心了，他打断老太，也有点不讲礼貌了，你不要扯那么远，你有那么多姓吗？

老太说,你说有就有。

虽然老王有点沮丧,小张却一点也不,他对老王说,没事,今天我们先不议价,你只管继续打听老太,我也做点功课。

小张回去,先是想办法找到了那本书《沈家旧事》,这本书虽然不是什么畅销书,但也有几个版本,小张搞到的是一个旧版本,心想这种东西,旧的比新的可靠,就兴致勃勃地读了起来。

旧事写的是沈家三个女儿的事情,关于她们的父亲沈白生从安徽迁到苏州,购买了景德巷一幢民国建筑,只有一笔带过,没有写是景德巷几号。

其实不写几号也没事,沈家三女的故事,老苏州几乎没有人不知道,大家都津津乐道,好像自己和沈家沾亲带故的。这是苏州人的特点。为家乡骄傲,为家乡人自豪。而不像有些地方的人,家乡的人,家乡的好,都成为他们嫉妒恨的对象。

只不过那是从前的故事。从前的人知道,现在的人就不一定知道了,比如小张,也是因为他做房屋中介,和这个老城区地段有关,才会知晓一点点,否则的话,以他的年纪,以他的来路,以他的知识结构,他也不会知道沈家旧事的。

所以现在他捧着《沈家旧事》读来读去,想从字里行间探究出沈宅到底是景德巷几号,那个老王来委托的17号,到底是不是沈宅。

结果是无果。

大概从前的人，对于几号几号十分地不在意吧。

或者，那时候，景德巷里就只有他们这一户人家？

小张联络了一个朋友小周，小周是搞婚纱摄影的，现在有很多年轻人喜欢到老街上去拍结婚照。旧物成为新时尚，算是历史的循环反复吧。

所以小张想问问小周了不了解景德巷这条老街巷，进而再问问17号的事情。可是小周说，呀，景德巷我还真不清楚，我们的点没有拓展到那儿。小张说，那你还号称老街路路通呢。小周说，呀，我关注的多是知名老街。

小张听小周这样一说，心里有些凉，但他不会这么快就死心的，又跟小周说，以你的口气，好像你没关注到的，都是不知名的啦。

小周蛮谦虚，说，那倒不一定，苏州的老街小巷实在太多，知名的也很多，我哪可能都关注得到。他停顿了一下，又说，我电视台有个朋友小李，一直在做苏州老宅旧宅的记录，你可以去问问他。

小周推了小李的微信给小张，小张就和电视台小李联系上了。

小张本来是想通过小李了解一下景德巷17号的前世今生，看看在小李的寻访中有没有接触到这个宅子。不料小李一听小张说出"景德巷17号、沈宅"这几个字，二话没说，带了同事，扛了机器就来了。

小李到景德巷来，并没有告诉小张，这跟小张没关系。但是小李手贱，喜欢晒朋友圈，啥事都要冒个泡。他在去往景德巷的路上，就已经发出来了，无非就是显摆自己在寻访名人故居。

小张在朋友圈里看到了，赶紧跟小李私聊，有一点责问的口气。小李回复说，咦，我是拍电视的，你是卖房的，两不相干，难道以后我的工作都要经过你批准？

小张没有回复他，直接就追到景德巷来了。

小张在来的路上，通知了他的同事，让同事把景德巷17号的资料准备好，写上沈宅的内容，等他信息一到，就挂上网。

小李来的时候，老王在店里做生意，老王家属在家，她从二楼探头，看到有人扛着摄像机来了，不知是什么事，有点紧张起来，一边下楼，一边打电话给老王让他赶紧回来。

后来她看到小张来了，认出他是那个中介，才定了点心，说，怎么，上次手机拍的视频不行吗？

小李没有搭理老王家属，他的注意力都集中在老太那儿，因为他一直在做老东西，所以虽然年纪轻轻，却是看到老人家就兴奋，他举着话筒上前就问，老太，您是姓沈吧？

老太说，你说姓沈就姓沈。

小李又说，老太您是沈家的几女儿呢？

老太说，你说几女就几女。

小张已经看出小李的马虎和牵强,心想到关键时刻还是得我上,小张可是做足了功课的,他说,沈家的小女儿是1914年出生的,活着的话,有一百零五岁了,你看老太像吗。

老太也说,你看老太像吗?

小李可不会在一个中介面前服输,他今天虽然来得急,没有做功课,可是他的功课做在平时,肚子里还是有货色的,他说,沈家除了三个女儿,还有好几个儿子,他们家最小的儿子,比三女儿小十五岁,沈家最小的儿媳妇,姓黄,叫黄淑君。

小张心想,这个年纪倒还对得上,于是赶紧问老太,老太,你是姓黄吧?

老太说,你说姓黄就姓黄。

邻居老刘说,哟,原来不是女儿,难怪她屋里挂的年轻时的照片,丑死了,一点气质也没有,原来不是沈家的女儿。

这时候老王回来了,他听到了他们的推理和判断,心里已然明白,赶紧上前跟老太说,老太原来你真的不姓沈,不过你到底还是沈家的人哎。

老王到底是做旧这行的,嗅觉灵敏,他的脑海里,已经呈现出一幅蓝图了,将沈宅重新整合打造,名人故居,如今可是香饽饽哦。

想到这儿,老王毫不犹豫地和小张摊牌说,合同不签了,房子不卖了。

小张心想,明明是我的敏锐和执着,让一个普通的旧宅,成了名人故居,老王却过河拆桥,不地道,所以小张也不客气,说:可是我们已经挂到网上了,如果有人来询问,我们是要守信用、要如实介绍的。

老王说,咦,你不是说暂时不定价,不定价怎么上网呀?

小张说,所以我们写的是价格面议。

但小张还是有经验的,行事也比较稳妥,尽量不要刺激老王,所以他又把话说回来,当然,房卡是你的,就算挂出去了,你还是可以自己做主的。这样让老王的情绪先稳定下来。

当天的晚间新闻,播出了小李做的节目,介绍了寻找沈宅的故事,又再一次讲述了沈家三姐妹的经典往事,观众百看不厌,十分受欢迎。

电视播出,立刻有了反响,虽然沈宅的归属还没有最后确定,但是性急的人已经赶来看沈宅了,有一位老先生,老眼色迷迷的,说自己是沈氏三姐妹的忠粉。他们就让他去看老太,老先生凑过去看了,说,哎哟哟,到底给我寻着了,我一世人生,就是想看一眼三姐妹的样子,到底给我看着了。

老刘跟他打鬆,说,三个你最欢喜哪一个?

老先生说,三个都好的,三个我都喜欢的。

邻居骂了几声老十三,他也没有听见,心满意足地走了。

小周动作也很快,他迅速开辟了新的婚纱拍摄点,还不惜成本,把老宅的外表整理装扮了一番,不仅许多新婚夫妇纷纷前来拍照留念,沾一点沈家姐妹的才气和福气。还吸引了不少文青,到这里来东张西望,说三道四。

小李受到自己的鼓舞,一鼓作气,又连续寻找和拍摄了好几座被时光淹没的名人故居,工作成绩显著,每天都收到许多观众的来信来电,告知哪里哪里有名人故居。

有关部门也来关心了,做了认真的调查核实,史料也都查到了,沈家的小儿子叫沈祖荃,其实也很了不起,只是因为三个姐姐名气太大,他被遮蔽了。

沈祖荃做过苏州平益女师的校长,这所学校曾经走出许多优秀的女性。

不多久后,在17号的门口就竖起了名人故居的牌子,牌子上详细介绍了沈氏家族的情况,最后写道,现在还居住在17号的黄淑君老人,是沈祖荃校长的夫人。

老王一直在做老太、老刘,和一楼另外两家邻居的工作,想让他们把这个院子里的房卡房都转让给他。不过有一点老王很清楚,即便说服了他们,这种私下里转让房卡的事情,麻烦甚多,还是要由中介出面,因为他们专业。专业才能搞定。

所以现在老王和小张是齐心协力的。

原来在这个地段工作的一个老警察,退休好多年了,也不再到从前的辖区转悠了。有一天看电视,看到电视在播景德巷,那是他曾经工作过的地方,十分留恋和怀念,就继续看下去,才发现介绍的是17号,老太叫黄淑君。

老警察就奇怪了,说,咦,老太明明姓胡嘛。

老警察的小辈向来嫌他多事,十分不屑地说,姓胡还是姓啥,管你啥事呢?

老警察答非所问、固执地说,老太也不是个东西,就任凭他们胡说?又自己和自己来气地说,那个地段的居民,就没有我不知道的。

隔一天,老警察看天气好,就去了他工作过的那个地段。虽然有时间没来了,但仍然感觉到亲切,甚至比从前更亲切了。有些居民,他依稀还记得他们,他想和他们打打招呼,可惜他们都不记得他了。

老警察到了17号,看到老太,老警察说,胡老太,你明明姓胡嘛。

老太说,你说姓胡就姓胡。

老警察立在门口看牌子上的内容,越看越糊涂,挠着头皮说,沈祖荃是谁?

老太说,你说是谁就是谁。

老警察说,那上面说是你的男人——可是你男人我记得的,我查过你们的户口,他明明叫沈维新,咦咦,不对呀,他不是祖字辈,是维字辈,比祖字辈小一辈——老警察说着说着,渐渐清醒过来了,一清醒过来,他就忍不住笑了起来,他越笑越过分,笑得控制不住了。

老刘和一楼的几个邻居也跟着他笑。

老王家属在二楼听到楼下的声音,她探头朝下面看看,也不知道他们笑的什么。

老太不笑,她只是麻木不仁地看着他们笑。她不觉得有什么好笑的。

老警察笑得捂住了肚子,哎哟哎哟地说,哎哟,我知道了,哎哟,胡老太,笑死人了,这牌子上写的,你嫁给了你男人家的叔叔呗,哦哈哈哈哈——

老太说,你说叔叔就叔叔。

老警察继续笑说,不是我说的,是牌子上说的,哦,对了,我只记得你姓胡,叫个胡什么来着。

老太说,你说叫什么就叫什么。

旁边老刘插嘴说,我知道,她叫胡梨婧。

狐狸精?在二楼探头的老王家属一脱口也笑出了声。

院子里的说话声和笑声,惊动了路过这里的一个社区干部。她是后来才来这个地段工作的,不认得老警察,但她认得这院子里的居民,她已经在门口站了一会,见大家一直在纠缠老太,她就走进来了,说,你们又在逗老太玩?她有点打抱不平的意思,对老刘说,老刘,老太早就得老年痴呆了,别人不知道,你还不知道,你也跟着瞎起哄。

老刘说,孙主任,你冤枉我了,我没有逗她,是他们这些人，老是要问她姓什么，多少岁，到底是谁，怎么怎么，烦不烦呀，这么老了，姓什么有意思吗？

老王家属忍不住在二楼上插话说，怎么没有意思，意思大了！

社区干部没有听懂老王家属的意思，也没有怎么在意，倒是老警察看到社区干部，特别高兴，上前攀亲说，小同志，你是景德社区的吧，我从前是这边派出所的，只不过啊，你这么年轻，我退休的时候，你恐怕还没有生出来呢吧。

社区干部说，哦哟，前辈前辈，有眼不识泰山。

老警察说，我记得老太是姓胡，没记错吧？

社区干部说，前辈是不是年纪大了，记性不行了？老太不姓胡，而且，你说她丈夫叫沈维新，也不对呀，老太没有结过婚，她一直是一个人——

老王家属着急了。她本来是急着要搬出去的，因为听说了名人老宅，她不想搬了。奇怪的是，她不再说听见有人走地板了，也许是仍然听见，只是她不说而已。

她一直在观察他们这些人，他们一直在翻来倒去，轻轻飘飘，随随便便，到现在连老太到底姓什么都说不准，而且他们中间好像也根本没有谁想要把事情说准了，都只是没心没肺地说说笑笑而已，这怎么能够确定老太到底是什么人呢。所以老王家属就在楼上勾着头往下说，你们怎么乱来的，老太姓什么，是随便说说的吗？

老太说，随便的。

大家哄笑起来。

老刘对社区干部说，你看哦，不是我们逗她，是她在逗我们哦。

老警察有些不服，说，老太不姓胡？难道我真的记错了，那她到底姓什么呢？

社区干部说，好像是姓沈吧。

老太也说，好像是姓沈吧。

老刘说，咦，怎么又转回来了？不对不对，沈家的女儿，个个都嫁了好人家，可是你刚才又说她没结过婚，是一个孤老。

稍稍一想，又说，还是不对呀，如果她姓沈，你们竖的那个牌子上写的什么呢，岂不是姐姐嫁给了弟弟？

什么什么什么。

老王家属听出了问题，急了，赶紧给老王打电话，结果老王电话是暂时无法接通。

此时此刻，老王正和一些人一起往南边的大山里去，因为有风声传来，说在山里发现了整套的明代黄花梨家具，到了那儿一看，整套的家具已经出土，老王瞄了一眼就转身了，有人跟着他问，是不是看出什么问题了？老王说，不是看出什么问题，是没有什么问题，它的腐化处理真的很棒，十分逼真，可惜是逼真，不是真。

人家问老王怎么瞄一下就知道是埋地雷，为什么他们不能一眼看穿，老王说，你看过多少件真海黄，有五百件吗？等你看过五百件以上的真海黄，你就知道了。

他们都崇拜地看着老王，感觉老王有一肚子的真海黄。其实老王也没有看到过多少件真海黄，他甚至都不能保证，他以前看到过的几件真海黄到底是不是真的。

所以老王与其说是来看真海黄的，还不如说是来看假海黄的，真的看不到，就多看些假的，也是一种学习。

他们一路返回，虽然没有如愿以偿地买到真海黄，但至少没有上当受骗，所以兴致还是很高的，他们一起探讨了现在收藏界的许多是是非非。老王很有经验地说，任何物件，无论大小，都能造假，不像宅子那样的东西，做不了假，它一直就真真实实地站在那里，如果有人推倒了重建，是不可能瞒天过海的，对吧？

这时候同行里有个人说，宅子也不一定哦，我有个朋友老许，从前也是同行，后来去做房地产，他说他有个朋友姓王，跟老王你同姓哦，住了个民国老宅，就非说是沈氏旧宅，想拿下来打造，不知后来有没有做成，要是真拿了，那也许真就呵呵了。

这时候老王的手机响了，一看是家属打来的，但是山里信号不好，只听到家属喂喂喂，家属那边也只听得见老王喂喂喂，其他什么也听不见。

平江后街考

我又双叒叕写了一部长篇小说。

这些年来我一直在写小说,短篇,中篇,长篇,轮番地倒腾,厌烦得很。但是厌烦归厌烦,还一直在写着,为什么呢。

你说为什么呢。

这部新长篇叫《平江后街考》。快要大功告成了。满心欢喜。

这个小说的名字,看起来不像一部小说是吧?何况你们知道,有关苏州地域文化的考古书籍十分的多呀,多到只有你想不到的,没有它出不来的。《宋平江城防考》《吴门表隐》《百城烟水》《清嘉录》《吴地记》《吴越春秋》《吴郡图经续记》《太湖备考》《吴趋坊古录》《过云楼书画记》《吴歌吴语小史》等等,就连苏州的一条街,都有一本古书与它相配,比如山塘街,就有一本《桐桥倚棹录》,比如一条平江路,就编出一本《平江路志》。

我手边就有这许多,不止这许多,还有好多,很多,更多。

我的小说名字和它们长得很像,要说没受影响,那是骗人的。所以我得事先提醒一下,不要受标题党的蛊惑,误以为,《平江后街考》就是一部以小说的形式来考证某些事情的作品。

考,不一定就是考证,还有考试,考虑,考察,考验,考究,考场,考问,考勤,考什么什么什么——我已经习惯了形式上的探索。好像不在形式上玩点花招,写小说就没有什么意思。这可能是老年中二病哦(过分,幼稚)。

现在,这一次的艰难探索,又将开出一朵奇葩了。真是欢欣鼓舞。

可是,可是可是,世间之事,皆为无常,后来就出事了,乐极生悲了——我的即将完成的小说丢失了。确切地说,不是全部丢失。是丢失了最后的一个部分,第九章。

这第九章叫作"后街的后来"。

难道是因为这个章节的名字,暗含了什么,动摇或者引诱了这个章节,让它逃遁得无影无踪了。

无论后街前街,无论大街小街,无论东街西街,无论什么什么,到后来都是"白茫茫大地真干净",不是吗。

既然到后来都一样,所以它不想等到后来了,它提前逃走了?

闻所未闻。

它是从电脑里逃走的。

但又不是通常我们都会碰到的电脑故障或粗心大

意那些原因,现在的电脑已经进步到即便临时断电或者别的什么突然故障没来得及存盘,它也会自动留下痕迹,这简直如同救人性命。早些年我们刚开始使用电脑写作的时候,可是吃过无数的亏,我相信我的同行们都有差不多的经历和一辈子也去不掉的心理阴影,夜以继日、呕心沥血地书写,一瞬间就没了。

说不得,说不得,一说都是伤心泪。

最早的那个电脑叫PC机,没有硬盘,那时候我在五英寸盘上写完了一个中篇小说,第二个中篇小说也已经进行得如火如荼,那时候电脑就出问题了,我请行家来修理,结果五英寸盘里的几万字,瞬间就被吃掉了,简直是灭顶之灾啊。

顿足捶胸也没用,椎心泣血也无济于事,唯一的办法就是赶紧凭着记忆,把还记得的内容再写出来,是呀是呀,现在我得赶紧的,把我的《平江后街考》第九章"后街的后来"从大脑里复制出来。

记得多少算多少,想起什么算什么,虽说逃走的鱼总是大的,但是能在大鱼逃走之后,抓到小一点的鱼,也算是一点安慰呀。

结果却是再一次的闻所未闻。

我的大脑空空如也。里边没有第九章,完全没有,什么也没有,没有故事,没有人物,没有语言,一切的一切都没有。

"后街的后来"根本就没有存在过。

我慌了。

它不仅从电脑里逃走了,也从我的大脑中,甚至从我的生命中逃走了。

我一口气地、昼夜不息地、神魂颠倒地把《平江后街考》的前八章读了又读,读了再读,但是我仍然想不起来第九章写的什么。

好在我还有笔记本。

我有好多的笔记本。从刚开始写作,甚至写作还没有开始的时候,我就开始记笔记。

我对笔记本没有要求,所以我的笔记本是极不规范的,各式各样,有16开本的,有24、32、48等等开本的,也有各种大小卡片,有手撕小本纸,有A4复印纸,也有随手记在信封信纸上的,还有许多会议室和宾馆酒店提供的会议记录用纸之类,后来有了电脑和手机,更加方便,我记笔记的习惯就更随意也更混乱了。

就说手机吧,在一只手机可能记事的所有角落,都有我随手记下的东西,在"备忘录"里,在"文件传输助手"里,在"收藏"里,在自己的"微信"里,在"图库"里,在"录音机"里,总之,爱记哪就记哪,简直无法无天。

当然,比起我的笔记内容,我的笔记本之乱真是算不了什么,我的笔记的内容,堪比鬼画符。

它们简直就是一堆游走的灵魂。

比如在我的某一年的笔记本上,有这样一则记录:

"先拿一根电线杆当听众,又嫌人少,跑到小树林,

对着树点人头,拔签,发签,抱个枕头当琵琶开唱"——这个肯定是疯了

另一则:"借尸体,火葬场,要解剖,不同意,几包烟,装出去,医学院,一胃血,送回去,后半夜,不开门,跳进去,找钥匙,停尸房,怕。"

当然,我自己还大致知道是个啥意思,却想不起来为啥要写成三字经。

莫名其妙。

吓人倒怪。

当然,笔记乱归乱,但是在我的心里,还是有据可依的,所以我很快就找到了记录有《平江后街考》内容的笔记,不幸中之万幸,里边果然有关于最后一章"后街的后来"的构思记录,是这样写的:"后街的后来"这个故事,本身已经具备了一部小说的几乎全部要素,它其实就是小说本身了——也可以换个说法。"后街的后来"其实就是《平江后街考》整个小说的起因、动力、灵魂。

也就是说,如果不是先有了第九章"后街的后来"这个故事,就不会有这部《平江后街考》。

看到这段话之后,我更着急心慌了,前后翻找,前面或后面一定会有完整或不完整的"后街的后来"故事记录。

可是没有。

空白。

一个灵魂丢失了,我不把它找回来,《平江后街考》,

不仅不完整,它就是一部没有灵魂的小说。

小说的灵魂丢了,我的灵魂也丢了,我丧魂落魄,逢人就诉说我的遭遇,大家听归听,根本不往心里去,那是当然。如果反过来,他们遇到了什么问题,来找我诉说,难道我就会往心里去吗?

你以为呢。

当然听我诉说的人,也有不同的情况,有人纯粹是不好意思拒绝听我的诉说,就硬着头皮听了,也有的是听了个开头,就不想听,但又不好强行打断我,就算给我一点面子,听罢,反正闲着也是闲着。

这都还算正常,可以理解,也有人挺替我可惜惋惜,皱着眉,咂着嘴,但他的眼神却逃避不了我尖锐的注视,他眼睛里分明藏着幸灾乐祸,他的眼睛在说,活该,让你拼命写。报应!

其实这个也还不错,至少他是听进去了我碰到的事情。

有一个人说,噢,那你可以去起诉他们呀。

我蒙了一下,我说,我起诉谁?

他也蒙了,想了想说,咦,你不是说有人、有人那个什么,剽窃了你的文章——哦,不对,是偷取了你的灵魂,你告他呀。

还有一个更逗,说,我有个建议,你去农家乐玩玩吧——他什么意思?是感觉我太紧张了,压力太大?

更有几个人一致认为,说我可能根本就没有写过第九章,却以为自己写了。

那就是我的记忆出问题了?

当然,记忆本来并不可靠,它甚至可能是个最大的骗子,人的一生中不知道要被记忆耍骗多少回,但是它把我呕心沥血写出来的东西骗走,那是有多残酷。

我差不多彻底失望了,算了吧,没有这一章,小说也能成立,但是我执拗的习惯,是不允许我丢失第九章的,我必须找到它。

这个丢失了的故事,在我寻找它的时候,也许它暂时地挪移到了另一个空间,不知道平行的那一个空间是不是适合它。

我坚信它会回来的,但是我不能坐等,我要去找它。

但是我已经束手无策了。我找遍了所有的笔记,一些破碎的纸片、卡片,只要是曾经用来记录想法的那种小小的手撕本,都找过了,没有。

我又翻遍了我的电脑的每一个角落,甚至连云里雾里都去找过了,没有。

最后我气恼地将它们统统抛开,我把它们统统藏起来,远离我的无力的视线和倒霉的心情。

现在我的眼前,只有手机了。

手机?它不会躲在手机里吧。

这似乎是不可能的,我再怎么骚包,再怎么迫不及待,也不至于拿个手机来写作吧。

但是除了手机,我还能到哪里去找呢?

我万念俱灰,无聊而随意地翻看手机,眼花缭乱,头晕目眩,我终于要放弃了,可是就在放弃之前的那一瞬间,有如神助呀,我的眼角,瞄到了一个名字:陈西。

前面我已经扫过了无数个名字,在我的微信通讯录里,有几千个名字,我的目的,无非是想从名字中搜索和关联出和"后街的后来"有关的内容,

但是说实在话,那么多的名字,别说和"后街的后来"联系不上,我连它们本身,都已经忘记了。

谁是"了不起"?

谁是"阴沟里的天使"?

谁是"宝宝的宝宝"?

谁是"吃狗屎长大的"?

各种的微信名,简直是五彩缤纷,五光十色,让人眼花缭乱,心乱如麻,谁知道谁是谁。

即便用的是原名、真名,也不一定都知道呀,"张桂林"就有三个,"刘加明"也有两个,"李伟",有五个,这怎么办呢。

总有办法的,比如加个地名吧,"某某地方的李伟",这总不会再搞了吧——且慢,照样叫你摸不着头脑。

那就加了前言再加后语,前后都将他绑住,这总逃不掉了吧。

你以为呢。

比如有一个人在我的微信里叫"福平蒋维部长",我早就不记得他是谁了,但是还可以推想,推想起来,当初

加微信时,肯定是想要记住这个人的,只是不太熟悉,第一次见面,又没有什么特别之处让人一见如故或过目不忘,所以就得用点心,防止忘记,就加了前言"福平"和后语"部长"将"蒋维"固定了。

既然现在"蒋维"我记不得了,那就看看"福平"吧,找到了"福平",就可以联系上蒋维嘛。可是"福平"我也不记得了,我甚至不知道"福平"是一个地名,还是一个人名。

如果是地名,那再推想一下,应该我是去过的,就在那个地方,和这个"蒋维"加上了微信。可惜的是,我也同样不记得哪个地方名叫"福平"。不过这也不难,我搜一搜吧。

不搜则已,一搜就搜出好多个"福平"。

福平粮油批发站,福平药房,福平龙虾,福平金店,福平窗帘……这些都是可以毫不犹豫地排除掉的,即便我们加微信的地点是在"福平"龙虾店,我想我也不至于用龙虾给一个新朋友冠名吧。

还有一条"福平铁路",那是"中国福建省福州市境内一条连接晋安区与平潭县的国铁Ⅰ级电气化铁路",这个也离我也太远了,想必与我无关,与我的微信新老朋友无关。

我心里以为,会有一个"福平"县之类,但是看来看去没有"福平"县,倒是有一个"富平"县,会不会是我当初写错了呢——这也同样绝无可能,因为这个"富平"

县,地处陕西省中部渭南市的那个地方,和我也是八竿子打不着的。

再往下看,有一个村子叫"福平"村的,更离谱更遥远了,在广西贵港市平南县安怀镇。

关于"福平"是不是一个地名这个推想和猜测,已经走到尽头、前面无路可走了。

那么再换一条路试试,再试着推想一下,"福平"如果不是一个地名,那么他应该就是一个人啰。这当然有可能,因为这也是我拿手的办法之一,要想记得陌生的张三,就把他和中间人李四连在一起,简单地说,就是在新朋友的名字前面加一个老朋友的名字,意思就是,这个新朋友是由那个老朋友介绍而加了微信的。

比如我认得一个叫金总的人,和金总交往的时候,有时候会结识金总的一些朋友,对于我来说,他们是我新认识的人,记不太住,如果加微信,我会写上金总常总,金总朱总等等之类,这样即便今后不再一来二往,但只要一直和金总有联系,那几个"总"被忘记的概率也会小很多吧。

但这也只是我的一厢情愿而已,事实证明,即便是如此细致如此精到,也仍然无法保证什么,过不了多久我就把他们给忘了。

所以,这个"福平",他虽然可能是一个人名,但是我同样不记得他,不认得他,这个名字,是个陌生的名字。那我怎么会以他来作为标志和标签,从而判断和记住另一个人呢？皮之不存毛将焉附。

我想我曾经一定是认得他的，甚至可能和他很熟悉，但是现在不是曾经了。

"前言"已经没有指望了，那再看看后语，说说"部长"。

这个"蒋部长"他是个什么部的部长呢，宣传部，组织部，统战部，人事部，后勤部，联络部，营销部，策划部，海外部……

我不能再为"福平蒋维部长"这个人物多说废话了，毕竟在《平江后街考》这个小说里，他连次要人物也算不上，他只是个举例说明的"例"。

在我和每一个人的微信通讯录里，都躺平安睡着许多我们所不认得不记得的"熟人"，让他们睡去吧，爱睡多久睡多久。

可是为什么偏偏这个"陈西"会触动了我呢。

陈西是我的小学同学。

不过我早就忘记她了。

几十年以后的一个饭局上，我们意外地相遇了。其实用"意外"这个词也许并不妥当，因为我并没有记起她来。

那天陈西跟我说了许多小时候的事情，有些我依稀想了起来，也有一些始终模模糊糊，如果不是她报出了我一直记得并始终保持联系的小曹和小金的名字，我几乎怀疑她认错人了。

最后陈西还告诉我，她不仅和我小学同学，还是我的邻居,紧隔壁,因为是板壁墙,隔壁人家的声音都是清清楚楚的,两家就近得跟一家差不多。

那天我们加了微信,重新续上了前缘。

她的微信不是原名,有另一个名字,我现在已经忘了,我只记得我当场就给她改回了原名"陈西"。

对一个人,原名你都不记得了,你还想记住她的微信名,想多了。

事后我察看她的朋友圈内容,想从中找出一点小学同学加邻居的印象,却没有找到,近三个月里,她只发了两次朋友圈,一次是晒自己做的美食,还有一次是旅游图,看不出什么个性。

本来我还想问一问小曹和小金,我们小学同学中有没有"陈西"这个人,但是后来发现陈西说得有鼻子有眼,我也就打消了质疑她身份的念头。

我们加了微信后不久,有一次陈西和我语音通话,说,你是冯荃吗?我说是呀。她说,哦对,那没有搞错。

我也不知道她是什么意思,也没放在心上,现在加微信的人多,加几千个人的微信,搞错几个人,也是正常的,可能陈西的微信出了什么差错,所以来确认一下。

后来我还留意,除了我和陈西直接加了微信,我们还同时出现在三个群里,一个群名叫"小伙伴",一个叫"当年平江",一个叫"不老",三个不同的群,大致都和"从前"和"后来"有关。

现在我把陈西的事情交代得差不多了,但是我仍然不明白,为什么我在寻找"后街的后来"时,目光和思想停留在"陈西"这里了。

不耻下问,我发微信询问陈西,但是思来想去却不知道该怎么问她才能让她明白我的意思,最后干脆就直接写道:你对"平江后街"和"后街的后来"这几个字有什么想法吗?

陈西没有回复我,我一等再等,也没有任何音讯,我也不怕打扰她了,直接语音通话,也没有人接听,我是个急性子,想到我们还在三个群里有交集,赶紧先进了其中一个群,到群里去找她,我先艾特了所有人,给大家送了三朵花,看看动静,结果等了半天也没有动静,也没有人接受我的花。我只好再艾特"陈西",仍然未见动静,又过了好半天,有个"蒋康"艾特我了,说,我加你微信。

有希望,他这是要和我私聊,也许聊的就是陈西的精彩故事。

加微信时,发现他不叫"蒋康",叫"大王",因为有前车之鉴,我有点不敢相信微信背后的这个"大王"就是我的发小蒋康。我特意问了又问,确认"大王"就是蒋康本人,一聊,发现我们住得很近,他说要来我家面谈,我觉得多此一举。虽然我急着发现陈西,但我又不希望别人上门来打扰,想着法子推三阻四,结果只是微信来来回回几次的工夫,蒋康已经来敲我家的门了。

还好,我认得他,他确实是蒋康,我问他认不认得陈西,他说认得,我让他说说陈西的情况,他说陈西和我们差不多，就这样的人生。我问他最近有没有见过陈西，他就说，我跟你都几年没见啦，好像有了微信，人跟人就不用见面了似的。我问陈西在哪里工作，他说这个年龄都退休了吧，我差不多已经无话可问，忽然又想到一问，是谁把陈西拉进这个群的，他说，我自己都不知道是谁把我拉进这个群的。最后我终于知道他根本不知道陈西，我直接戳穿他说，你不认得陈西是吧？

他笑了起来，说，不瞒你说，我确实不认得陈西，以上那些，是我随便说说的。

我有点郁闷，但也不好发作，我保持理智，耐心地问他，既然你都不知道陈西，为什么要加我微信，还要跟我谈陈西？

他说，其实吧，我是想找你帮我个忙，但是一直想不到用什么借口联系你，正好你在群里艾特，给了我机会哈哈。

他拿出厚厚的一沓稿纸，上面写满了字，目测足有三四十万字，我的脑袋"轰"的一下，果然就听到他说，你知道的，我从前也喜欢写作的，只是后来没有像你一样坚持下去。现在有时间了，我又开始写了，这是一个长篇，第一卷，你帮我推荐出版吧，版税稿费什么的我随便，等书出来，你再帮我写个评论文章吹一吹。

我接过他的巨著，翻开看了一眼，我难道希望陈西会在这里边吗？当然不可能。

后来我很快撤掉了"大王"蒋康，另外物色了一个靠谱一点的,老蔡。可是才聊了几句,就发现老蔡像是变了个人,我差一点提出跟他视频看看脸,可还是忍住了。从前的老蔡随和而又认真,是那种"待人有分寸,心里有底线"的高情商,可现在我找到的这个老蔡,竟然成了一个傲骄的老男人,和我大谈一通人生哲学,我都插不上一句嘴,怎么也绕不到陈西的话题上去,最后他问我,天下之大,其实只有两件事,你知道是哪两件吗?我说我不知道,他"嗯哼"一声说,一、关我屁事;二、管你屁事。

真有哲理。然后老蔡说,老冯,我知道你有路子的,你帮我把我女儿调个单位吧,现在那个狗屁单位,怎么怎么怎么,什么什么什么。

我气得差一点喷他,不是关我屁事吗。但我毕竟是个文明人,我忍住了,他急切地说,我等你的消息哦,我"嗯"了一声,我在心里对他说,等屁吧。

群友如此遥不可及和不可理喻,我不能把希望寄托在"他们"身上,唯一的直接的办法就是再次联系比较近且真实而且是直接的当事人陈西。这一回我幸运了,陈西的回复很快就来了,她先是道了歉,然后说明她现在人在外地,很忙,微信常常不能及时回复。

我本来想约她见面谈的,可她在外地,我只能跟她视频了,一视频上,我一看,傻眼了,这不是小曹吗。

我说,咦咦,怎么是你?

小曹说,你还咦,我才咦呢,不是你找我的吗?

一直到这时候,我才发现,原来是我操作失误,当时错把小曹的微信名改成了陈西。

小曹那边好像真的忙,人声嘈杂,还有人在不停地喊她,我无法在这样的环境里跟她仔细探讨陈西的事情和"后街的后来",就匆匆拜拜了。

手机里的"陈西"原来是小曹,那么真正的陈西在哪里呢,她又叫什么名字呢?

晕。我怎么可能从几千个名字中判断出她来。

"不是我"

"是你错"

"无事生非"

"有情有意"

"异想天开"

"老不死"

"小东西"

"活久见"

……

天哪,陈西淹没在那个大海里,我怎么捞她?

再换个方向,赶紧上岸来,努力回忆和陈西加微信的那个饭局,只要把那个饭局回忆起来,陈西是不是就会出来了。

只可惜饭局太多,也太乱,我实在记不清了,我努力地想了又想,脑子里涌现出好多乱七八糟的饭局。

人在江湖,身不由己,难免会有各种意想不到的事情要面对,也经常会有莫名其妙的饭要吃,有一回,我坐下后才发现一桌上十几个人除了邀请我参加的主人,其他人都是陌生人,我差点怀疑走错了包间。

因为无聊,我一边嘴不应心地跟他们瞎说话,一边开始暗中观察研究他们:这里有两个东北人,两个广西人,两个安徽人,四个本地人,一个北京人,一个上海人。其中,三个是经商的,经的是什么商,主人倒是介绍过,但是没有听明白;一个画家,好像说是专画动物的;一个中医,自己开了个小诊所当所长,有秘方什么的,还擅长推拿;一个退休干部,在职时是管水务的;一个年轻人正在做一个以石头为主题的动画片,还有一个人始终面目不清,怎么打探也不知道他是干什么的,只是隐约感觉蛮有实力的。这一桌人的年龄阶梯也比较有意思,从二十五到七十五,代代有人,层次分明。

……

既不是同事同行,也不全是老乡;既不是同学聚会,也不是发小重逢;既不是老友,也不是熟人,但硬生生就是能坐到一起,还喝得那么嗨,话还那么多,表情还那么丰富,也是醉了。

还有一次也挺逗,说是有人要想和我谈一个项目,就把一些人拉到一起吃饭,结果一直到饭局结束,也没有任何人提起任何项目,我始终也不知道那是个什么项目,也不知道是不是根本就没有什么项目,后来想了想,大约就是吃饭的项目吧。

既然没有人提项目,这饭吃了也是白吃,可我为什么不问一问项目呢？可我为什么要问一问项目呢？难道会有好事在等着我吗。

陈西的那局饭，就淹没在许多的局中，时隐时现，让我捉不住，吃不准，后来我急中生智，不再纠缠现在隐藏着的陈西，而是沿着现在的陈西逆向而行，终于找到了思路：既然她是我的小学同学，从小又同住一条巷子，那么我可以找到其他小学同学和儿时玩伴打听陈西，不是吗？小曹忙的话，我就找了小金。

小金说，啊，有那顿饭吗，我没参加。

我说，不可能，你肯定在的，我记得住的小学同学没几个，你若不在，除了小曹，别的人，还真有点夹生，一顿饭，几个小时，从头到尾，说什么呢，很尴尬的。

小金说，喔哟，不就是一顿饭吗，你那么认真干什么呢，你要找陈西是吧，陈西我记得的，就是我们班上最帅的小哥吧，别说全班女生了，连班主任都喜欢他，前几天我遇见他了，老了，一点也不帅了，一个糟老头，特别糟，你看见了会失望的哈哈。

我说你记错了，她就不承认，还说是我自己搞混了，甚至还编了个故事说，他们发现我神魂颠倒五迷三道已经不是一天两天了，一定是因为我写作过于劳心劳神。

这不是说我有病吗。

我有点火冒了，我说去你的，我只不过要找一个小学同学而已，你记得就记得，记不得也拉倒，犯不着往我头上扣一顶神经病的帽子。

小金感觉有点说重了，赶紧往回扳艄说，这可不是我说的噢，那天吃饭时，老万说的，当你面说的，不过，当时你在和小曹说话，可能没注意。

我十分敏感，立刻抓住了缝隙里的萌芽，我说，你不是说你没参加吗？

小金说，咦，你不是说我肯定参加了吗，那就以你为准吧。

我赶紧去问老万，老万倒没否认自己参加过"那天饭局"，但是我已经不再敢直接提陈西的事情了，换了方法。我问老万，那天吃饭，我们拍照了吧，你那儿有照片吗？

老万一榔头就把我打回去了，他夸张地说，什么什么，吃饭拍照，找死啊，不怕网暴啊。

我只好直奔主题硬着头皮问他陈西有没有参加那次吃饭，老万说，那我哪记得呀，现在的饭局，稀奇百怪，多是些半生不熟的人，吃完喝完，拍拍屁股走人，谁记得谁是谁呀。

刚刚闯开的一点思路，又堵死了，电话那头感觉得出老万也在犹豫，估计是没能给我准确的回答，心里有点过意不去，所以他又补充说，要说全忘了也不对，有些人不记得，但有些人是记得的，那天还有个人也参加的，他记性好，你不妨去问问他。

我一激动，赶紧问是谁，老万说，咦，你忘了，就是冯荃呀，她是个作家，作家一般记性都好的是吧。

我"啊哈"一声说,喂,老万你别搞了好不好,我就是冯荃哎。

老万愣了片刻,说,你才别搞了,你怎么是冯荃,你不是于敏吗? 稍一停顿,再开口时,语气也有点变了,说,你跟我开这种玩笑,我们很熟吗?

你说呢,小学同学,几十年未见,忽然凑到一起吃了个饭,算是很熟、一般熟、还是不熟呢。

我跟老万解释,我是冯荃,于敏是我的微信名,可是老万好像不怎么相信,但是他并没有太往心上去。他先是嘀咕了一声,你是冯荃,那么于敏是谁呢? 他嘀咕得很轻,并不是在问我,我也没有回答,因为他的问题完全是多此一举,老万后来似乎是想通了,自己给自己个台阶下。他说,哦哦,好好,行行,无所谓,随便你,都挺好——他的半方言半苏普,搞得我差点笑出声来。

后来小曹外地的破事搞妥了,她回来我们就约了见面,到茶室坐下,小曹就说,我忙过一阵了,现在有点空了,我听小金老蒋他们说你走火入魔了,为了以前的一个什么饭局,到处找人问人,干什么呀,其实那个饭局,你自己根本就没有参加——

小曹来得太晚了,我已经很疲惫了,我不想再从她那里听到任何东西了,我也不想知道那个饭局是什么时间在哪个饭店进行的,桌上坐了哪些人我也已经没有想法了。

可是小曹有想法呀,她觉得她有义务帮助我,她说,听说你在找陈西,你早点问我我早就告诉你了。

我不置可否。

小曹继续说,可是你竟然把我当成了陈西,搞笑,我跟你说,确实是有陈西的,她是后街洗浴中心的老板娘,但她竟然晕浴,倒在浴池里没人看到,淹死了。

她的说法,让我重新又燃起了希望,我赶紧试探她,你从哪里得知的?

小曹朝我看了一眼,说,呀,你还问我,就是从你的小说里读到的呀。

我先是大惊失色,后是大跌眼镜,再后来我就大喜过望了,我激动地说,那个小说的标题你还记得吗?

小曹想了想,说记不太清了,里边的情节倒是记得清清楚楚,毛骨悚然的。

我说,是不是叫"后街的后来"?

小曹听后,想了想,随之眼睛慢慢地亮起来,最后她确定地说,想起来了,就是这个,"后街的后来"。

原来我的"后街的后来"没有丢失,而是早就发表了,还有读者读了——

读者小曹说,你也写得太多了,烦不烦人啊,自己写的东西自己都忘了,你可以歇歇了——那个写陈西的小说,你是从传说中的"混堂公公"写起的。

传说中,每年到年底的时候,"混堂公公"都要在浴池里吃掉一个人。混堂公公一直躲在浴池下面,他哪天出来吃人,浴池的老板是知道的,因为那天早晨,他会看见一双没有身体的光脚在浴场里走来走去,心中就有数了,不过他不仅不会停工一日,更不会通知浴客今日小心,不要下水,反而要把水烧得比平常更加热烫,让浴客舒服得忘记一切,混堂公公就乘机出来吃人了。

不然呢,你若是关门停业,若是提醒浴客不要下水,混堂公公吃谁去,岂不是要吃到老板自己头上。

据说从前的浴池,到彻底清理打扫的时候,把水抽干,底下会有人的眼珠子、牙齿、头发等等,都是混堂公公吃人时吐出来的。

真够恶心的。

其实混堂公公是没有的,从前的浴场,没有窗户,密不通风,被称作"馒头",所以容易引起晕浴,人一晕了,沉入水底,没有及时发现,死人的事也是会发生的。

按小曹的说法,在我的小说里,陈西就是这样"没"了的。

那么我的小说"后街的后来"到底是要写什么呢,揭露"人心叵测"?批判"平庸之恶"?或者,是宣传"破除迷信讲科学"?

搞笑。

算了,我服了,我认了。

世界之大,人物之多,我再也不想去搞清楚了,一辈子自以为头脑清醒逻辑性强的我,终于怂了。

过了一天,晚上入睡前,来了一个号码陌生的电话,我心想,现在骗子也加夜班了。我不会接的。

可是它不依不饶地响了三次,我又想会不会有什么贵重的货来了,只好接了,我一接,那边就说,是冯荃吗?听说你在找我?

我警觉地说,你是谁?

那边说,我是陈西呀。

我想,我明天还是去医院看看医生吧。

等我从医院回来,再决定我的"平江后街",要不要"考"了。

冯荃女士

我父母去世以后，我家的老房子就没人住了。开始几年，我一直在忙于整理自己的生活，没有心思也没有时间去整理老屋。我在外面漂泊了许多年后，终于回到家乡，心才稍稍安定下来，也才想起了老房子，虽然暂时还没想清楚要把它怎么样，但至少可以找中介先把它租出去，就赶紧联系了一家中介。

中介就开在我家老房子所在的那条小街上，门面小，是我需要的，我家那一点点旧屋，找这样的中介恰好。互不嫌弃。

老房子是一处平房，只有一统间。不过好在这种老房子的统间，不仅开间大，层高足有三四米。我好像听我妈说过，从前房梁和椽都是明的，没有天花板，后来有了天花板，房屋上方就不会显得那么空荡阴森了。不过我并没有问我妈天花板是什么时候加上去的。这不关我事。

我从小跟父母不亲，是因为我和我爸不是一个姓，大家都说我是厕所里捡来的，我问过我爸我妈，问了好几次，他们都叫我不要听别人瞎说。但我心里一直是有怀疑的。

我家的门原先是朝南的,从大院里进出,和大院的邻居低头不见抬头见。后来大院里的居民各自为政,搭建了花式品种多样的违建房,害得我家的房门一开出来,就正对着隔壁邻居家的一间放马桶的小屋,他们连门都不装,只用一块布帘子挡一下,风一吹,帘子掀起,坐在马桶上的是谁,看得清清楚楚。

真是出门见屎。

他们也知道我家会有意见,夫妻俩轮番到我家来诉苦说,这也是没有办法,家里三个孩子,都长大成人了,马桶却一直放在爸爸妈妈的床前,这叫十七八岁的姑娘小伙怎么办。

气得我爸直接就把自家的门封了,把朝东的窗户改成了大门,从此我们的家门就沿着街巷、我们的家就背对着大院和邻居了。好像我们这一户,被这个大院踢出来了。

我妈老是嘀咕说,其实不合算的,其实不合算的。埋怨我爸做的都是吃亏的事。

那时候我在外地上大学,那一年放假回家,差一点没找到自己的家。我正想扭身而去,可是一个多事的邻居叫住了我,把我从院子里领出来,领到家门口。

我妈生病了,我爸写信让我回来看看我妈,我才勉强回来,我上大学的那个城市离我的家乡很远。是的,我是故意的。

准确地说,我家的那间房,确实不太好找:大宅东二路第二进五开间中最东边的一个统间。

从这样的文字里,你能把它想象出来吗?

至少,你可以想象出这个院子是一座大宅吧。

关于这座已经和我家背靠背的老宅,现在大家习惯称它吴宅,我们家已经放弃进出的那个大门门口,有一个控保建筑的牌子,上面写的也是吴宅,但是后来有一次,我无意中看到我小时候的邻居,也是我的小学同学小曹,在朋友圈发了一组图片,就是这个宅子的,文字说明却是:丁宅。天下状元第一家。

吴州丁氏是状元大户,在吴州明明有他们家的老宅,那可是大名鼎鼎的名人故居,受到保护重视,修缮以后,重现辉煌。怎么又冒出来一个丁宅呢,是小曹搞错了吗?

当然不是。关于平江后街8号的这个宅子,到底是吴宅,是沈宅,是潘宅,还是丁宅,历来都是有争议的,也有不同记载。

假如原来确实是丁宅,后来转卖给他姓人家,那么算谁呢,当然算后来的买主。但是如果后来的买主不如原先的户主名气大,那么也可以原来的户主命名。反正无论原来还是后来,都已经烟消云散了。

我特意问了问小曹,小曹说,我瞎说说的。

我说你为什么要瞎说呢,小曹却又认真起来,说,其实我不是瞎说的,事实就是这样的,但可惜——

可惜什么？

可惜没有实证。

那等于还是瞎说。

我也瞎鼓励她说，如果你是金口，瞎说说，说不定也会说中了的。

我们一起笑了起来，笑声中含着一点对老宅的轻薄和蔑视。

因为它和我们一样，都老了，我们嘲笑老宅，也就是在嘲笑自己。

其实我们的目光不应该如此短浅，如果有一天，证实了如小曹所说，那么我们这个平江后街8号的命运就会发生翻天覆地的变化了。

至于是什么样的变化，现在它还没来呢，也不知道它会不会来，还是等它来了再说吧。

我也不着急。几百年都过去了，再过几十年、几百年，也都是一眨眼的工夫。

我就继续保持对老宅不即不离不痛不痒的态度吧。

这种老式的晚清时期的砖木结构房屋，经过了百十年的风吹雨打，已经老朽破败得很了，好在近些年政府统一把老房子改造修缮加固，又搞了独立的厕所和厨房，出租就方便多了。

只不过这种处于古城小巷深处的老房子，实在也租不出个什么好价钱，所以我没太放在心上，只管请中介小刘代理就行。

现在的人都没有长心，租房子也一样，不长的时间里，就换过几个房客，不过都还说得过去，有一个女生走的时候丢弃了无数的网购垃圾以及许多还没有拆开的快递。还有一个租客把一台小型电扇带走了，这都是小事，也不用怪你怪他了。

好在房子虽旧，总有适合的人要住，上一个房客走后，中介小刘很快就联系我，说新的房客又来了，一切程序照旧，押一付三，房租是中介小刘根据行情，主动替我加了100元。

每次有新房客到，我都要抽空去一趟，倒不是我多么想要见见房客的面，我和他们没有别的关系，只有金钱的关系。但是出租房屋有规定，户主要自己来签租房合同，要签名的，有几次我想请中介小刘代签，但是小刘很规矩，说不行，你好歹得自己来一趟。

就这样几年里我见过了好几个租客，大致上记得，一个是银行柜员，一个是公司文员，一个是帮人画动画的，还有一个，起先在企业打工，后来开了直播间，想做网红，没做成，撤了。

现在，最新一个租客也到位了，是个女生，姓冯，名荃。这个名字好像有点熟。不过也管不了那么多。称她小冯即可。

手续办好后，我们就拜拜了，现在到处都是速度，真好。片刻，手机信息告知租金已到账。

我没有加小冯的微信，不需要。我们都是讲诚信的人,不会撇开中介私下直接联系的,所以户主和租客平时没有什么交集,租金是中介小刘代收代转的,中间出现一些问题比如水管漏了,老式空调要加氟利昂之类,都是中介两边协调的。

所以,除了第一次非见不可的面签,之后就如同陌路,相忘于江湖。

前面的几位租客,基本上都是这个路子。

但是正如你们所猜想,到了小冯这里,发生了状况,否则哪来的故事往下写呢。

先是中介小刘发微信给我,说是租客反映说房子里有声音,这话说得不明不白,也不合理,现在这个世界上,到处有声音,所谓的万籁俱寂,那可能是远古时代的事。

我想回信,又觉得写不清楚,干脆语音了小刘,我说,那是老房子,有声音很正常,木板壁,隔音差。我们小时候,隔壁人家放个屁都能听见,何况现在又过了几十年,这些板壁已经毁得差不多就是一张硬纸板那样了。

小刘语音回复说,她说不是隔壁人家的声音,就是你家房子本身,有声音。

我说,那也正常呀,老房子有点声音,太正常了,没有声音才怪呢。木结构的,热胀冷缩,有点吱吱嘎嘎的声音,那才叫老房子。

小刘停顿了一下,好像是相信了我说的,他说,好吧,我跟她说。

安静了两天,小刘又来微信了,说,她说不对,她晚上仔细听了,不是木头结构发出的声音,也不是房子本身的声音。

那是什么声音?

不是要拍恐怖片吧。

不是木头的声音,不是房子的声音,难道会是人的声音?这间房子,据我所知,是我爷爷买下来的,那时候这个姓吴的大户人家败落了,后辈子孙卖祖产,可是要卖他们也不好好商量着卖,你卖一间,我卖一间,东卖一间,西卖一间,搞到最后,一个吴宅里的几十间大小屋子,竟然有了好几种身份。

这是另外的话题了,暂且按下不表,如故事需要,再拿出来说事。

我家的这一间,成为我家以后,就只住过我爷爷奶奶和我的父亲母亲,还有我。

难道是老人家们在说话?

不要吓人。

我也曾看到过类似的说法,说如果老房子地底下有空间,会吸收地面上的声音,等到具备了一定的外部条件,就会反馈出来。

也就是说,你会听到地下有人在说话。

难道我家老房子下面,有个空间,不知道大不大?是古墓?是防空洞?是另一个世界?

我想多了。

还有别的解释,说是有什么磁场,会将过去的声音或者影像吸走,然后到时候再放出来,这个有点像拍电影了。

而像故宫的那个电闪雷鸣之时宫女行走的传说,它的依据居然也蛮像个知识的,叫"四氧化三铁",听起来很科学哦,所以许多人相信。辟谣也没有用。就是一直有人相信。

那么我也且照着"科学"的精神推测一下,如果小冯听到的是人在说话,那我先得了解一下,他们是什么口音,这样也许我可以判断出说话的是我爷爷奶奶,还是我的父亲母亲。

我爷爷奶奶是从苏北乡下逃荒逃来的,爷爷有点文化,就在巷子口摆个代写书信的摊子,也算半个文化人,做得还不错,至少后来能买下吴宅的一间房,很了不起了。只是他们的口音一直没有改变。

我的父亲母亲就不一样了,他们出生在这个城市,从小到大,一直生活在这里,受苏北口音的影响不大,讲得一口地道的本地话,尤其我的母亲,娘家就是本地人,在她的熏陶下,我父亲的那一点点苏北尾音,也消失殆尽了。

我耐心地跟小刘解释口音的问题,扯到一半,好脾气的小刘却打断了我,说,阿姨,可是她明确说了,不是人说话,她说她听出来,像是弹珠在地上弹跳的声音。

我"啊哈"了一声后,忽然就呆若木鸡了。

在我内心深处,或者是在我的大脑的某个角落,有一团被遮蔽的阴影,它一直守在那里,许多年来,我能够感觉它的存在,却始终无法将它拉出摆到阳光下看清楚。

奇怪的是,当小刘转述出小冯说的"弹珠"两个字的时候,如同一道闪电,瞬间照亮了那团阴影。

就是弹珠。

我脱口而出说,弹珠?什么弹珠,玻璃弹珠吗?她一个——95后?00后?她知道玻璃弹珠?

小刘的态度一直很好,他年纪轻轻就知道和气生财,很好。但是现在碰到这样的事情,他终于有点忍耐不住了,他小心试探我说,阿姨,要不,你直接和她联系行不行,因为我在中间传话,传不清楚,这不是我能解决的问题,我做了好几年中介,还从来没有碰到过这样的事情。

那是,这种事情,吓人倒怪,要是天天碰上,会怀疑人生的。

我只能同意小刘的建议,其实中介原本是最担心户主和租客私下联络的,现在他主动地甚至带点生硬地把我和小冯拉在了一起,微信刚一加上,小冯就联络我了。

我说,我听中介转告了,说你听到疑似弹珠在地板上滚动的声音?

小冯说,不是疑似听到声音,是真的有弹珠,玻璃弹珠,非常分明,开始是从高处掉落,哒——哒——哒——,

那种一弹一弹的声音，然后慢慢地降低，减慢，最后是滚落地板，然后还在地板上滚动一阵。

我说，再然后呢？

再然后就没了。

我又想了想，我问她，你小时候，玩过玻璃弹珠？

小冯说，没有。

那你怎么知道那是玻璃弹珠？

小冯对答如流，我从网上查的。

我心里嘀咕一声，那你怎么不查钢珠铁珠珍珠，还偏偏知道个玻璃弹珠。我觉得这个小冯有点奇怪，就提出跟她视频通话，我想看看她的脸。

视频一连接，我看到小冯的脸色，不是我所想象或预料的害怕或者惊慌，反而感觉有一点诡异，她似笑非笑，而且我的心理活动，她似乎能够察觉。她笑眯眯地跟我说，阿姨，我寻思，可能是你小时候玩过的，藏在家里什么地方，现在房子老了，松动了，它们就滚出来了——从弹珠落地第一声的音量和重量感来分析，它应该是从比较高的地方掉下来的。

还好，她没有分析出有人在半夜里扔弹珠。

她不仅有逻辑，还有推理。

她的推理，把我推回到小时候了。我小的时候，有一段时间，曾经非常痴迷玻璃弹珠，虽然女孩子不玩打弹珠游戏，但是五彩缤纷的玻璃弹珠，在那个色彩单调的年代，简直就是我们的花花世界呀。

女孩子不玩打弹珠游戏，弹珠就到不了女孩手里，那怎么办呢，拣。

现在回想当年的那一段时光，那就是今日归来如昨梦，云里雾里，走路都踩在棉花上。阴沟洞里，水井旁边，弄堂旮旯，天井角落，但凡有人脚印的地方，都是我的目光所涉及之处，我妈看我眼睛发直，眼神发定，以为我得病了，还带我去了一趟医院，结果还是医生眼睛凶，说，回去回去，这孩子没病，心术不正，心里有鬼。

鬼比病更可怕，我妈逼着我把心里的鬼说出来，我才不。

可是我已经知道，要想拣到弹珠，还要想拣到很多弹珠，那是骗鬼。所以后来也就只剩下唯一的一个办法——对的，你们猜到了：偷。

我们大院里有个男孩，打玻璃弹珠凶得很，赢了很多弹珠，得了个绰号叫"弹珠大王"，每天走到东走到西，都有跟屁虫马屁精追在后面讨好，据说他有一百多颗玻璃弹珠，装了半书包，每天挎在身上，也不嫌重。

不求拥有，但求看上一眼吧。

有一天终于轮到我了，弹珠大王的爸爸从部队回来探亲，这可是家里、院子里、巷子里的大事，那一天大王也疏忽了，高兴使人麻痹，他竟然把书包搁在天井的水泥台上，就奔进屋去喊那个解放军了。

正好我经过吗？

才不是。

377

我已经久候着这一天了。酝酿了许久的我,抓住了时机,十分镇定地走到水泥台边,背起大王的书包,真的很沉哎,我肩一垮,腿一软,打了个趔趄,但最后还是挺住了。

是五彩缤纷给了我力量。

我跑回家慌慌张张把大王的书包塞到床底下,再返身出去观察"敌情"。

我没有想到大王失误的时间那么短就醒悟了,当我再次回到事发的天井里,大王已经躺在地上游动着身子大哭大闹了。

我吓得又赶紧跑回家,往床底下张望一下,顿时魂飞魄散,床底下的书包已经不见了。

那天晚上大王家大动干戈,组成了居委会、派出所、解放军三结合搜查小组,在大院和巷子里,挨家挨户询问——说是询问,实质就是搜查啦,他们东翻翻西瞅瞅,一群人到我家的时候,吓得我差点尿裤子。

当然,他们没有搜到玻璃弹珠,那只书包已经无影无踪,但是他们不甘心就这么撤退,派出所的公安警惕性高,朝我家的天花板看了又看,然后他"咦"了一声说,这种老房子,一般都没有天花板的,你们家怎么会有天花板?

我妈直接回答说,天花板是密封的。答非所问。

难道我妈做贼心虚,不打自招了。

不过幸好他们没有梯子,没有上天花板的办法,就留下一句话,明天借个梯子来,挖地三尺,上梁揭瓦,也要找出来。

一夜无话。

当然,是因为我睡着了,不知道别人有没有话。

一直到早晨起来,我才知道,一夜是有话的,有很多话,我爸我妈把我出卖了,他们把大王的书包交了出去,承认是我偷的。

反正我又不是他们亲生的。

因为爸妈主动代替我坦白交代并且退还了赃物,派出所和学校都没有把我怎么样,毕竟,能把一个七八岁的偷玻璃弹珠的孩子怎么样呢。

我走出院子去上学,看到大王走在前面,背着那个沉甸甸的书包,身后跟着一大串崇拜者。

这个情形,已经离我远去半个多世纪了,可是小冯的一句话,又把我打回了原形,因为弹珠回来了。

可是事情还是有蹊跷的,当年爸妈把我出卖了,大王的玻璃弹珠也物归原主了,几十年后,小冯听到的弹珠声音是从哪里来的呢。

我努力把自己的思路调整到正常的频道,一调整了,我就觉得自己想明白了,我说,那这样吧,你再试试,如果你觉得不适合住、不想住——

小冯立刻就说,阿姨,您别误会,我不是对房子不满意,我喜欢这样的老房子的,我只是想知道声音到底是怎么回事。

我可说不出是怎么回事。我又没有听到。

由小冯再住、再听,只过了一天,中介小刘又联系我了,希望我能够到他店里去一下,他口气有点急切,说小冯也马上就到,我估计小冯有了什么真凭实据,不想去也得去一下了。

果然我们在那个狭小的门面里一见面,小冯就朝我一伸手,摊开手掌,手心里真有一颗彩色玻璃弹珠,就是我们小时候玩的那种,细看,上面还有些小的坑坑洼洼,打弹珠的时候,弹珠互相撞击撞出来的。

小刘也凑上来看看,他小时候在乡下生活,好像没人玩这个,他有点疑惑,疑惑中还有一丝担心。

可我才不会上小冯的当,我说,这个,你可以去买呀。

小冯说,哪里有卖?

我一时间还真想不起来哪里有卖,毕竟这都是大半个世纪前的东西了,我想了想后,灵感来了,我说,你可以到小商品市场去买。

小冯居然坦然地点了点头,好像她早就知道,是故意试探我的。

难道她真是在小商品市场买的吗,那她到底想干啥?不想住了,要提前退租,又不想损失押金和提前交了的房租,所以搞个玻璃弹珠来挑事情?这都算不上什么创意,而且根本用不着的。

我直接就说,你不想住就不住吧,押金退你,你预付的租金,也好商量的——

小冯立刻说,阿姨,我不是要退租,我要住的,我很喜欢这个房子,我只是想了解一下,弹珠到底是从哪里滚出来的。

我不作声,我也不知道弹珠是从哪里滚出来的。

小冯见我装聋作哑,就直接推动说,阿姨,要不,你一起回去看看?

我不想回去。可是除此,我还能怎么样呢。

我们又朝小刘看看,看得出小刘并不想去,但也许是良好的职业习惯或者是其他什么原因,让他觉得他应该一起去一下。

我们三人就一起往平江后街我家过来。我已经很久没有走进老屋了,当时打扫卫生,是请清洁工做的,我在门外等着,清洁工以为我怕灰,朝我看了两眼,换门锁也是锁匠来换的。我一直远远地站着,等到锁匠把新钥匙交到我手上,我都没有想到要去开一下门试试。

是的,我不敢进去。

为什么我上大学要走得那么远,大学毕业我就跟着男友远走天涯,母亲病逝时,我们正在北方的冬天里玩滑雪,滑雪滑得真快,一下子就冲到了山那边。我没有能够见到母亲最后一面。后来父亲去世时,我忙着晋级考试,接到父亲病危的通知,我没能立刻放下前途赶回家,也一样没能见上最后一面。

所以多年来我一直不怎么敢回去,好像他们还等在那里。

现在我不得不去和他们见面了，他们要责怪我，就责怪吧。

现在我们三个站在老屋中间，东张西望，毫无疑问，这时候弹珠是不会出来的。

这是我出生和长大的地方，尽管时光让它有了些陌生感，但毕竟我还是认识它的，我四处打量，上下张望，除了家里的一口大橱的橱顶，别的再没有"高处"了。

这口大衣橱是个老物件，它和房子一样，很高，橱顶上有东西，站在屋里的人是看不见的，作为户主的我，许多年都不曾踏进来，小冯是个租客，也不会爬上去看看橱顶，小刘端了凳子，在凳子上再踮起脚，看到了。

什么也没有，除了灰尘。

高处没有，只得往低处找，可是根据小冯的判断，明明是从高处掉落下来，然后弹跳，然后滚动。

所以，低处就更不会有了。

我不知道我的心情是怎么样的，我根本不知道我是希望找到弹珠呢，还是不希望找到弹珠，我只是知道，现在这屋子里没有弹珠，高处没有，低处也没有，它们无处可藏。

我想走了，可是小冯喊住了我，她指着天花板说，阿姨，天花板。

我心里忽然"格登"了一下，不由自主地重复了一遍几十年前我妈说过的话，我说，天花板是密封的。

其实我不相信。

可是天花板太高,站在下面看不清楚,假如它不是密封的,那里也许有一块活动木板,要不然,弹珠是怎么跑进天花板的呢。只是因为我有较严重的颈椎病,无法长时间地仰起脑袋细细地往上看,我请小冯和小刘朝上面看,他们仰着头看了一会儿,虽然天花板做工精细,严丝合缝,但是年轻人眼神好,仔细看了,是能够发现缝隙的。

小刘绕到后面的院子里,想去借一架梯子,结果梯子没借着,倒是跟过来两个邻居,好在他们不是老邻居,是新住户,我不认得他们,他们也不认得我。但是他们有点多嘴多舌,争相告诉我们说,这个房子很长时间没有人住了。

其中的一个,朝天花板看了看,转身出去,一会儿进来时,人没进屋,先顶进来一根又长又粗的竹竿。

接着他们就用这根竹竿顶我家的天花板,东戳戳西戳戳,不一会儿果然戳到一块松动的木板,听到"噗"的一声,大家都"呀呀"起来。

我妈说谎了,天花板不是密封的。

头顶上有个大大的储物空间。

从那个空间,没有滚出一书包的玻璃弹珠,却扒出来一个长方形的油布包,拆开来一看,包裹着一块金光闪闪的匾牌,上书"富贵"两字。

恰好小曹的电话来了,她问我在干什么,想约我喝茶,我说我在老屋,在天花板上看到了"富贵"两个字的匾。

小曹在电话那头尖叫起来,要死了,要死了,她大喊大叫,激动得语无伦次,她说,真的要死了。

事情就是这么简单。

这是一块嘉庆皇帝赐给丁家的匾牌,始终不知下落,想证明吴宅就是丁宅的一方,一直在寻找这块匾,反对吴宅就是丁宅的人,总是泼冷水,说不可能在吴宅找到丁家的东西。

他们一直找不到它,是因为这些年来,我家一直背对着大院,他们把我家忘记了。

现在好了,它跟着玻璃弹珠一起出来了,

我告诉小曹,除了这块匾,还有一张纸条,上面写着受某人委托,现将"富贵"藏于天花板内,并不知何时何日能够重见天日。如若后人发现,望能物归原主。

落款是我爷爷。

小曹却不爱听,她胡乱地说,不管不管,只要有匾就行。

确实如此,有了匾,吴宅就恢复成了丁宅,迅速从控保建筑升级为市级文物,省级文物的批文也正在来的路上。

小曹终于约到我喝茶,还叫了一个小学同学小金,我们聊了很多话题,后来也聊了我把老宅出租的过程。

小曹是个马大哈,没有听出什么意思,小金比较细心,说,哦,租你房子的人也姓冯啊?

我没有听懂她的意思,她朝她看了看,说,是呀,姓冯怎么啦?

小金问,那她叫冯什么呢?

我说,她叫冯荃。荃,就是草字头下面一个全部的全。

我的两个儿时伙伴,脸色古怪起来,她们先是愣了,蒙了,一言不发地看着我,好像不认得我,又好像怀疑我,过了片刻,她们共同发出奇怪的大笑。

可我更奇怪呀,就一个租客,名叫冯荃,有那么好笑吗?我说,你们笑什么呢?

小曹说,冯荃,你别逗了,你不就是冯荃吗?

小金说,怎么会这么巧,你难道碰到了一个同名同姓的人?

这下子轮到我张口结舌了。

小曹和小金就轮番地进攻我了,她们说,你是以为我们老糊涂了,捉弄我们吧。

我们老是老了,但还没有糊涂呢。

其实是我被她们搞糊涂了,我说,什么什么什么,我不是叫于梅吗?

小曹说,冯荃,你得了吧,还想搞我们,于梅是你的微信名,不过,我们早就把你改成原名了。

她们两个把手机给我看,果然,在她们的手机里,我的名字就是冯荃。

小曹说，装，你继续装——别以为那时候我们小，就不懂，你妈姓冯，你是跟你妈姓的，这个我们都知道。

我怀疑说，你们都是跟爸爸姓的，我为什么要跟我妈姓？

小金说，那还用说，你爸犯错误了，怕影响你吧。

虽然她们说得言之凿凿，但我不能相信她们，这两货，小的时候，就喜欢联手作弄我，我不会轻易上她们的当。

我们散场的时候，经过茶室门口的柜台，当天的晚报到了，搁在那儿，我一眼瞄到一个通栏的大标题：冯荃女士子承父愿，找到并捐献金匾，为状元府正名。

小曹和小金也看到了，她们两个一脸诡异地朝着我笑，好像在说，看你再跟我们玩花招。

所以，我也不得不承认我就是冯荃女士了。